JN078607

The Hippocratic Ordeal

ヒポクラテスの試練

中山七里

祥伝社

ヒポクラテスの試練

目次

装丁　高柳雅人
装画　遠藤拓人

一　米の毒

1

その来訪者を迎えたのは真琴だった。

「腑分け屋はいるかね」

昼下がりの浦和医大法医学教室、一人残っていた真琴は思わず訊き返した。

「腑分けと言ったら解剖のことに決まっておるだろう。君は腑分け屋の助手ではないのかな」

どうやら法医学教室の主である光崎藤次郎のことを言っているらしい。光崎本人も大概に不遜なのだが、この男も負けていない。しかも光崎とは旧知の仲のような口ぶりだ。なるほど年齢は光崎と同年代、近づくと医療関係者特有の消毒液臭が香る。

「法医学教室で助教をしている栂野真琴と申します。あの、失礼ですが……」

「うん、会う約束はちゃんと取りつけてある。城都大の南条だ。一時なら大丈夫と言っておったのだが、聞いてないのか。もう約束の時間から五分過ぎているが」

真琴は記憶をまさぐってみるが、光崎から面会予定は聞いていない。そもそも個人的な面会を逐一伝える男ではないし、講義と司法解剖以外には約束の観念すら持っていないように思える。

ところが南条はいささかも困惑したり腹を立てたりという素振りを見せない。

「まあ、あの男は生きた人間よりも死体の方に興味があるという変人だからな。今更世間の常識で拘束できるとは期待しておらんよ」

光崎の人となりを熟知しているようなので、南条に対する警戒心がいくぶん薄らいだ。学会の慣習や研究者の狭量さとは無縁の人間であるため、同じ医療関係でも光崎を忌み嫌う者は決して少なくない。

「しかし妙なものだね。あの腑分け屋が未だに礼儀知らずだと不思議に安心する。この齢になってから丸くなるヤツも多いが、久しぶりに会っても話がつまらん。そういうのとは、もう葬式でしか再会できんような気がする」

物騒な物言いは南条の個性かも知れないが、医者全般にみられる傾向でもある。四六時中、死に向かい合っていると、医師としての倫理が麻痺しかける局面にぶつかるらしい。〈死〉に関するブラック・ジョークはそれを回避するのに必要な安全弁なのだろうと真琴は考えている。

「栂野さん、だったね。光崎の下で何年かね」

「二年目です」

「ふむ。あいつの下で一年以上保ったのか。それはまた面倒なことだ」

「何が面倒なんでしょうか」

「ああいう男だから慣れん者なら一週間で逃げる。それが一年も続いたというのなら、すっかり毒されたということだ。直に色んなところがあいつに似てくる」

ブラック・ジョークよりも、むしろそっちの方が物騒ではないか。

返事に窮していると、やっと光崎が准教授のキャシーを従えて戻ってきた。

「何だ。もう来ていたのか、クスリ屋」

「遅れたのはお前の方だぞ」

「患者といる時以外は長針を忘れろ。短気な老いぼれは嫌われるぞ」

「どんなに嫌われようが、お前ほどじゃないさ」

挨拶を交わす前から皮肉と悪口の応酬で、真琴は少し不安になる。するとよせばいいのに、キャシーが要らぬ説明を加える。

「何故、クスリ屋かと言うとですね、真琴。南条教授は可能な限り薬物療法に頼っていて、それで光崎教授からはいつもクスリ屋と呼ばれているのです」

つまりは腑分け屋とクスリ屋の罵り合いという訳だが、本人たちを目の前にして喋ることではない。死体にメスを入れるのが三度の飯より好きなキャシーは外科手術至上主義のような傾向があり、真琴が必死に目配せしても自身の言動の危うさに気づかない様子だ。もっとも南条の方でも大して気にしてはいないらしく、眉一つ動かさない。

「ふん。この齢になるとな、嫌われるのは一番効果的な長寿法だ。それより話とはいったい何だ。電話では話せないというからわざわざ会ってやるんだ。時間がもったいないから早く話せ」

「自分が言っていることの矛盾に気づかんのか。まあいい。どのみち急ぐ話だから要点を絞って説明してやる」

それから南条が始めたのは次のような話だった。

八月二十日、つまり昨日のことだが、南条の勤める城都大附属病院に急患が担（かつ）ぎ込まれてきた。患者の名前は権藤要一（ごんどうよういち）。搬入されたのは附属病院が救急指定病院だったからだが、権藤は南条の知人でもあった。

「知人といっても、月に一度手合せをするゴルフ仲間というだけでな。それもここ三年くらいの話だ」

権藤は今年で六十八歳。妻とは死別しており、子供にも恵まれなかった。たった一人の弟は肝臓がんで急逝（きゅうせい）し、甥（おい）が時折訪ねてくるだけの優雅な独身生活を送っていた。

優雅というのは比喩（ひゆ）でも何でもなく、実際に権藤は色々な意味で恵まれた男だった。元より一代で医療機器メーカーを興（おこ）した人物であり、会長職を退（しりぞ）く際には持株を売却してかなりの資産を得た。本来であれば潤沢な資産を抱えてそれこそ悠々自適（ゆうゆうじてき）の生活を約束されていたのだが、権藤というのはそれで満足する男ではなかった。

カネを得た者の多くは次に名誉を欲するようになる。潤沢な資産を手にした権藤が次に欲したのは都議会議員の肩書きだった。だが無名の新人に初当選を許すほど、彼の選挙区は甘くなかった。結果は最下位の得票数に終わり、高い授業料を払った権藤は二回目の選挙において、更に多額の授業料を投入することで勝利を呼び寄せた。

「ずいぶんカネをあちこちにばら撒（ま）いたんじゃないかと噂（うわさ）にもなった。実際に警察が動いたものの証拠は見つけられなかったがな。一度摑（つか）み損（そこ）ねたものには尚更（なおさら）執着（しゅうちゃく）する性格だった。同じコースを回っている時もそう感じた」

　だが立件されなかったものの、一度定着したカネ塗れの印象は拭い難く残る。先の三度目の選挙では惜敗、四年後の改選に向けて雌伏の時を過ごし始めた矢先、権藤は相手陣営よりも手強い敵に襲われた。それが実弟を屠ったのと同じ肝臓がんだった。

「病院に運び込まれた時には既に瀕死の状態だった。ＭＲＩ（磁気共鳴画像）検査では肝臓全体が腫瘍に冒され、肺の一部にも転移していたようだ。元々手術は成功率が低い上に、老齢だから手術に耐え得るかも疑問だった。だが悩む間もなく、権藤は検査中に死亡した」

「何時だ」

「深夜の一時過ぎ。やっと半日経過したことになる」

「病理解剖は」

「唯一の身寄りの甥が承諾しない。よって解剖はできなかった」

「ふん、つまらん」

　つまらないのが解剖できないことに対してなのか、甥を説き伏せられない病院関係者に対してなのかは判然としない。しかし光崎のことだから、おそらく両方だろう。

「担当医と検査技師はＭＲＩの画像診断から、病理解剖の必要なしと判断した」

「病院側が解剖の必要なしと判断したにも拘わらず、身内も解剖を拒否したのは、誰かが解剖させろと言い出したからだな」

「俺だ。本人とは知らない仲じゃないから死因をはっきりさせたい……そう申し出たが、けんもほろの対応だった」

「そんな理由で解剖に拘るのか。第一、お前は内科医ではないか。ＭＲＩの結果も見たのだろう」

「ああ。だからこそ余計に納得できなかった。同じ死ぬにしても、人から恨まれて殺された方がまだ腑に落ちる」

南条は皮肉めいた口調で言う。まるで権藤の死に方が病死ではもったいないような口ぶりだ。

「現役の医師がゴルフ仲間ということもあって、権藤は年に一度の定期健診をウチの病院で行なっていた。過去二回の検査では肝臓がんは発見されなかった」

「最近の検査はいつだった」

「去年の十一月だ。本人には腹痛などの自覚症状もなかった」

光崎の片方の眉がぴくりと上がる。南条の話に疑念を抱いた素振りだった。

疑念を抱いたのは真琴も同様だ。九カ月前には自覚症状もなかった肝臓がんで死に至るなどという例は見たことも聞いたこともない。

肝臓がんの約九割は肝細胞がんであり、一般的に肝臓がんと言えば肝細胞がんを指す。肝細胞がんは他臓器のがんと異なり、慢性の肝臓病を基礎疾患とすることが多い。つまり長期間に亘って肝細胞の破壊と再生を繰り返すことが発がん原因とされている。従って手遅れになるほど肝臓がんが進行しているのなら、当然その過程で腹痛なり血圧低下なりの症状が出るはずだ。無症状とされる５センチ以内のがんであっても腹部超音波・Ｘ線ＣＴ・ＭＲＩなどの検査で発見できる。

「以前の検査で、本人がＢ型肝炎ウイルスに感染しているのは判明したが、キャリアというだけで肝硬変の徴候もなかった。それほど酒が好きな男でもなかったからな。だから一年足らずの間に肝臓がんで急死するなど、およそ考えられん」

「外傷はあったのか」

「検視とまではいかんが死亡直後の身体を診た。打撲や擦過傷の類いは認められない。それで病理解剖を勧めたのだが、『これ以上故人に痛い思いをさせたくない』と甥に拒否された」

「本人に自覚症状はなかったのに痛い思いか。ふん、見上げた遺族感情だな。それで、その話をわしに持ってきた理由は何だ」

「興味は湧いただろう」

「城都大でも解剖はできる」

「生憎、お前みたいに横紙破りが好きなヤツはいない」

「そこまで企んでいるのなら、せめて死体を持ってくるくらいの律義さを見せたらどうだ」

「さあ、そこだ」

南条は半ばからかうように両手を広げる。

「浦和医大に解剖の要請をするとして、そちらの費用は余裕があるか」

「ない」

光崎は言下に答える。先月まで埼玉県警と浦和医大を巻き込んだ〈コレクター〉事件のせいで県警と医大はともに解剖に供(きょう)する予算を枯渇(こかつ)させ、今や一件の解剖要請さえままならない状況にあった。

「それなら費用は心配しなくていい。ウチの大学に揺さぶりをかければ、いくらかは協力を引き出せる、足らない分は俺が出してもいい」

「ただのゴルフ仲間に大したご執心(しゅうしん)だな」

「ただのゴルフ仲間でも、死因がはっきりせんのは好かん。万が一城都大側に何らかの見落としがあったら、後でどう祟(たた)るか分かったものじゃない。知るは一時の恥、知らずは一生の恥だからな。それからもう一つ」

南条は相手の反応を愉(たの)しんでいるかのようだった。

「お前も知っての通り、俺は交渉ごとが苦手だ。得意だったら、もっと出世している」

「世渡りが下手なだけではないか」

「大学から処分されない程度には上手く渡っている。だが病理解剖の原則を破るところまではいかん。血は薄くとも、唯一の親族が拒否したら抗(あらが)う術(すべ)はない。しかしお前なら無理を通すこともできるんじゃないのか」

光崎はじろりと南条を睨(にら)みつける。

「交渉ごとは苦手の癖(くせ)に、そういう悪巧(わるだく)みは得手だな」

「世渡りは下手じゃないと言ったぞ」

二人の会話を聞いていると、まるで悪人の密談にしか思えない。当人たちは否定するだろうが、この二人は似た者同士だ。付き合いが続いている理由の一つは、間違いなくそれだ。

キャシーはと見れば、一カ月近くご無沙汰(ぶさた)だった司法解剖が再開できる可能性に目を輝かせている。この死体好きな准教授は、解剖さえできれば大抵(たいてい)のことは我慢するか見逃してしまう悪癖(あくへき)がある。

真琴、とキャシーは小声で話し掛けてきた。

「進行が異常に早い肝臓がん。これは非常にミステリアスな症状です。ワタシの知的好奇心が疼(うず)いてなりません」

正直、キャシーが意気込む分だけ真琴は肩を落とす。正式な手続きを無視した病理解剖。遺族を強引に説得する手法。この二つだけとっても大した横紙破りだが、浦和医大法医学教室ではそれが常態になった感すらある。光崎とキャシーが暴走すれば止めるのは助教である真琴しかいないが、果たして自分にそんな力量があるのか。

思い悩んでいる真琴をよそに、光崎と南条は着々と密談を進めている。

「しかし医療関係者の説得だけで遺族が承知しなかったらどうするつもりだ」

「国家権力の力を借りるよりあるまい。お前が散々使った手じゃないのか」

「借りたつもりはない。道具が偶然、手許(てもと)にあっただけの話だ」

この言説を警察関係者、殊(こと)に一番振り回されている埼玉県警のあの男が聞いたらいったいどんな顔をするのか。

「権藤という男はどこに住んでいた」

「ウチの大学からさほど離れておらん。世田谷の経堂だ」

住所を聞いた光崎は不機嫌そうに顔を顰める。いかに斯界の権威とはいえ、都内の死亡案件に何の理由もなく首を突っ込む訳にはいかない。傍若無人の野人にも相応の戦略があるのだろう。

「管轄違いがネックになるか。それなら安心しろ。件の甥というのが和光市の住人だ」

和光市なら埼玉県警の管轄内なので、光崎にも介入の余地がある。ただし介入するからには、間に県警の関与が必要になってくる。

またぞろあの男に有形無形の迷惑が押し寄せるのかと思うと同情心が湧いたが、一方で浮き立つ気分もあった。

「これで道具立てはできただろう」

「まだ承知するとは言っておらん」

「ここまで話を聞いたということは承知したも同然だ。断るつもりなら最初から話さえ聞くまい」

「知った風な口を利くな」

「お前のことなんぞ知りたくもない」

そうして二人の医師はしばらく睨み合っていた。

県警捜査一課の古手川和也が呼びつけられたのは、南条が法医学教室を退出してから三十分後のことだった。

「それ、被害届とかは出てないんスよね」

「甥以外に身寄りがなければ、被害を受けたのは本人だけだ」

「別に謀殺を示唆するものはないんスよね」

「医学的な齟齬が認められる」

「被害者は世田谷の経堂に居住し、世田谷区内の病院で死んだんですよね」

「何度同じ話を繰り返させるつもりだ」

「それじゃあ、元々警視庁の案件をわざわざウチで捜査しろって言うんですか」

光崎の説明を聞いて古手川は抗議を試みたようだった。ところが光崎の横暴に慣れきってしまうと抗議は自然に哀調を帯び、傍目にはかなり情けない光景に映る。

「ほう、するとお前は管轄が違うというだけで真実に目を背けるというのか。いやしくも警察官の身でありながら、犯罪の可能性を看過しようというのか。全くもって見下げ果てたヤツだ」

「いや、真実って、それはあくまで医学の立場からの疑問だし、そもそも犯罪の可能性なんて現段階では皆無に近くて」

「どんな場合でも皆無というのはまず有り得ん。そんな断定ができるほどお前は老練だとでもいうつもりか。犯罪の可能性が一パーセントでもあるのなら潰していくのが警察の仕事だと、お前の上司はそう教えなかったのか」

　よく聞けば因縁じみた物言いだが、光崎の口から発せられるとそれなりに説得力を持つから不思議だ。何を言うかではなく誰が言うかが重要なのだと、光崎を見ていて真琴は思い知る。

「死んだ男は資産家で身寄りは甥の一人きりだ。この状況で犯罪の臭いを嗅ぎつけられないのであれば、お前など警察官には到底向かん。とっとと辞表を提出して頭を使わん仕事に就け」

「ひでえ」

「何がひどい。適材適所という言葉を知らんのか。自分が警察官に相応しいと証明したければ、それなりの働きを見せろ」

光崎はそう言い捨てると憮然とした古手川を残し、さっさと教室を出ていった。

いつもの風景だが、さすがに気の毒に思ったのかキャシーが声を掛ける。だがキャシーは、医学書は読めても空気の読めない人間だ。

「古手川刑事、気に病むものではありませんよ」

「慰めてくれるんですか」

「自分のリミットを知るのはとてもいいことです。そして多くの人間は、自分のリミットを見誤って、結局カタストロフ、日本語ではドツボに嵌まってしまうのです」

駄目だ。慰めどころか傷口に塩を塗り込んでいる。

古手川から軽く睨まれて、キャシーはようやく自分の失言に気づいたらしい。

「Oh！　古手川刑事のハートブレイクに対応できるのはワタシではありませんでした」

それだけ言うと、逃げるようにして光崎の後を追っていった。

残された二人の間に気まずい沈黙が流れる。

やがて古手川が咳払いを一つして口を開いた。

「まあ、光崎先生から罵声を浴びせられるのは今に始まったことじゃないけどさ。今回に限ってはさすがに県警本部の出る幕はないんじゃないのか」

言われてみれば確かにその通りで、疑念を抱いているのは話を持ってきた南条と光崎たち医療関係者であり、ただ一人警察関係者の古手川が積極的な疑いを持っていない以上、権藤の死亡を事件として捜査するのは無理がある。

「無理……ですよね」

「って言うか、光崎先生は無理なことしか注文しないんだけどさ。じゃあ行くか」

「えっ。どこへ」

「決まってるだろ。城都大附属病院。昨夜のうちに搬送されて死亡が確認されたのなら、遺体はまだ病院に安置されているはずだ。甥も一緒にいるだろうし」

「だからどうしてわたしが」

「刑事の俺が単身乗り込んだところで胡散臭がられて終いだ。だけど浦和医大法医学教室の人間が同行すれば……」

「同行したらどうなるんですか」

「もっと胡散臭がられるだろうな。それだけ怪しまれたら無視もできなくなる。早く追っ払いたいから、捜査に協力せざるを得なくなる」

「それは無理どころか無茶なやり方だと思います」

「無茶な依頼されたんだ。だったら無茶なやり方をするしかない。それとも真琴先生は、もっと有効な手段があるって言うのかい」

真琴はしばらく考え込んだが、癪なことに古手川の提案以上のものを思いつかない。

「こんなことを繰り返していると、人に嫌われても何とも思わなくなっちゃいそうですね」

「実感込めて、しみじみ言わないでくれ」

古手川は愚痴りながら、真琴を連れて外に出る。

2

瀟洒な一戸建てが立ち並ぶ住宅地を過ぎると、すぐに城都大附属病院が見えてきた。病院の佇まいは地域のそれに似てくる。附属病院の建物も住宅と同様どこか取り澄ました印象があるのは、地方医大に勤める者の僻みなのだろうか。

自分と古手川は今からこの小奇麗な病院に乗り込み、散々疎ましがられるような振る舞いをするのだ——そう考えると、真琴の決心も少なからず揺らぐ。

古手川が一階受付で来意を告げる。事前に南条へ根回ししていたので、すんなり霊安室へと案内された。

「ここまでは通行手形があるから楽なんだ」

廊下を歩いている最中、古手川は注意を促すように言ったが、自らに言い聞かせているのが丸分かりだった。

霊安室では権藤の甥である出雲誠一が死体を見下ろしていた。

年齢は三十代後半だろうか、時代遅れのストライプシャツをボトムにインしているので尚更爺むさく見える。

出雲は古手川たちを観るなり警戒心を露わにした。

「誰だ、あんたたち」

「どうも。埼玉県警の古手川といいます。こちらは浦和医大法医学教室の栂野助教」

「名前なんてどうでもいい。どうして警察や法医学教室の人間がこんなところに来てるんだよ」

「単なる手続きですよ。死体を荼毘に付して埋葬するためには、医師の死体検案書なり死亡診断書が必要になります」

「そんなことは知っている。伯父貴は肝臓がんで死んだ。病死だから死亡診断書なんだろ」

「ええ、確かに故人は肝臓がんを患っており、それはここのＭＲＩ検査でも明らかになったと聞いています」

「だったらそれでいいじゃないか」

「その前に二、三質問を」

「何だよ」

「故人の権藤さんには奥さんもお子さんもいらっしゃらないそうですね」

「ああ、奥さんの和子さんは子供を産む前に死んでしまったからな」

「弟さんも同様に亡くなったとのことでしたね」

「親父も肝臓がんでね。俺が大学を出た時分に長患いをした挙句におっ死んだ。祖父さんも肝臓がんで死んだって話だから、そういう遺伝なんだろうな」

「権藤さんはかなりの資産をお持ちだったんでしょうね」

「世田谷の高級住宅地に一戸建てだ。それだけでも大した資産だよ」

出雲は言葉を濁したようだが、創業者が持株を売却した際の利益が大層な額であるのは、真琴にも容易に想像できる。自宅以外にも相当な資産を遺していると考えても、あながち的外れとは思い難い。

「資産家の急死。そして相続権はあなた一人ということですよね」

「そういう言い方はやめろよ。名誉棄損だぞ」

「名誉棄損を持ち出すのは、勘繰られるのが前提条件としてあるからです。失礼ですが出雲さんのお仕事は？」

「……関係ないだろ」

「関係ないのなら答えてくれてもいいでしょう」

「和光の生協に勤めてたよ」

「勤めていた。過去形ですね。今は？」

「求職中だよ。うるせえな」

「そうなるとあなたの立場はちょっと微妙になりますね」

古手川は声の調子を一段低くした。出雲も呼応して警戒レベルを上げたようだ。

「下世話な連中は富裕層である権藤さんの財産を狙った謀殺という見方をするでしょう。その場合、真っ先に疑われるのは、唯一の相続人であるあなたということになる」

「本当に下世話だな。聞いていて吐き気がする」

「事実っていうのは大抵吐き気がするもんです」

「念のために言っておくけど、俺は伯父貴の世話になってた訳じゃない。むしろこっちが色々と気にかけてたくらいなんだ」

「へえ、たとえばどんな風にですか」

「生協の職員だから、どこで穫れたものが美味いかはよく知っているし、辞めた後でも伝手で買える。その中から伯父貴が気に入りそうなものはお裾分けしてやってたんだ。感謝されても、施されるような関係じゃなかった」

「でも口さがない連中は色々と噂もするでしょう。鬱陶しくないですか」

「そりゃあ鬱陶しいに決まってる」

「だったらそうした噂を払拭するために、権藤さんの遺体を病理解剖に回したらどうですか」

「解剖だって。馬鹿なこと言ってんじゃねえよ」

「馬鹿なことじゃない。解剖さえすれば権藤さんが確かに肝臓がんだったことが完璧に証明される。そうすれば誰もあなたを疑わない」

「あのな、親父の死にざまを見ていたから知っている。肝臓がんも末期には腹水が溜まって、ひどく痛がるんだ。伯父貴もきっとそうだったに違いない。それなのに、これ以上伯父貴の身体を痛めつけるってのかよ。断る。絶対に断る」

　躍起な様子が徒(いたずら)に真琴の疑念を煽(あお)る。

「第一、解剖なんかしなくてもＭＲＩでちゃんと肝臓がんなのは判明しているんだ」

「あなたを不愉快な噂から護(まも)ろうとしているだけなんですがね。念には念を入れた方がいい」

「今のところ手元に現金がないから、解剖の費用なんて出せない」

「いいえ。病理解剖は治療の妥当性を確認する目的で行われるので費用は病院側の負担になります。ここに浦和医大の先生を連れてきたのもそのためです」

「それに解剖には親族の承諾が必要なはずだろ」

「ええ」

「親族は俺一人だ。俺が拒否したら病理解剖は執行できないんだよな」

「ええ」

　出雲は勝ち誇るように顎(あご)を上げてみせる。

「それなら断固拒否する。伯父貴の遺体はこのまま荼毘(だび)に付す」

「告別式もせずに？　創業者で前都議会議員ですよ。会社関係の人間や議員仲間が最期(さいご)の別れを望んでいると思いますけどね」

「告別式くらいはするさ。当然じゃないか」

　とってつけたような口ぶりが更に疑惑を膨(ふく)らませる。

「一代で財を築いた伯父貴だ。せいぜい派手な葬式を執(と)り行ってやる。ただし警察の人間はごめんだからな」

「喪主が力説しても、都議会関係者が集うのなら警備部が指を咥えて見ているはずもない。斎場をどこにするかも含めて、色々口を挟んでくるでしょうね。参列者の安全確保のため、警察のアドバイスには従ってほしいものです」

真琴は内心で溜息を吐く。

古手川が刑事として有能なのは真琴も認めるところだが、時折こういう幼さが顔を出す。相手が不遜であったり傲慢であったりした場合、よせばいいのに相手の怒りを誘ってしまうのだ。日頃から光崎や彼の上司からいいように扱われている反動かとも思ったが、どうやらそれだけではなく、根っからの反骨精神がそうさせているらしい。

「とっとと出ていけえっ」

事件を捜査もしていない段階で遺族から退出を求められれば、従わない訳にはいかない。古手川は真琴とともに霊安室から出た。

ドアが閉められると、古手川は忌々しそうに唇を噛んでみせた。

「もう少し下手に出たらよかったのに」

「下手だろうと上手だろうと、解剖は承諾しなかっただろうな」

「どうして」

「真琴先生。あれはクロだよ。あの出雲って男は権藤の死に大きく関わっている」

「刑事の勘？」

「経験値と言ってくれないか」

古手川の口調は先刻よりも早くなる。これはエンジンが掛かった時の、いつもの癖だった。

「あれだけ解剖を忌み嫌ったのは、解剖されたら困る理由があるからだ。そうは思わないか」

「それはわたしも考えました。ただ遺族感情として頷けないこともないかなって」

「お互いの家が離れている。伯父の世話にはなっていない。そんな間柄で、メスを入れられたら嘆き悲しむような遺族感情があるとは思えない」

古手川の足が早まる。真琴は後ろから追いかけるかたちになる。

「とにかく時間がない。死体を引き取り次第、出雲は葬儀を済ませて火葬にしちまう。今日明日中に令状を取るなりしないと、折角の証拠物件が灰になる」

「わたしは何をすればいいんですか」

「真琴先生は待っていてくれ。法医学教室は死体がなかったらどうしようもないだろ」

その背中がやけに大きく見えた。

＊

「出雲くんですか？　ええ、憶えていますよ」

古手川が生協の配達センターを訪れると、応対してくれたのは津川という初老の配達員だった。

「わたし、出雲くんのトレーナーでしたからね。生協の配達って運転から荷物の出し入れまで原則一人でやらないといけないんで、結構新人に教えることが多いんですよ」

「勤務態度はどうだったんですか」

「まあ、真面目（まじめ）な方でした。入社した時には三十五でしたからね。ここを辞めたら年齢的に次の再就職が難しいというのは、本人も分かってたみたいで」

　今日びは二十代の若者でも仕事にあぶれている時代だ。ハローワークで検索しても、三十五歳を境にたちまち求人数が激減する。

「後はですねえ、その二つを一人でする仕事だから、どうしても体力勝負になっちゃう。三十、四十はいいんだけど五十の坂を越えるとダメですね。基礎体力のないヤツは早々に脱落していく。そうなると配達から内勤になるんだけど、やっぱり基本給が下がっちゃうしねえ。自分の身体に鞭（むち）打って現場に留（とど）まろうってのが多いですよ。出雲くんもねえ、独り身だったけど頼る親がいなかったから必死だったんじゃないのかなあ」

「でも出雲さんには資産家の伯父さんがいたんじゃないですか」

「ああ、それはわたしも聞いたことがありますよ。何でも医療機器メーカーの創立者で、しかも都議会議員を務めているって。でも、そんなに近しい間柄じゃないから当てにできないって言ってましたね」

　津川の証言に微（かす）かな違和感を覚える。権藤を当てにしていないというのは本人の証言と合致しているが、近しい間柄ではないという件（くだり）が微妙に相違する。

「出雲さんもその伯父も、数少ない縁者だと聞いていますが」

「ええ、わたしもそう聞いております。しかしですね、いくら縁者といっても伯父と甥ではやっぱり薄い。遠くの親戚よりも近くの他人という言葉がありますからねえ」

「生協の商品をお裾分けしたとかいう話はご存じですか」

「ええ。味にうるさい伯父だから送ってやるんだと言ってました」

「勤務態度は真面目だったのに辞めてしまったんですよね」

「彼、体力と勤勉さはいいんだけど、短気なところがありまして。当時のセンターの責任者と口論になっちゃいまして」

「口論の原因は？」

「さあ、今となっては思い出すのも難しくて、つまりはその程度のつまらない話だったんですよ。ところが売り言葉に買い言葉でどんどんエスカレートして、出雲くんが先に手を出した。暴力沙汰(ざた)は一番のご法度(はっと)ですから、即刻懲戒免職(ちょうかいめんしょく)になった次第です。それが二年前でしたかね」

「じゃあ、ここに勤めていたのは二年程度ということになりますね」

「もう少し保つと思ってたんですがね」

「退職後、彼から連絡はありましたか」

「辞めた後も生協の商品は気に入ったからと、購入は続けていましたね。ただ次の就職が決まるまでは贅沢(ぜいたく)はできんからでしょう。注文するのは米だけでしたね」

「米だけ？」

「秋田県産のコシヒカリ五キロひと袋。それと工業米を少し。これだけを定期的に頼んでいました」

工業米というのは耳慣れない言葉だったので、説明を求めた。

「ええと、工業米というのは外国産米にカビが生えたり、基準値以上の残留農薬が検出されたりしたもののことです。事故米とも言いますね」

続く説明の概略はこうだ。

ＷＴＯ（世界貿易機関）農業交渉の際、日本も海外産米を最低限の量は輸入しなければならなくなった。所謂ＭＡ（ミニマム・アクセス）米、その量が二〇一八年は約七十七万トンだ。当時より国産米だけでも余りがちな上、海外市場の暴騰でＭＡ米も決して安価ではない。しかも国内製品を保護する政府の方針からＭＡ米は自ずと保管対象となり、市場には出回らない。いきおい倉庫保管になるのでカビも発生しやすくなる。

「何しろ最初から市場向きではなかった上にカビまで生えちゃあ、とても食用にはなりません。それでこういう事故米は飼料や肥料として卸されるんです」

「事故っていうくらいだから安いんでしょうね」

「もう激安もいいところですよ。食用米は業者価格で一トン三十万円ほどですけど、事故米は一トン一万円ですもの」

「しかし、そんな米を出雲さんは何に使ったんでしょう」

「元々需要はあまりなくて、飼料にするのが関の山ですね。出雲くんもそういう用途だと言ってました。一般にはそんなものは生協の販売ルートには乗ってないんですが、たまに飼料会社の買い付けがあるので少し扱ってはいるんです」

「用途が飼料。自宅で家畜でも飼っているんですか」

「さあ、案外飼料というのは口実かも知れませんよ」

津川は意味ありげに苦笑してみせる。

「当てにできないといっても唯一の親戚だし、しかもお金持ちです。上等な米をつけ届けることでご機嫌(きげん)伺いをしていたんじゃないかと思いますよ。で、自分は高い米は食わずに事故米で我慢する」

「食用には適さないんじゃないんですか」

「それはあくまで国産米との比較対照の結果でしてね。食べたらすぐに死ぬなんてことはありませんもの。実際、海外ではそれを食用にしているんだし」


帰宅する者のいない権藤の自宅は閑散としていた。

予想される参列者の顔ぶれと人数を考えれば、自宅で葬儀を執り行うのは困難だ。おそらく出雲は近隣の斎場を利用するだろう。権藤の遺体を引き取った上で区役所に埋葬申請をする必要もある。従って当分ここに姿を見せることもないだろう。

権藤宅への立ち入りについては世田谷署の許可を得たばかりだった。独居老人の死亡で居宅はもぬけの殻。防犯上の問題もあり、相続の手続きが済むまではと世田谷署が家の鍵を預かっていたのだが、これが幸いした。もちろん世田谷署生活安全課の富増という署員が同行しているが、権藤宅に入れるのは僥倖でもあった。

「それにしても、事件性のない話ですよね。いったい何を調べようというんですか。唯一の相続人が和光市在住だからといって、埼玉県警のあなたが出張る理由もイマイチ不明ですし」

「面倒かけて済みませんね。ウチの班長の押し出しが強くって」

「その通りですよ。渡瀬警部の班じゃなかったら、わたしの上司だって立ち入りを認めたかどうか」

　令状も捜査権もなし。徒手空拳の古手川にとって、やはり切り札は渡瀬だった。まだ事件になるとも限らないと前置きした上で光崎の名前を出すと、渋々ながら世田谷署に根回しをしてくれた。そして世田谷署も、渡瀬の口添えならと拒むことができなかった。

　渡瀬は光崎に気遣い、世田谷署は渡瀬に配慮している。こうして考えると弱肉強食の頂点に立っているのは光崎ということになり、改めてあの老人の隠然たる権力に感心せざるを得ない。

　富増に開錠してもらい、家の中に入る。

　腹痛を訴えて１１９番に通報したのは権藤本人だった。それこそ着の身着のままで搬送されたので、家の中はつい今しがたまで人がいたような雰囲気が漂っている。脱ぎっ放しの普段着やベッドの乱れもそのままだ。

　腐葉土のような臭いが鼻を突く。すぐに正体は老人臭だと気づいた。ベッドやソファ、その他調度品は立派な物が揃っているのに、漂う老人臭が部屋の雰囲気を台無しにしている。

カネがあり余っても独居の侘しさは隠しようもない。豪華な調度品に囲まれていてもうそ寒い。財と名誉を誇りながら、温もりは手に入れられなかったということか。

「格闘とか泥棒が入ったとかの痕跡はないみたいですね」

富増の言葉を反芻するように、古手川も室内を見回す。事件性を疑うのであれば、真っ先に視線を走らせるべき箇所だ。

だが権藤の死は外傷ではなく、身体の内側からのものだという確信がある。検視の結果は外傷なし、本人からの通報でも侵入者の言及はなかった。

「埼玉県警さんが事件性を疑ったのは何故ですか」

正確を期すれば県警の案件ではなく浦和医大の案件だが、それを口にするつもりはない。

「MRI検査では肝臓がんということでしたが、専門家の話ではあまりに発症期間が短いということでした。肝臓がんというのは、そんなに単純な病気じゃないと」

「個人差は考慮しないんですか」

「権藤は六十八歳の老人です。何でもがん細胞は若いヤツは早く、老人は遅く進行するらしいですよ。だから本当に権藤が肝臓がんだったのならもっと長いスパンで発症し、闘病生活も長かったはずなんです」

「ひょっとして、何らかの毒物混入を疑っているんですか」

「ええ、可能性の一つとして」

古手川はベッド周辺を見回るが、常用薬の類いはどこにも置いていない。もし権藤に薬を服む習慣があったのならそれも看過できないが、取りあえずその可能性は捨ててよさそうだった。

古手川はキッチンに向かう。そここそが古手川にとっての本丸だった。

台所の抽斗を全て開けて目的のものを探す。数分調べて見つけたものは、冷蔵庫横にあるカラーボックスの中にあった。

一番下にプラスチック製の米びつが収納されていた。半透明の容器なので、米以外には何も入っていないのが分かる。

古手川は手袋をして慎重に蓋を開ける。上から覗き込むが、中身は何の変哲もない米だ。早速ひと掬いをポリ袋の中に収納する。

一連の行動を富増が見咎めた。

「令状もなしに現場のものを採取するのは、どうかと思いますよ」

「後でちゃんと返却しますよ」

そう弁解したが、たとえ返却しなかったところで文句を言う者は誰もいない。

「……見なかったことにします」

「申し訳ありません」

「その代わり、事件性が出てきたらウチにも情報共有してくださいよ。軒先を貸した、手柄を奪われたじゃ、署長に合わす顔がありません」

古手川は頭の中で富増の言い分と渡瀬の性分を秤にかけてみる。渡瀬は犯人検挙に貪欲な男だが、その数は気にしていない。埼玉県警が掘り返した事件を世田谷署にくれてやっても文句は言わないだろう。

「承りました。色々と便宜を図ってもらいましたし、班長の悪評が流れるのも嫌ですしね」

すると一瞬だけ、富増は困ったような顔をした。

そうだった。

あの上司の評判が今以上に悪くなることなど有り得ないのだ。


権藤宅から拝借してきた米を預けた翌日、鑑識官の土屋がサンプル持参でやってきた。

「どうでしたか」

「出た」

土屋はサンプルの入ったポリ袋を目の高さで振ってみせる。

「お前が持ってきたサンプルだが十四対一の割合で事故米が混じっていた」

やはりそうか。

権藤宅のキッチンを調べた際、秋田県産コシヒカリと事故米の二つを探したが、結局米びつの中にしか米は見つからなかった。そこで古手川は、権藤の手に渡る前に二種類の米が混合されたのではないかと推測したのだ。無論、邪なブレンドを施したのは出雲に違いない。

「事故米からはきっちり毒物が検出された。カビ毒の一種でアフラトキシンという代物だ。発がん性を持ち、おまけに体内では消化できないから溜まっていく」

「助かります。これで毒殺として立件できる」

古手川は意気込んだが、土屋は慰めるような顔で首を横に振る。

「喜ぶのはまだ早い。発がん性があるとは言ったが、こいつは到底ヒトを殺せるような代物じゃない」

「何ですって」

「確かにアフラトキシンは体内に溜まる毒だから、毎日食べ続ければ肝臓がんを引き起こす可能性がある。だがデータによると、たとえば体重60キログラムの人間に一日０・０６マイクログラム（１マイクログラム＝１００万分の１グラム）を与えて発がんするリスクは10万人中０・０１人、Ｂ型／Ｃ型肝炎のキャリアで０・３人」

権藤はＢ型肝炎のキャリアだった。しかし、それでも発がんリスクは10万分のわずか０・３でしかない。

「そんな低い確率じゃ未必の殺意ですらない。仮にその出雲という男が毒米の混入を自白したとしても、罪状として適用できるのはせいぜい傷害くらいだが、それだって公判を維持するのは無理だろうな」

徒労だったか。

力が一気に抜けていくのが分かる。

出雲の犯行自体は立証できる。だがその犯行の結果が殺人に至らなければ無意味に過ぎない。

それでも判明した事実は知らせなくてはならない。

古手川はスマートフォンを取り、浦和医大法医学教室の電話番号を呼び出した。

＊

「発がん性があると言っても、確かにそんな数値じゃネズミも殺せませんね」

「うん。毎日ジャンク・フードを食べさせた方がまだ気が利いていると鑑識に言われた」

ハンドルを握る古手川の横に真琴が座る。キャシーあたりなら早速冷やかしにかかるシチュエーションだが、乗っているのが遺体搬送車では色気も何もあったものではない。

「正直、肩すかしもいいところだよ。俺としてはもっと毒性の強いものを予想していたんだけどさ」

「でも蓄積する毒なら、決して無視できないんじゃないんですか。お米なんて毎日食べるものだし、出雲だって殺意があったからブランド米に事故米を混ぜた訳だし」

「殺意の有無は確かに罪状認否の上で重要なんだけど、逆に殺意が立証できたとしても殺害方法がお粗末だったら話にならない。さっきも言ったけど、たとえば鬱陶しい旦那を発がんさせるために塩分たっぷりの食事を作ろうが、ジャンク・フードを山盛り食べさせようが、殺害行為とは認められない」

「でも出雲が混入したのは毒米でしょ」

「それだって毒性があまりにも弱かったら殺意というよりただの悪意だ。しかもこの場合、アフラトキシンと肝臓がんの因果関係が医学的に証明されなかったら、やっぱり有罪は難しい。そんな勝ち目のない裁判を、検察が起訴するはずがない」

「それなら、どうしてわたしたちは斎場に向かっているんですか」

真琴はからかい半分に言う。二人を乗せた遺体搬送車は、権藤の葬儀が執り行われている斎場に向かっているのだ。

「俺に訊くなよ。アフラトキシンの毒性なんかどうでもいいから、焼かれる前に死体を運んでこいと言ったのは光崎先生だ」

言われなくとも知っている。光崎が電話口で怒鳴っている時、まさにその横で自分が立っていたのだ。

「真琴先生こそ教えてくれ。どうしてそんな状況で、光崎先生は解剖させろなんて言い出すんだ。知らない人間が聞いたら、ただ解剖をしたいだけとしか受け取られかねないぞ」

まさかそんなことはないだろうと思うが、真琴も自信を持って否定できない。何しろ相手は事件の真相や犯人特定よりも、死因究明の方に興味を示す偏屈者だ。

真琴は途端に不安になる。光崎には全幅(ぜんぷく)の信頼を置いているが、今から自分と古手川のしようとしていることは明らかに越権行為であり、下手をすれば遺族から訴えられる行為だからだ。

「わたしも染まってきたのかなあ」

「何が」

「だって今から遺体を強奪しにいくんですよ。よくよく考えたらとんでもないことなのに、しれっと落ち着いている自分が嫌」

「少なくとも違法行為じゃない。ちゃんと手続きは踏んでいるんだ。そのお蔭で予定よりずいぶん遅れちまったけどさ」

斎場に問い合わせたところ、権藤の遺体が出棺されるのは午後四時三十分の予定だった。何とかそれより前に到着したかったが、結局は遅れに遅れて、現在時刻は四時二十五分。

「間に合ってくれよ」

古手川はアクセルを更に踏み込む。法定速度を既に上回っていたが、それでも斎場までは十分ほどかかる計算だった。

やがて彼方に斎場の建物が見えてきた。どうやら間に合ったらしい。

ところがあと数十メートルというところで、真琴たちは対向車線からくる霊柩車と擦れ違った。畜生、と古手川が叫んだのがほぼ同時だった。

「今の霊柩車に出雲が乗っている」

古手川はいきなりクルマをUターンさせた。シートベルトをしていても真琴の身体は大きく外側に押される。

「逃がして堪るか」

古手川は前のめりの姿勢で霊柩車の後を追う。遺体搬送車は緊急車両に指定されているものの、回転灯の類いは装備されていない。前方を走る霊柩車を止めるには、追い越し車線から並んで幅寄せするしかない。古手川は前を走るクルマを次々に追い抜き、霊柩車に迫る。助手席の真琴は拳を固く握り締めているしかなかった。

幸い霊柩車のドライバーは安全運転を心がけるものだったらしく、追い越し車線から接近するとぎょっとしたように速度を緩め始めた。古手川はハザードランプで合図して、ようやく霊柩車を路肩に停車させた。

「何の真似だっ」

窓から顔を出した出雲に、古手川は書類を突きつける。

「鑑定処分許可状です。これより権藤要一氏の遺体を司法解剖に回します」

3

権藤の死体を奪取された出雲は霊柩車から飛び出して抗議したが、正式な許可状の前では何も為す術がなかった。伯父を弔い、荼毘に付すことがたった一人残された身内の務めだとまくし立てたものの、遺族の苦情や非難を聞き慣れている古手川には微塵も通用しない。

「出雲さん。あなたが唯一の親族として文句を言いたい気持ちも理解できる。だったら、その思いの丈を存分に吐き出したらいい。ただし往来じゃ迷惑だから県警本部に場所を移すことになりますけど」

「県警本部だって。馬鹿なことを言うなよ、肝臓がんで死んだっていうのに、どうして俺が警察に行かなきゃならないんだ」

出雲はさっと顔色を変えるが、相手の狼狽を慮るような古手川ではない。却って火に油を注ぐようなものだ。

「いったん病死と判断された案件にどうして鑑定処分許可状が出たのか、不思議に思いませんか」

出雲は不安に駆られたのか、古手川に猜疑の目を向ける。純粋な質問なのか、それとも誘導尋問なのかを見極めようとしているようだ。

「どうやら興味があるみたいですね。それにこっちも色々とお訊きしたいことがあったからちょうどいい。出雲さんはわたしと一緒に来てください」

「事情聴取か」

「ええ。もちろん任意同行なので拒否することもできます。ただし」

「ただし？」

「警察官というのは底意地が悪くできているので、どうして任意同行を拒んだのかと怪しみます。すると今までは想像もしなかったような疑いを抱くようになる。こんな言い方はしたくありませんけど、何も身に覚えがないんだったら、変に疑われるような真似は損なだけですよ」

古手川は値踏みをするように出雲を睨む。相手の目は泳いでいる。長時間の尋問に耐えられるとも思えない。自供を引き出すには格好のタイミングだ。

「それじゃあ、真琴先生。遺体はこのまま浦和医大に搬送するので、後はよろしく」

「古手川さんはどうするんですか」

「俺は生きている人間を相手にする。先生たちと違って、俺はこっちの方が数段得意なんでね」

取調室の中に入れられると、出雲は逃げ場を探す小動物のように忙しなく室内を見回した。逃がすものか、と古手川は記録係の刑事に目配せして相手の対面に座る。

「権藤さんには生協で購入したものをお裾分けしていたんですよね」

「ああ、伯父は結構食い物にうるさくってね。コンビニ弁当なんか受け付けないんだ。それにあの齢になると、わざわざいい食材を買うために外出するのも億劫になるしね」

「伯父さん思いで何より。それで、いったいどんな食材を送ったんですか。具体的に教えてください」

途端に出雲は黙り込む。分かり易い容疑者だ。容疑者の全員が全員、こんな風であれば事情聴取も楽なのだが。

「色々送ったから、いちいち憶えちゃいないよ」

「じゃあ、思い出すのを手伝ってあげましょうか」

古手川は手元のファイルから一枚の紙片を取り出す。配達センターから取り寄せた注文の記録一覧だった。

「この一覧を観る限り、あなたが権藤さんに送っているのは全部米ですね。それでも思い出さなかったのですか」

「人にいったん送ったものを憶えているほどケチな人間じゃない。俺はこう見えても気前がいいんだよ」

「食い物にうるさい権藤さんにどんな銘柄の米を送ったんですか。もちろん、そんじょそこらの安物じゃないんでしょうけど」

「秋田産のコシヒカリだよ」

「へえ。いちいち送ったものは憶えていないのに、銘柄だけはちゃんと記憶しているんですね」

嫌味だとも思うが、話の合間に相手の動揺を誘うことを忘れない。上司からの受け売りだが、足元の弱い相手は揺さぶれば揺さぶるほど不安定になってくる。そして悪酔いした挙句、腹の中に収めていたものを全部吐き出してしまう。

「うるさいな。あんたに言われて思い出したんだよ」

「手伝う甲斐(かい)があって何よりです。ところで出雲さん。これは生協から聞いた話ですが、あなたは毎度コシヒカリを注文する際、事故米も一緒に頼んでいますよね。およそ食用には適さない米をいったい何に使うんですか。飼料にするにしたって、あなたの住まいには庭もないから動物も飼えやしない」

つい、と出雲は古手川から視線を外す。

「事故米は俺が食べた。何と言っても気前がいいもんだからね。ブランド米を伯父に送ると、自分の分がなくなる。それで俺は事故米で我慢したのさ。美談だろ」

「食用には適さないんでしょ」

「輸入元の海外では、それを常食にしているヤツらだっている。食用に適さないってのは飽食気味になった日本人の驕(おご)りだよ」

「事故米っていうのは保存管理の過程でカビが生えたような代物のことでしょう」

「あらゆる貯蔵庫が温度や湿度を完璧に管理している訳じゃない。穀倉地帯と言われるところでも、およそ米とは思えないほど変色したのが平気で売られ、それを平気で食べているヤツらがいる」

「だからと言って、そんな米を好き好んで食べてるんですか」

「現在無職だからね。仕方なく。仕方なくさ」

「権藤さんは食材の買い出しにも億劫だったと言いましたね」

「ああ。議員時代は送り迎えも全部公用車だったんで、それで身体がなまったとか言ってたな。だから選挙に落選した後は病院も俺が乗せていった。当時は俺もクルマ持ってたし」

「じゃあ、権藤さんがB型肝炎ウイルスのキャリアだったことも本人から聞いていましたか」

またもや出雲は黙り込む。黙秘権さえ行使できれば、何とでも言い訳ができると本気で思っているのだろうか。だとすれば、こんなに有難い容疑者もいない。

「じゃあ、話を変えましょうか。先ほどの話をお聞きする限りは事故米についてお詳しそうだ」

「そりゃあ、自分の腹に収めるものだからね」

「カビが生えていてもですか」

「健康体ならどうってことはないよ」

「つまり、健康体じゃなかったら支障があることを知っていた訳だ」

出雲の表情が凝固する。

自分が罠に嵌まったのを察した目だった。

「あんたは事故米に発生するカビにアフラトキシンという毒物が含まれているということを知っていた」

「知らん。何の話だかさっぱり分からん」

出雲はまたも顔を逸らす。

「何年か前、三笠フーズが事故米を食用として転売した事件が発覚した。全国の農協や生協には周知徹底の意味でカビ毒アフラトキシンの危険性に言及した文書が回された。肝細胞がんを引き起こす原因物質であることも明記されていた。あんたが生協を辞める前の話だ。あんたが知らないはずがない」

「知らないものは知らないと言っているだろ」

出雲の言葉は語尾が震えている。この男の足元は揺らいでいる。あとひと押しで完全に転がる。

「沈黙したり知らないと言ってたりすれば、それで免れると思うか」

「何の証拠があって」

「さっき権藤さんの遺体を引き取った浦和医大の法医学教室はな、生きている人間より死んだ人間と話す方が得意だって先生が揃っている。生きている人間は嘘を吐くが、死体は嘘を吐かんと日頃から豪語しているプロたちだ。いったん腹をかっさばいたら、どんな微細な異状も見逃さない。たとえそれがアフラトキシンの残滓であってもだ」

古手川は出雲の退路を塞ぐように詰め寄る。

「あんたが生協に注文した事故米だがな。サンプルはもう入手してあるんだ。アフラトキシンがカビ毒というのなら、当然薬物検査できる。もし権藤さんの体内からアフラトキシンが採取されたら、それが物的証拠になる。その時、あんたはどう弁解するつもりだ」

＊

『出雲が自供したよ』

古手川から連絡が入ったのは、真琴が解剖室に向かおうとする直前だった。

「何か証拠が出たんですか」

『証拠は、これから真琴先生たちが見つけてくれることになっている』

「何ですか、それは」

『司法解剖したら逃れられない証拠が必ず見つかると脅した。元々、そんなに度胸の据わった男じゃなかったから、いったん心が折れると後は簡単だった』

古手川の説明によれば、こういう経緯だったらしい。

選挙に落選した権藤はある日身体の不調を訴え検査入院した。その送り迎えをしたのが出雲だった。検査の結果はＢ型肝炎キャリア。ただし発症はしていないので、定期的な健康診断と警戒を怠らなければ大事には至らない。

この時、出雲は一計を案じた。毎日発がん性のあるものを摂取させれば、伯父を肝臓がんにさせることが可能ではないのか。現に海の向こうでは肝炎のキャリアが発がん性物質の摂取でがんを発症した例が報告されている。

出雲が採った方法は単純だった。生協から取り寄せたブランド米に事故米を混ぜて権藤に転送しただけだ。混入させる際はいったんパッケージを破ることになるが、それを糊塗(こと)するために発送時は別の容れ物に移し替えた。

『権藤の身内が自分一人だけであるうちは急ぐ心配もなかった。老衰して自然死するのを気長に待っていればいいんだからな』

「急がなきゃならない理由ができたんですね」

『ああ。六十も半ばを過ぎてから急に弱気になり、再婚したいと言い出したらしい。選挙に落ち、体調を崩して独(ひと)り身(み)が辛くなったんだろうな。もし婚活でもされて後添えが決まってしまえば、出雲は相続権を失う。だから今回の計画を実行した』

「でも、殺人計画としてはずいぶん消極的な気がします」

『出雲にしてみれば、砒素(ひそ)みたいに少しずつ体内に毒が溜まればと計画していたらしい。出雲もアフラトキシンの発がん性がそれほど低いとは思わなかったみたいだ。まあ、いずれにしても未必の故意だから、これを以(もっ)てあいつを立件できるかどうかは甚(はなは)だ不安なんだけどさ。ただし権藤の死とアフラトキシンとの間に因果関係が認められれば、少なくとも起訴には持ち込める』

それで真琴たち法医学教室の出番という訳か。

『そういう事情なので期待している』

「少しは不謹慎だと思わない？　毒殺された証明を期待するだなんて」

『そういう商売だからね。悪い奴を逮捕するためには、多少不謹慎にもなるさ。じゃあ、結果が出たら教えてくれ』

勝手なものだ、とは思うが、話の発端は早過ぎる病死に光崎が興味を抱いたことだ。それを思えば勝手さは双方ともいい勝負ではないか。

とにかく古手川は警察官としてできるだけの仕事をした。次は真琴が法医学者の端くれとして光崎の執刀を補佐するだけだ。

解剖室では早くもキャシーが準備を進めていた。心なしか足取りが軽く見える。久しぶりの解剖に興奮を抑えきれないのか喜色満面とまではいかないが、放っておけば今にも口笛でも吹きそうな顔をしている。

いや――実際に彼女の唇が尖り始めたので、真琴は慌てて咳払いをするより他になかった。

「何ですか、真琴」

「楽しそうですね」

「オフコース。自分の仕事を愉しむのは当たり前です。メンタルで拒否反応を示しては満足なパフォーマンスが得られませんから」

この准教授の言語感覚ではリラックスとレクリエーションの区別はどうなっているのか、別の機会に是非とも訊いてみたいものだ。

下準備が終わる頃、まるでタイミングを見計らったように光崎が姿を現した。

解剖着に身を包み、颯爽と歩くさまはまるで年齢を感じさせない。もう何度も見慣れているはずなのに、こうして目にする度に背筋がぴんと伸びるような気がする。

「では始める。遺体は六十八歳男性。肝細胞がんのため、病院にて死亡」

光崎の目が死体の細部を具に走査していく。普段は底意地悪そうな両目が、こと死体を見る段になると邪心のない澄んだ光を帯びる。

「体表面に外傷および鬱血は認められない。死斑が背中に集中しているのは、病院での仰臥姿勢が続いたせいだろう。それでは執刀する。メス」

真琴からメスを受け取り、死体の胸にY字を描く。メスの走った跡には血の玉がぽつりと浮くだけで、本当に線を描いているように見える。

切断面を両側から開くと、早くも腐敗の始まった体内からガスが洩れる。真琴はマスクをしていても、無意識のうちに呼吸を浅くする。そして呼吸を浅くしているせいで聴覚が研ぎ澄まされる。

解剖室の中で音を発生させているものは天井の蛍光灯と各種検査機器。しん、と静まり返った空間の中、光崎の握るメスは音もなく死体を切り刻んでいく。肋骨を切除する時ですら、際立った音はしない。無駄のない動きは余計な音さえ生まないという事実がよく分かる。

何度立ち会っても光崎の執刀には目を奪われる。正確無比のメス捌きに澱みも停滞もない速さは、マニピュレーターを連想させる。キャシーなどは、露骨に憧憬の目でその動きを見つめている。

肋骨を外すと、肺が露出した。その一部が変色しているのが見える。明らかにがん細胞に侵食された痕跡だ。ただし小範囲であり、ここが患者の命を奪ったようには見えない。

おそらく光崎もそう判断したのだろう。ものの数秒も観察すると、すぐに興味を失くしたようだった。

元より本丸は肝臓だ。肺に見られたがんの徴候は肝臓から転移した可能性が大きい。光崎の視線が肺から肝臓へと下りていく。

肝臓表面が顆粒状だ。これは肝臓全体が偽小葉で置換された状態だ。たとえばアルコール性肝硬変の場合、肝臓はいくぶん肥大し小型の偽小葉が比較的狭い線維性隔壁に取り込まれているが、この死体はまだ肝臓の肥大に至っていない。病因がアルコール性由来でないことの一つの証だ。ただし顆粒状の部分は広範囲に亘っており、ここが病巣であることを窺わせる。

「顆粒はやや大きい。グリソン鞘や間質に細胞浸潤が認められる。小嚢胞が下部に集中」

感情のこもらない声で光崎が呟き続ける。その全てはＩＣレコーダーに記録されているが、真琴は解剖報告書作成の際、光崎が音声記録を再生しているのを目撃したことがない。不思議に思って本人に尋ねてみると、不機嫌そうな答えが返ってきた。

『ついさっき見たものを忘れるような脳みそなら、学者なんぞ向いておらん』

突き放したような言い方にまごついたが、キャシーの説明によれば光崎は一度目にしたものを画像情報として記録・保管する能力が傑出しているらしい。執刀中の音声記録は訴訟やら事実確認やらに備えた、あくまでも対外的なものだ。

光崎の手が肝臓の下部に滑り落ちる。そしてゆっくりと持ち上げた時、わずかに目を見開いた。今までついぞ見せたことのない、訝しげな目つきだった。

光崎が注目したのが何であるのか、真琴の立つ位置からは死角になって見えない。だが反対側にいるキャシーには確認できるらしく、彼女もまた目を丸くしている。

まさかアフラトキシンの作用した部分が肉眼で目視できるというのか。因果関係の成立を心待ちにしている古手川には好都合だが、生憎そんな症状は見たことも聞いたこともない。

「ピンセット」

光崎の声の調子が変わった。

真琴の背筋に悪寒が走る。およそ何にも動じないはずの光崎が、明らかに動揺しているのだ。

思わずピンセットを渡す指が震えてくる。

馬鹿、お前が震えてどうする。

光崎はピンセットを肝臓の下に潜り込ませ、慎重にその異物を挟み上げた。

何だ、これは。

真琴は息をするのも忘れて異物に見入る。対面のキャシーも同様で、彼女は目を大きく見開いている。

ピンセットに挟まれたものは多包虫だった。

ぶよぶよとした袋の中に無数の虫が蠢いている。見ているだけで背中の辺りがむずがゆくなってくる。プレートに移し替えると、もぞもぞと微細な動きを見せる。

「保存しておいてくれ」

光崎の指示で、キャシーが滅菌ビンの中に入れる。中は生理食塩水で満たされており、寄生虫の類いもしばらくは生存できるようになっている。ビンの中に移された多包虫は、それこそ水を得た魚のように悠々と動き始める。

改めて禍々しい姿かたちだと思った。生理食塩水の中を漂う光景はお世辞にも優雅とは言い難く、むしろおぞましい。

「君は人体よりも虫に興味があるのか」

光崎の言葉で、真琴はようやく我に返る。

「そいつらだけではないぞ」

光崎は指を肝臓の下に潜り込ませ、次々に同じ多包虫を摘み上げる。滅菌ビンの中はたちまち虫の群れで黒くなっていく。

「寄生虫は嚢胞の下に潜り込んでいる。ＭＲＩ検査に引っ掛からなかったのは、寄生虫自体が小さく、良性嚢胞と見分けがつかなかったからだろう。肺に腫瘍が転移しているように見えるのは嚢胞が破れて包虫が散布された可能性が高い」

「先生。この寄生虫はいったい」

「エキノコックスだ。文献でくらいなら見たことがあるだろう」

言われる通り、真琴にも知識だけはある。

エキノコックスは扁形動物門条虫綱真性条虫亜綱円葉目テニア科エキノコックス属に分類される生物の総称だ。主に牧羊地帯に生息し、イヌやネコあるいはキタキツネなどの糞に混入したエキノコックスの卵胞が、水分や食料補給の過程で人体に侵入することがある。その卵胞がヒトの体内で幼虫となり、主に肝臓に寄生して発育する。

「エキノコックスが肝臓に巣を作り、結果的に肝機能障害を起こす。この患者が肝臓がんに見えた原因はおそらくこれだろう」

「でも光崎先生。エキノコックス症の潜伏期間は成人男性で長いものなら十年から二十年。でもこの患者は去年も定期健診を受けています。MRIに引っ掛からなくても血清検査で判明しそうなものだし、第一自覚症状がなかったというのも変です」

肝臓が腫れた時点で本人には右上部の腹痛が襲ってくる。次のフェーズでは胆管が閉塞され、皮膚は黄疸を伴って激しい痒みをもたらす。死亡寸前まで自覚症状がなかったというのは、およそ考えられない。

「北海道以外の地域では定期健診で血清検査をすることはない。加えてこのエキノコックスが異常な増殖性を有している可能性も考えられる。それなら肝臓腫大になる前に発症したとしても頷ける。嚢胞壁石灰化が見られないことの理由にもなる」

猛烈な増殖性を持つエキノコックス——それもまた突飛な仮説だ。光崎の仮説を支持しない訳ではないが、そうなると権藤が体内に取り込んだエキノコックスは突然変異体ということになる。いったい権藤はそんな卵胞をいつどこで摂取したのだろうか。

「採取したエキノコックスの検体を調べれば、突然変異体かどうかはすぐに判明する。結論づけるのはそれからでも遅くあるまい」

「それじゃあアフラトキシンとの関係性はどうなんですか」

「因果関係も人体に対する影響も比較にならん。発症に至るまで、どれだけの蓄積を必要とするか。県警の若造から何を吹き込まれたかは知らんが、死因とは無関係と考えて差し支えない」

光崎の診断を聞いたら、古手川はどう思うだろう。司法解剖に一縷の望みをかけていたというのに、それが水泡に帰してしまうのだ。

一方、光崎やキャシーは落胆どころか異様な昂奮状態にある。光崎は穏やかに、そしてキャシーは露骨に。

「キャシー先生。至急、このサンプルを国立感染症研究所に回して分析させてくれ」

光崎が他の医療機関に分析を依頼するのも初めて聞いた。真琴でなくても稀有な例だったのだろう。キャシーも意外そうな様子で指示を受ける。

「OK、ボス」

「閉腹する」

光崎は何事もなかったかのように遺体の腹を閉じていく。その指の動きにはいささかの動揺も見られない。

だが真琴は知っている。面に出さないだけで、光崎もまたキャシーと同様かあるいはそれ以上に何事かを警戒している。

「真琴先生、どうせ解剖結果をあの若造に知らせるつもりなのだろう」

「はい」

「どうせなら電話でなく、ここに直接呼び寄せたらいい」

「いいんですか」

「殺人事件一つ立件しようとしているのなら、結果だけ聞いてもすんなり納得するまい」

4

「死因は事故米の毒ではなかったんですか」

光崎から解剖結果を知らされた途端、古手川はがっくりと肩を落とした。だが、この男はそれしきのことで諦めるような殊勝さも持ち合わせていない。

「それなら、そのエキノコックスとかの卵が事故米に付着していた可能性はありませんか」

エキノコックス症が日本で報告された例は多くない。元よりエキノコックスは北海道など緯度の高い地域に生息している。権藤が該当地域に足を運んだというのならともかく、その旅行記録は見当たらないそうだ。

むしろ生息地域で言えばシベリア・南米・地中海地域・中東・中央アジア・アフリカといった場所であり、そのいずれかで収穫された米が事故米として日本に送られてきたのではないか——古手川の考えは手に取るように分かる。だが古手川の淡い期待も光崎によって一刀両断された。

「例外もあるが大抵の寄生虫は乾燥や紫外線に弱い。エキノコックスも同様だ。収穫から梱包、長い船旅の間に卵胞が生き延びていた可能性は小さい。第一どの米にエキノコックスの卵胞が付着しているか、どうやって素人が見極めると言うのだ。馬鹿も休み休み言え」

「しかし光崎先生。その甥には権藤を殺害する動機があってですね」

「動機があろうが何だろうが、少なくとも事故米が原因で肝機能障害を発症したのではない」

「つまり出雲が事故米を混入させたのと、寄生虫が猛威を振るったのとが偶然重なったって訳ですか」

「偶然と早合点するな。感染経路を調べるうち、患者が国産以外の食糧を口にしていた可能性が出てくるかも知れん。そうなればエキノコックスの感染は必然という可能性も出てくる」

「どっちにしても出雲が関与している訳じゃないですよね」

「いい加減に諦めんか、往生際の悪い。お前はこれが殺人でなければ寝覚めでも悪いのか」

今度こそ古手川は失望したように目を伏せる。

「殺人罪での立件は無理。となれば頑張って殺人未遂か……でも先生。寄生虫が犯人なら、この事件は俺たち警察の仕事じゃありませんよ」

「そう思うか、若造。毒米を用いた殺人なら、転がる死体はせいぜい一体だ。だが殺人でないのであれば転がる死体は十や二十では済まんかも知れん。それでもお前は警察の仕事ではないと高みの見物を決め込むつもりか、この木端役人めが」

「……ひどい言われようだけど、転がる死体が十や二十で利かないって、どういう意味ですか」

光崎の眉がぴくりと跳ね上がる。こんな簡単なことも分からんのかとカミナリが落ちる前に、真琴が二人の間に割って入る。

「パンデミックよ、古手川さん」

「パンデミックって……おいおい、じゃあエキノコックス症ってのは伝染病なのか」

「ううん。伝染病じゃないわ。基本、ヒトからヒトに伝染るものでもない。要は感染経路の問題」

「分かるように説明してくれ」

「エキノコックスの卵胞は、動物の糞に混ざっていたものが何らかの経路で食料や水に移動し、経口感染によって人体に寄生します。その経路が特定されない限り、同じ犠牲者が続出するんですよ」

さすがに古手川も神妙な顔つきになる。

「しかも今回の例を見るまでもなく、自覚症状がないままあっという間に猛威を振るうのなら、死亡率も跳ね上がります。いいですか、ＭＲＩ検査でも検出できなかったんですよ。自覚症状もなし、検査も無駄となったら予防は途轍もなく困難になります。防ぎようがないんですよ」

「何もできないのか」

「ゼロじゃありません。血清中からエキノコックスの抗体を検出する方法はあります。でも、その検査を国民全部に実施するのは施設の規模を考えると不可能に近いです。そもそも問題とされるエキノコックスが突然変異体だとしたら、その検査も意味を成さない可能性だってあります」

畳(たた)み掛けるように言われ、古手川はその剣幕に圧倒された様子だ。

「確かに古手川さんのいる捜査一課の仕事じゃないかも知れません。でも犠牲者は一件の犯罪よりもずっと多くなりますよ。それこそノロウイルスや鳥インフルよりも、もっと」

そしてパンデミックが顕在化すれば保健所の業務を超えて警察や、下手をすれば自衛隊の派遣までも視野に入れなければならなくなってくる。

事の重大さに思い至ったのか、古手川は悩ましげに頭を掻(か)く。

「理解したよ、真琴先生。だけどさ、さっきも言ったように寄生虫が犯人なら捜査一課の出る幕じゃない。よしんば警察力が必要な事態が想定されるとしても一介の刑事にできることなんて」

そこまで言い掛けた時、怖れていた光崎のカミナリが炸裂した。

「さっきから聞いていれば、お前は管轄だの権限だのと逃げ口上(こうじょう)ばかり口にするな。いったい公僕としての自覚はあるのか。不特定多数の一般市民が危険に晒(さら)されようとしている時に、我関せずとはどういう了見だ」

「しかし先生、俺がその検査を手伝うのは無理ってもんです」

「誰がお前に保健所職員の真似をしろと言った。警察官には警察官にできる仕事がある。お前は例の権藤とかいう男の行動を全て洗え。渡航を含めた旅行記録とパーティーへの参加記録。数年は議員をしておったそうだから、任期中に参加した催事の一切合財(いっさいがっさい)をリストアップしろ。そのリストを元に感染源を特定させる」

「……それは確かに俺でもやれそうな仕事ですけど、こう見えても他に重大事件を抱えていて」

「仕事の優先順位に疑問を持つのなら、あの傲岸不遜なお前の上司に事の次第を報告してみろ。少なくともお前よりは大局に立ったものの見方をするはずだ。それでも手伝わんと言うのなら、今後浦和医大法医学教室は県警からの死体解剖要請を一切受けつけんからそのつもりでいろ」

法医学教室における司法解剖は義務ではなく、要請と受託という信頼関係だけで成立している。従ってこの交渉では受託側の光崎に圧倒的なアドバンテージがある。

「色々とひでえなあ」

古手川はちらりと真琴に同情を求めるような視線を投げて寄越す。まさかこの場で光崎に反旗を翻すことはできず、また翻せる立場でもない。胸の裡で手を合わせながら、真琴は古手川から顔を逸らす。

「分かったのなら、さっさと自分の仕事をしてこい」

半ば光崎から追い出されるかたちで、古手川は法医学教室を後にした。

古手川にパンデミックを説明した真琴は、自分で口にしていながら改めてその可能性に不安を覚える。光崎が懸念している通り、もし突然変異体のエキノコックスが大量発生しているとしたら現在の防疫体制ではパンデミックを防げない。ヒトからヒトへの感染はないものの罹患者の治癒はほぼ絶望的だ。被害が拡大しないものの、死亡者数が多ければ結果は同じとなる。

予防策もなければ罹患者を治癒する方法も限定されている。まず思いつくのは手術によるエキノコックスの除去だが、これは臨床症状が発現した時点では既にほぼ手遅れだ。嚢胞の位置と患者の体力から手術困難の場合もあり得る。

　あと一つは化学療法で、一九九四年に日本でも使用が認可されたアルベンダゾールという内服薬が存在する。ただしこの治療薬もあくまで既存のエキノコックスに対してであり、突然変異体のそれにどこまで有効なのかは分からない。

「キャシー先生。感染症研究所からはまだ報告がないか」

「サンプルを送ったのは昨日の夕方です。やっと到着した頃ですよ」

「分析を急がせてくれ。多少の恫喝もやむを得ない」

　光崎の口調は落ち着いているものの、指示の内容自体は焦燥に満ちている。

「これから学長のところへ行ってくる。キャシー先生と真琴先生は、解剖結果を各医療団体に回して情報の共有化を図ってくれ」

　そう言い残すと、光崎は教室の外へ出ていった。

「ボスは学長に何の用事があるのでしょうか」

　真琴の考え得る限り、思いつく答えは一つしかない。

「エキノコックスによる死亡者が出たことを浦和医大からの声明にするよう、根回しに行ったんじゃないでしょうか」

　答えを聞いたキャシーは溜息交じりに頭を振る。

「大学組織のパワーバランスについては未だに理解に苦しみます。浦和医大の名前を使わなくとも、光崎教授の名を出せば日本中の医師と施設が耳を傾けるように思えるのですけど」

　個人よりは組織、実績よりは肩書き。悲しいかな、それが学術の世界の現実だ。

光崎の卓抜した知識と技術を目の当たりにした一年余、同時に真琴は彼の政治的手腕の乏しさも具に見てきた。人望があっても、その世界に君臨して権力を行使できるのは権力志向のある人間だけだ。そして光崎ほど権力に無自覚な者は珍しい。

孤高を貫き、学内の権力闘争から身を遠ざけ、自身の研究に没頭できるのは学術者の理想ではあるが、反面世間を狭くしがちになる。大学内において孤高と孤立は同義語に近い。学生から敬遠され、予算ばかり食って大学の地位向上に貢献できない法医学教室なら尚更だ。学究の徒として理想的なポジションを得た光崎は、同時にそこを政治力の発揮できない場所にしてしまった。解剖一途に邁進するならそれで好都合だが、今回のように旗を振るには立ち位置が辺境に過ぎる。旗は中央の高い場所に掲げて、初めて有用になるものだ。

「光崎教授は政治にあまり関心のない人ですから。今回ばかりはそれが裏目に出ちゃいましたね」

「警告の内容よりも発信元が重要だというのは、どこの国でも似たようなものです。そしてポリティカル・パワーを発揮するそのほとんどが、エキスパートとは限らないのもです」

不意に真琴は古手川の言葉を思い出した。

『寄生虫が犯人なら捜査一課の出る幕じゃない』

それは光崎にしても同様ではないのか。死体と対峙する時の光崎は無敵と言ってもいい。彼以上に死体と語り、死体を理解できる者はいない。だが相手が寄生虫となれば話は別だ。生体の裡に蠢く寄生虫を駆逐させる手段も、排出させる方法も持たない光崎に闘う術はない。

「キャシー先生。光崎教授はひょっとして」

「ええ、ボスはとっくにこの案件が自分には不利であることを予想しています。普段は嫌うネゴシエーションを行なっているのもそのためです。エキノコックスと闘うためなら、ボスはプライドさえ投げ出すつもりなのでしょうね」


南条が法医学教室を再訪したのはその二日後だった。今回は光崎の方から呼び出したようだが、それにも拘わらず客を待たせたのはいかにも光崎らしかった。いつ南条が機嫌を損ねるのかと真琴は危ぶんだが、元より南条と光崎が憎まれ口を叩き合う場面しか目撃していない。

「ほっ。すると権藤を死に至らしめたのは寄生虫だったという訳か。しかも選りに選ってエキノコックスとはな。あの男もずいぶん珍奇な死に方をしたものだ」

「エキノコックス症の死亡例はごくわずかだからな。お前の乏しい知見では思い至らなかったのも無理はない」

「しかし自覚症状なしというのは解せんな。まさか突然変異体か」

「サンプルを感染症研究所に提出した」

「結果は」

「今朝、報告書を受け取った。間違いなく突然変異体だ」

国立感染症研究所からの報告は真琴たちにも知らされていた。突然変異体であるのは光崎の予想通りだったが、変異の性質に関してはそれ以上だった。

「エキノコックス症の潜伏期間が長いのは知っているな」

「卵胞から幼虫に発育するのが遅いからだ」

「卵胞から幼虫に発育する期間は一般的なエキノコックスと変わらんが、この突然変異体の特徴は幼虫になった時点ですぐ肝機能障害をもたらすことだ」

「ふん、まさか肝細胞を食い荒らすとでもいうのか」

「それもある。だがそれだけではない。どうやらこの幼虫はある種の毒素を放出するらしい」

ぴくりと南条の眉が反応する。

「それが直接の死因か」

「まだ断定はできん。感染症研究所の実験では生体肝臓に何らかの刺激を与えるものらしいが、具体的にどう作用するかは不明のままだ。おそらく毒素の分析だけでも相当待たされるだろうな」

「突然変異の理由についても察しはついているのか。……いや、毒素の分析も済んでいないのに、そこまで期待するのは無理な注文か」

「外部環境の変化で生物は進化を遂げる。寄生虫も生物である限り、この摂理から大きく外れはせん。感染症研究所が公式に発表するとしても、おそらくその辺りに落ち着く」

「閉鎖的権威は無難さに流れる、か。とにかく権藤の死因を特定できたのだから、お前に話を持ち掛けたのは正解だった」

「そう思うのなら、今度はお前が骨を折れ」

「そうくると思った。どうせ俺をスポークスマンに仕立てるつもりなんだろう」

「察しがいいな」

「お前が俺を評価しているのは、それくらいのものだからな。しかし浦和医大としては了承できるのか。ここの学長も存外に生臭い人物だと聞いているが」

傍らで二人の会話を拝聴している真琴に、南条の指摘は居たたまれないものがある。

光崎がエキノコックス症の発生を報告すると学長は驚いたものの、浦和医大の名義で発表するのを躊躇したという。その理由は以下の通りだ。
・患者の体内に巣食っていたエキノコックスが突然変異体であると報告されたのはかつて例がない。
・仮にエキノコックスの突然変異体が存在したとしても、それが直ちに肝機能障害の原因であるという因果関係が証明されない。
・したがって今この時点でエキノコックス症の発生を公表するのは時期尚早であり、徒に世間の困乱を招きかねない。
もっともらしい理屈に聞こえるが、頷けない部分も多々ある。わずかでも危険性が認められるのなら公表して注意を喚起するべきだし、突然変異体の存在と肝機能障害との因果関係は別の問題だ。

「ふん。生臭いのはそっち方向だったか。要はアレだ、腑分け屋。窓口になるのが鬱陶しいんだろう。こういう場合、最初に名乗りを上げたところに情報が集まりやすいが、反面要らん責任まで伸し掛かってくる。人手不足で汲々としている地方の医大では、これ以上雑務を増やして大学と病院の業務に支障を来したくない……まあ、そんなところか」

「知らん。だが学長が使えないなら、他の目立ちたがり屋を使うしかない」

「その目立ちたがり屋が俺か」

「お前のする仕事はまだ他にもある」

「全く人使いが荒い奴だ。いつかここの職員にでも刺されちまえ」

「各医療機関に注意を促すとともに、潜在しているエキノコックス症患者を発見しなきゃならん」

「自覚症状もなけりゃ、ＭＲＩでも検出できないのだろう」

「それでも肝臓に異常がある患者を中心にある程度の絞り込みはできる。従来の検査項目に血清検査を加える」

「費用はどこから捻出するつもりだ」

「患者だろうが病院だろうが国だろうが、そんな些末事はどうでもいい」

「お前らしい理屈だが、現場ではそうもいかんぞ。お前の危惧していることが現実となった時、セーフティ・ネットが万全でないと却って混乱を招く結果になりかねん」

「だから、そういう煩雑な仕事はお前がやれと言っておるのだ。お前と城都大のネームバリューなら何とかなるだろう」

「つくづくひどい男だ」

「今更、何を言っている」

二人の老教授は束の間睨み合ったが、すぐに舌打ちをして顔を逸らす。

「今、お前が言ったことは蛇口(じゃぐち)を閉めることだ。よもやそれだけでパンデミックが抑えられるとは思ってはいまい」

「源泉を見つけて封じる。今回死亡した患者がどこでどんな状況下でエキノコックスの卵胞を経口するに至ったのか、その調査に警察の末端を使っている」

「役に立つのか」

「何でも使いようだ」

警察のひどい言われように真琴は同情を禁じ得ない。唯一の救いはこの場に古手川が居合わせなかったことだ。この老人たちは警官が同席していても遠慮などしないに決まっている。

ともあれ光崎の告げた内容は防疫上間違ってはいない。エキノコックスが寄生虫である以上、直接的な対策は媒介とする動物を特定した上で人間から隔離することだ。またエキノコックスの生息地が判明すれば、駆虫薬を散布すればいい。

「臨床医としては根治治療の方法を探る必要があるな。法医学の見地から何かアドバイスはないか」

「幼虫は微細で画像診断では嚢胞と見分けがつきにくい。ＭＲＩだけでは不充分だ。幼虫になる前段階で除去するに越したことはない」

「クスリで散らせるのか」

「感染症研究所の報告ではアルベンダゾールの有効性について言及がなかった。まだ駆除までには検証が至っていないのだろう。報告待ちだな」

「サンプルと報告書はこっちに回せるか」

「優先させる」

それで意見交換は終了した。他に世間話をする気もないのか、南条はそそくさと席を立つ。光崎も敢えて引き留めるような素振りは見せない。長い付き合いの割に、ずいぶんあっさりしているものだと思っていると、教室から出る際、南条は一度だけ振り返った。

「まさかお前と一緒に仕事をする羽目になるとはな。長生きはするものだな」

「こちらは長生きなんぞ願い下げだ」

ひっひと笑いながら南条は姿を消した。

この二人は自分の思惑とは別に長生きするに違いない、と真琴は思った。

そうでなければつまらない。

「真琴先生、何をにやにやしておる。君にはあの若造からの情報を元に感染源を探る仕事が割り振られておるだろう」

そう言い残して、光崎もまた慌しく教室から出ていく。

「教授、いつもとは雰囲気が違うみたい」

真琴が独り言のように呟くと、今までひと言も発しなかったキャシーが反応した。

「何がですか」

「どこかに戸惑いみたいなものが感じられませんか。冷静沈着なのは相変わらずだけど、手探りみたいに動いているようにも見えたりして」

「それは当然ですよ、真琴」

キャシーは憂い顔で話し出す。

「今まで教授は死体ばかり相手にしてきましたからね。きっと生きている患者への対処に不慣れなのですよ。日本語では台所が違う、という言い方をしましたね」

二　蟲の毒

1

　南条という男は見掛けによらずフットワークの軽い男で、光崎と会った翌日には城都大教授会に話を持ち込んだらしい。

　九月一日、城都大は記者会見を開き、その席上でエキノコックス症が原因の疑いで死亡者が出たことを公式に発表した。フットワークが軽い上に慎重さを忘れない南条は、死因がエキノコックス症であるとは断言せず、その可能性が濃厚であるとの言及に留めた。

　この慎重さが緊迫感を殺いだことは否めない。エキノコックス症という言葉が人口に膾炙されていないのも理由の一つだが、会見が終了してもマスコミの食いつきは今ひとつという感触だった。

「何だか、見ていて歯痒いですね」

　法医学教室でニュースを見ていた真琴は焦れる気持ちを隠せなかった。ネットニュースなので視聴者の反応もリアルタイムで拾える。元より反応は多くないので一つ一つを確認できる。

『駅のコックさん?』

『何だ。緊急会見てゆーから何だと思ったら虫かよ』

『城都大、何がしたいんだろ。パニック誘発？』

『これって感染症じゃないよな。じゃあ関係ないなっと』

「見てくださいよ、この関心のなさ。折角南条教授が城都大を動かしてくれたのに」

するとと同じくニュースを見ていたキャシーは意外そうに言った。

「真琴はこの国の人たちがパニックに陥れば嬉しいのですか」

「そんなこと、ひと言も言ってません」

「ワタシは逆に安心したのですよ。エキノコックスの存在そのものがポピュラーなものではないのですから。死者が出たと発表されても一向に動じないのは却って有利です。市民のパニックや地方自治体の変なリアクションに邪魔されずに済みます」

「だったら、問題が終息するまで公表しない方がよかったんじゃないんですか」

「それだと逆に医療機関の協力が得にくくなるでしょうね。ウチのボスは法医学の世界ではオーソリティですが、今回は生体からの情報も必要になります。城都大からニュースを発信してもらえれば、臨床の現場からも報告が上がってきます」

　真琴は数日前、ここで交わされた光崎と南条の会話を思い出す。傍からは憎まれ口の応酬のようにしか聞こえなかったが、あれもキャシーの指摘を考慮しての会話だったのか。だとすれば、やはり二人とも食えない老人だ。

「それに、こうした報告は早いに限ります。事態が深刻になってから公表したのでは、正確な判断ができない人間も出てきます。まだ大きなハプニングが起きないうちに、最低限必要な情報開示をする。これはやろうとしてもなかなかできることではありません。その点でボスと南条教授は素晴らしいコンビネーションを見せてくれました」

真琴にも頷ける話だった。感染症に医療過誤、新薬の副作用。どれも一般市民や患者にとって最重要事項にも拘わらず、末端に情報がもたらされるのは一番後になる。

原因は様々だ。縦割り行政の弊害、官僚の縄張り意識、医療関係者の権威主義と無責任さ。ただし、割を食うのはいつも患者だ。

「こういう時、日本てダメですね」

「そんなことはありません。こうした情報公開の足並みの悪さはアメリカでも同様です。あちらは官僚主義の代わりに功利主義がありますから。パンデミックをビジネスチャンスと捉えるシットな連中がね」

キャシーは眉間に皺を刻む。おそらくコロンビア医大にいた頃、似通った話を見聞きしたのだろう。

「でもキャシー先生。メディアを通じて公表したくらいで、報告が上がってくるんでしょうか」

「気弱ですね」

「だって光崎教授から指示されて全国の医療機関に問い合わせを始めたのが四日前ですよ。それなのに質問はおろか、誤情報の一つも来てないんですよ」

「まだ、四日ですよ」

キャシーは窘めるように人差し指を振ってみせる。

「相手が生きている人間でも死んでいる人間でも、医者が多忙な仕事なのは真琴だって分かっているでしょう。問い合わせといってもダイレクトに会ったり話したりした訳じゃありません。ただメールを一斉送信しただけで、スピーディーな反応が山のように返ってくるとでも思っていたのですか」

「そんなことはありませんけど……」

「いずれにしても、問い合わせや症例報告が殺到するようになったら大ごとです。現状のように反応がゼロというのは、エキノコックスによるトラブルがまだ表面化されていないことを表わしています。トラブルを断ち切るのに、早期対応ほど効果的なものはないでしょう」

キャシーの言い分は正論で反論の余地はない。真琴は議論するつもりもないので話を切り上げようとしたが、そこをキャシーにつけ込まれた。

「一刻も早く問題を解決したい、スピーディーな展開がほしい、そういうところは古手川刑事とそっくりですね」

「そんなことはないと思いますけど」

「やはり恋人同士というものは似てくるものなのでしょうか」

噎せそうになった。

「いったい、どんな風に見たらそんな解釈ができるんですか」

「緻密な観察力や深い洞察力がなくても、その程度の指摘なら可能です」

これ以上、付き合っていたらどんな話に発展していくか分かったものではない。この話題も早々に切り上げなければ——そう考えた矢先、一番来てほしくない人間がふらりと教室のドアを開けた。

「ちわっス」

「Oh!　古手川刑事、ちょうどいいところへ」

「俺がどうかしましたか」

キャシーが嬉しそうに話しかけるのを、真琴はひと睨みして牽制(けんせい)する。

「何でもありませんっ。それより古手川さんは何の用なんですか」

「何の用かはひどいな。光崎先生に命令された仕事の報告だよ。生前の権藤の行動を全て洗えっていう無茶な注文。あの場に真琴先生もいたから聞いているだろ」

「もう調べちゃったんですか」

「取りあえず公式記録から拾えるものはね。もちろん非公式な催事についてはまだ手が着けられてないけど、そっちは元々時間がかかるのは覚悟していたし」

「だったら、メールや電話の回答で済む話じゃないですか。どうしてわざわざ」

「あのさ」

古手川は半ば怒り、半ば困ったような顔をする。

「メールするには文書化に手間が掛かるし、電話で済ませようとすると光崎先生から仕事で手を抜くなとか叱(しか)られるんだぜ。それで真琴先生から迷惑がられたら、俺はどうしたらいいんだって話」

「ごめんなさい、失言でした。でも、電話で報告しようとすると手を抜いたことになるって、いったい」

「いちいち説明するよりも、直接これを読んだ方が手っ取り早いってこともある」

古手川は持っていたカバンから一冊のファイルを取り出した。

「何ですか、これ」

「都議会に保管してあった権藤前議員の収支報告書だよ」

真琴がファイルの一枚目を見ると〈様式第八号（五条関係）平成二十二年度政務活動費収支報告について〉との表紙が現れる。

『東京都議会議長　田上邦照（たがみくにてる）様
氏名　権藤要一
東京都政務活動費の交付に関する規定により、別紙の通り平成二十二年度政務活動費収支報告書を提出します』

「権藤の議員としての行動を網羅したスケジュール一覧みたいなものは存在しなかった。都議会議員程度じゃ秘書もついていないし、権藤本人も記録を残していない。でも催事に出席する度に議員は経費を使う。執行した経費は当然収支報告書に載せる。だから執行した経費の内容を追っていけば、権藤の出席した催事を手繰（たぐ）ることができる」

公式記録から拾える事実というのは、そういう意味だったか。

一ページ目は収入と支出の総額と内訳。

二ページ目に主たる支出の内訳が記載されている。

「項目がずらりと並んでいるが、注目すべきは調査研究費・研修費・広報広聴費の三つだろうな。特に研修費」

「でも、これを見ると研修費の支出は八五万二二〇〇円じゃないですか。それに比べて広報広聴費の方は九五万八五五〇円も出ていますよ」

「広報誌の発行にえらい費用が当てられているからな。でも問題は金額じゃない。会計帳簿を見てみろ。研修の行き先やら招待された催事の詳細が記されている」

言われるままに次のページを繰ると、なるほど催事とパーティーの目白押しだった。

・〇〇市美術館視察
・区立図書館竣工式
・区立小学校運動会
・都立高校入学式
・豊洲環境アセスメント
・国民党都議連祝賀会――。

「一週間に一度は何かしらの集会に参加していますね。古手川さん、議員ってこんなに忙しいんですか」

「それ以外にも冠婚葬祭がある。気の利いた議員はそういうのにもこまめに顔を出している。次の一票に繋がるからな」

「まさか選挙区内の葬式には全部出席してたりするの」

「さすがにそれは無理っぽい。弔電を送るだけというのもあるんだろうけど、どちらにせよ出席したかどうかは喪主か参列者に確認しなきゃならない」

古手川はさもうんざりしたように言う。

「それから渡航記録も多い。研修目的で年三回は外国に行っている。場所も欧米に東南アジアとバラけている。それも収支報告書に記載されているのは仕事絡みの渡航だけだから、私用やバカンスを含めれば、回数はもっと増える」

聞いているうちに、古手川のうんざりした理由が理解できた。催事の参加、旅行の多さはそのまま他人との接触が多いことを意味する。エキノコックス症の感染源をリストアップするためとは言え、調査対象が多過ぎる。

「視察やら研修やら、議会絡みのものは日程表が残っているから立ち寄り先も分かる。面倒なのは私的な旅行で、こちらは旅行会社に問い合わせなきゃならない。問い合わせて回答が得られるのならまだいい。ガイドも雇わない旅行だったら、空港やホテルからの追跡調査になる」

「……それ、古手川さんが一人で調べるんですか」

「光崎さんが県警本部に捻じ込んだみたいでさ。エキノコックス症の感染源を探るために、自分の手足になるような刑事がほしい。ついては若くて生きのいいヤツを一人貸してくれ」

「それで、専属にさせられちゃったんですか」

「もちろん通常捜査から外される訳じゃないし、そんな事情を考慮してくれる上司でもないから、まあ馬車馬みたいな扱いだよな」

不貞腐れたいのを我慢している様子がありありと分かる。さすがに真琴も気の毒になった。

「でも光崎教授は、できないことを指示する人じゃありませんから。無理難題でも古手川さんならやり遂げると思っているから指名したんだと思います」

「そうかな」

古手川が少しだけにやけたところで、案の定キャシーが二人の間に割って入った。

「しかしボスの性格を考えれば、若くて生きがよくて、無茶が利く人材なら誰でもよかったような気がします」

この准教授の口を塞ぐ、いい手立てはないものだろうかと思う。

古手川は元の疲れた顔に戻り、更に愚痴を続ける。

「権藤の行動を調べ上げるだけで話は終わらない。今度は彼が出席した催事の出席者全員をリストアップしなきゃならない。その段階になったら、助っ人を頼むことになりそうだけど、いったいどこから人を引っ張ってくればいいのか」

「予防線を張る訳ではありませんが、法医学教室も手一杯なのですよ」

キャシーは非情なくらいに淡々と話す。

「ワタシと真琴は各医療機関からの報告を待つ一方で、肝臓がんおよび肺がんを発症した患者の症例を集めています。古手川刑事なら、それがどれだけ厖大な数なのかは理解できますね」

「キャシー先生。まさかそれ、首都圏内に限定しての話ですよね」

「ノー。ボスのオーダーは国内全ての症例です。権藤前議員の発症例があるので範囲は年内に抑えてもらいましたが、こういうことではパーフェクトを望むボスは不満そうでした」

「でも今回のエキノコックス症はＭＲＩにも映らなかったんだろ。そんな代物、症例報告を眺めるだけで分かるのかい」

「ボスなら分かるのではないでしょうか。何しろオーダーした本人ですから」

古手川は不審げにこちらを見るが、真琴は簡単に頷けない。キャシーは光崎を信奉しているから信者特有の楽観主義でいられるが、生憎真琴はまだ染まりきっていないので、いささか慎重にならざるを得ない。

「判別がつくかどうかはともかく、データを集めておくのに越したことはないと思います。エキノコックスの症例が多くなれば、それだけ絞り込める条件が多くなる訳だから、分母はなるべく大きい方がいいです」

「ああ、それは全くその通りなんだよな。死んだのが権藤一人ってのが、何とも情報不足で。あと一人二人同じような死に方を……」

さすがに不謹慎な発言であることに気づいたのか、古手川は途中で喋るのをやめた。

「確かにサンプル数が多くなれば感染源を辿るのも早くなるでしょう。それにしても古手川刑事も辛抱のできない体質ですね。まるでどこかの誰かと同じではありませんか」

「うん？　どこかの誰かって誰のことですか」

慌てて肘を突くと、キャシーはにやにや笑いながらも何とか黙ってくれた。

「ところでキャシー先生。肝臓がんと肺がん患者のデータ収集はスムーズにできてるんですか」

「スムーズというよりも怒濤のように流れ込んでいます。一日に二十から三十のロットで見つかりますから。それにワタシたちは収集するだけですが、ボスは逐一目を通しているのです。ワタシたちがギブアップする訳にはいきません」

キャシーの言う通り、光崎は講義を含めたルーチン業務を終えると法医学教室に閉じ籠もって集めた症例を読み耽っている。キャシーや真琴が帰った後もずっと残っている。死体にしか興味を持っていないと思っていた光崎が、これほどまで感染源の特定に躍起になっているのは意外としか言いようがない。

「やはり、そういう姿を見ると、ワタシはボスに畏敬の念を抱くものです」

キャシーが感に堪えぬように言う。きっと自分は不思議そうな顔をしていたのだろう。キャシーはこちらに向き直り、こんなことを言った。

「ワタシは死体を偏愛しているのですが、ボスは〈ヒポクラテスの誓い〉をストイックなまでに遵守しているのですよ。『どの家に入っていくにせよ、全ては患者の利益になることを考え、どんな意図的不正も害悪も加えません』。権藤という死者が遺してくれた手掛かりで、ボスはまだ見ぬ不特定多数の患者を救おうとしているのです」

事態が動いたのは、真琴たちがデータ収集を始めて五日目のことだった。

「二人とも、ちょっと来てくれ」

教室の隅から光崎が呼ぶので、真琴とキャシーは何事かと席を立つ。

光崎が見入っていたのは収集された症例の中の一つだった。

「どう思う」

患者の氏名は蓑輪義純（みのわよしずみ）六十歳。九月三日つまり二日前に熊谷南（くまがやみなみ）病院へ救急搬送されている。

現在治療中だが、カルテには肝臓がんの可能性が指摘されている。

「これがエキノコックス症患者だというんですか。でも、それを示す根拠はどこにも」

「救急搬送される直前、急に痛みを訴え出している。去年行われた定期健診では肝臓がんの徴候は何一つ発現していない」

それは権藤の時と同じだ。だが添付されたＭＲＩ画像にはやはりエキノコックスの嚢胞は映っていない。それだけの共通点で蓑輪　某（なにがし）をエキノコックス症と断定するには、いかにも根拠が薄弱に思えた。

「この患者を今すぐ診たい」

思わず訊き返した。

「あの、まだ生きている患者さんですよ」

「死んでいようが生きていようが、診ないことには話にならん」

「幸い熊谷南は離れていませんから搬送自体は問題ないと思いますけど……手術するとなったら、本人やご親族以外に当該病院と主治医の許可が必要に」

すると光崎は、不機嫌さを強調するように目を剝いてみせた。

「そんなことを、わしが考えていないと思うか」

「いや、その」

「本人と家族が承知しないのなら主治医を説得する。主治医が承知しないのなら病院長を説得する。それでも駄目なら城都大を介入させる」

聞いているうちに、どんどん不安が増していく。

「それでも駄目だったら、どうするんですか」

「駄目ならしょうがない。面倒な手続きなどすっ飛ばして患者を連れてくるまでだ」

「それじゃあ誘拐です」

「そもそも本人が承知したらいいだけの話だ。真琴先生もそろそろ交渉ごとには慣れてきた頃ではないのか」

まるで患者引き取りの交渉が、法医学教室に勤める者の必須能力のような言い方をする。また、すぐに違和感を覚えなくなった自分に腹が立つ。

「どちらにせよ、患者の現状が知りたい。問い合わせてくれ」

真琴が躊躇している間に、さっさとキャシーが卓上の固定電話に手を伸ばした。県内の主だった病院の電話番号は全て短縮で登録されている。

「ハロー、こちら浦和医大法医学教室のキャシー・ペンドルトンです。実はそちらの入院患者について問い合わせしたく連絡を差し上げました」

　これからやろうとしていることが横槍どころか強奪じみたものであるのに、キャシーは毛ほどの動揺も見せず、むしろ嬉々として先方と話している。以前であれば真琴が呆れ果て、光崎たちの暴走を止めようとしたのも今は昔。強引さと独善さに慣れてしまった職業倫理は諦念しかもたらさなくなった。

「そうです。九月三日に緊急搬送された蓑輪義純という患者です。……イエス。ちょうどその患者に関するデータをいただいたところです……はい？……Ｏｈ！　それは……解剖は？……イエス。サンキュー」

　電話を切ったキャシーの目は、不穏な光を帯びていた。

「教授。患者は昨夜のうちに亡くなったそうです」

「死因は？」

「がんの進行による肝機能不全」

「手術したのか」

「いえ、容態が急変して施術の準備をしている間に死亡したそうです」

「病理解剖はしたのか」

「まだ遺族に持ち掛けていないとのことでした」

「では白紙の状態ということか」

　光崎は蓑輪のカルテに視線を戻すと、納得するように頷いた。

「真琴先生。今すぐ熊谷へ行ってくれないか。遺族が集まっている頃だから交渉もしやすいはずだ。患者は既に死亡。大手を振って法医学者が乗り込める」

遺族が嘆き悲しんでいる場に、大手を振っても何もないものだ。まだ葬儀屋や坊主の方が好意的に迎えられるのではないか。

先刻とは別の理由で真琴が躊躇していると、横からキャシーが割り込んできた。

「ワタシも同行します。遺族が大勢集まっていたら、真琴一人では心細いでしょうし」

「ああ、頼む。病院の方には今から根回しをしておく」

真琴たちの直接交渉と光崎による説得。両方を同時進行で行うのは、言うまでもなく火葬される前に遺体を確保したいからだ。しかもいつの間にか真琴が現地に向かうことが決定事項とされている。

だが真琴に断るという選択肢は残されていない。キャシーに交渉役を一任したが最後、起こさなくてもいいトラブルを起こす可能性が大だ。それを防ぐには真琴が前に出るしかない——。やられた。

これはキャシーの計略に相違ない。キャシーが単独行動をするとなれば真琴が同行せざるを得なくなる。それを見越して手を挙げたのだ。

きっと睨んでやると、キャシーは悪戯(いたずら)っぽくウインクしてみせた。

「どうして主人を解剖しなきゃならないんですか」

熊谷南病院に向かった真琴とキャシーは、到着早々未亡人の怒りを買った。

　いや、それ以前に光崎の工作が不調に終わったらしく、病院側の態度も最悪だった。蓑輪を看取ったのは当直医の仲井という男だったのだが、光崎が自分の頭越しに院長と交渉したのがどうにも腹に据えかねる様子だ。

「いくら法医学の権威でも、筋というものがあるでしょう。本来ならウチがするべき病理解剖を横からかっ攫うなんて、いったいどういう了見ですか」

　仲井は神経質そうに眉をひくひくと動かしていた。

「ですからそれは問い合わせのメールにも書いていたように、肝臓がんで亡くなった患者さんにはエキノコックス症の疑いがあって」

「あのメールならわたしも見ました。城都大の会見も同様に」

「それなら事情はお分かりいただけるでしょう」

「いいえ、分かりませんね」

　仲井は敵意を隠そうともしない。ただ、その敵意が感染源特定に対するものなのか、それとも光崎個人に対するものかはまだ分からない。

「当直医として言わせてもらえば、患者が担ぎ込まれた時点でＭＲＩを含めて各種検査を済ませてある。あんたたちが言うエキノコックスなど欠片も見当たらなかった。それにも拘わらず病理解剖を浦和医大にやらせろというのは、失礼を通り越して横暴だと思わないのか」

　思っていても口に出せるものか。

「突然変異種でＭＲＩでも見逃しそうな嚢胞の段階で毒性を発揮する惧れがあります」

「ＭＲＩでも映らないような嚢胞でも、そちらの先生は見逃さないと？　ふん、横暴の上に傲慢ときたか。いくら斯界の権威か知らないが、そういう老害が根っから嫌いな医者だっているんだ。誰も彼も同じだと思わないでくれ」

　光崎が少なくない同業者から嫌われているのは、今に始まったことではない。真琴が法医学教室に寄越された時も、そうした噂は耳に入っていたのだ。

　医療の世界に限ったことではないのだろうが、権威が幅を利かす世界にはヒエラルキーが存在する。ヒエラルキーとは紳士的なカースト制度でもある。大人しく従っていれば何となく安全だし、波風が立つこともない。ところが自分の立ち位置を無視して傲岸不遜に振る舞えば、ヒエラルキーに慣れきった者から当然反発を食らう。

　問題は反発を食らいながら実力で沈黙させてしまう光崎のような男だ。こうした存在に快哉を叫ぶ者もいれば、嫉妬と憎悪を増幅させる輩がその倍以上いる。無理を通せば道理が引っ込むが、引っ込められた方は堪らない。己の威信や尊厳を踏みつけられたと逆恨みする。仲井はおそらくそういう人間の一人なのだろう。

「法医学教室が手掛けるのは死因不明死体、それも検視官が事件性を認めた事件だろう。蓑輪さんの場合、それは一切ない。症状は肝臓がんのそれに間違いなく、肝臓がんを装う殺人など見たことも聞いたこともない。第一、何で法医学教室が寄生虫の感染源なんかに拘っている。それぞれのテリトリーというものがあるだろう」

　こちらに非難の目を向ける仲井を見ていると、〈ヒポクラテスの誓い〉が不意に空しいものに感じられる。

　斯界の権威、ヒエラルキー、己の威信、テリトリー。いったいそれが何だというのだろうか。患者の生命や健康より、どれだけ大事なものだというのだろうか。

「ご遺体は病院の所有物ではありません」

　仲井の説得を断念した真琴は反攻に出る。

「先生や病院はご不満でしょうけど、ご遺族の方が解剖に承諾されれば問題はありませんよね」

　仲井は言葉に詰まったようだ。彼はもう放っておこう。真琴は未亡人に向き直る。

　夫を亡くしたばかりの蓑輪福美(ふくみ)は未だ気持ちの整理がついていないのか、顔色も冴(さ)えず終始落ち着かない様子だった。

　それでも彼女の許可が要(い)る。

「ご主人を亡くされたばかりでお辛(つら)い気持ちでしょうけど、聞いてください。肝臓がんという診断がされていますが、ある寄生虫による疾患(しっかん)の可能性があります。新たな被害者を出さないために解剖を」

「お断りします」

　福美は聞き終わらぬうちに答えた。

「がんだろうが寄生虫だろうが、主人が病気で死んだことに変わりはないんでしょ。夜中に急に痛がり出して、ここに担ぎ込まれた時も大層な苦しみようでした。これ以上、主人に痛い思いをさせたくありません。申し訳ありませんけどお引き取りください」

「でも」

「あなたまだお若いようだけど、旦那さんや恋人を亡くしたことはあります？　そういう立場になれば、あなたの言っていることがとても残酷だというのが分かるはずです」

「解剖してエキノコックスが見つかれば、ご主人の死に意味を持たせることができます」

「それもお医者さんの立場で言っているのでしょ。意味ですって。ふざけないで。死因ががんならがんで結構です」

まるで取りつく島がない。

真琴は何も言い返せなかった。

2

「それですごすごと追い返されたって訳か」

県警の刑事部屋を訪れた真琴は、せめて古手川には言い返したいと思った。

「でも、旦那に死なれた立場になってみろなんて言われたら、どうしようもないです」

「確かになあ。死因究明が他人のために役立つと言われても、ウチは関係ありませんからと言われたら終(しま)いだものな」

古手川はそう言って頭を掻く。

「キャシー先生と選手交代するというのは……駄目だな。そういう状況であの人が喋り出したら余計に揉めそうだ」

「キャシー先生もその辺は自覚してくれて。でも帰りのクルマで、日本人の宗教観について散々愚痴を聞かされました」

「愚痴ねえ。親族の解剖を嫌がるのは、日本人の平均的な感情で、思想信条とか宗教に由来するものじゃない気はするんだよね。宗教戒律というよりは死生観かな」

真琴も同感だった。大方の日本人は確固たる宗教観を持っている訳でも宗教的禁忌を順守している訳でもない。ただ道端の地蔵に悪さをしない程度の罪悪感は持ち合わせている。遺体に対する感情も似たようなものがあり、宗教とは異なる視点で敬虔さを抱いているのだろう。

「その旦那なり奥さんなりが特定の宗教を信仰しているってんなら、また話は別なんだけど」

「中世のキリスト教やイスラム教では肉体の復活を信じていたから、死体に傷をつけるのを嫌っていたみたい。でも最近は全然そんなことないし、怪しげな新興宗教が輸血を禁じていたり解剖をタブー視していたりする程度」

「だったら余計に難儀だな。特別の理由があって解剖を拒否されているのなら、その理由を否定する材料を集めればいい。しかし特に理由がないのなら攻めようがないものな」

「一つだけあります」

真琴は身を乗り出した。

「犯罪捜査なら」

「勘弁してくれよ」

古手川はうんざりしたように頭を振る。

「今までだって強引な捜査してきたじゃないですか」

「全部、光崎先生の指示があったからだろ。好き好んで他所(よそ)の署の案件に介入したり、遺族の意向を無視したりなんかしない。それでも強行したのは、多少なりとも事件性があったからだし……」

「あったからだし?」

「光崎先生の見立てというか勘が正しかったからだ」

「今度もそうです。光崎教授は蓑輪さんの死因を怪しいと思っています。事件性だって、改めて捜査すれば出てくるかもしれない」

古手川は小さく呻(うめ)いてみせた。

「あの先生の下で、しかもあの死体好きの准教授と一緒に働いていたら多少なりとも感化されてもおかしくないけど、真琴先生は予想以上に光崎化しているような気がするな」

「やめてください。尊敬はしていますけど、強引さと傲慢さは真似したくありません」

「今でも充分強引だって。改めて捜査すれば事件性が見つかるかもしれないって言うけど、それがスタンダードになったら、病院での死亡も何もかも捜査対象になっちまう」

「根拠はあります」

「どんな」

「奥さんと話している時に違和感がありました。身なりがちゃんとし過ぎていました」

「えっ」

「コーディネートが完璧な外出着でした。看護師さんから聞いたんだけど、担ぎ込まれた時は着の身着のままでした。それが蓑輪さんが亡くなっていったん自宅へ戻り、再び病院に来た時には着替えていたそうです」

「いつまでも着の身着のままというのは、逆に変だろ」

「それでも落差があり過ぎますよ。口では蓑輪さんを愛している風だったけど、亡くなってから自分の服に気を使うというのはちょっと」

「人によるだろう。それに、よくよく考えてみたら真琴先生の勘みたいなものだ」

「そうかもしれないけど、でも警察が介入してくれるより他に手段がないんです」

「一般市民の勘で警察は動けないよ」

「最初に言い出したのは光崎教授ですよ。それでも動けませんか。今までの実績があるのに」

煮え切らない相手には最終手段しかない。

「これだけ頼んでも駄目なら、光崎教授にありのままを報告するしかありませんね。平身低頭してお願いしてみたけど、古手川さんはけんもほろろの扱いで聞く耳さえ持ってくれなかったって」

「どこがありのままなんだよ」

古手川は口をへの字に曲げる。

「光崎先生が臍(へそ)を曲げたら、もう県警の要請には応じないとか言うつもりかよ。恐喝紛(きょうかつまが)いだぞ」

「紛いじゃなく、れっきとした恐喝です」

「……その開き直り方、光崎先生そのものだぞ」

「とにかく時間がないんです。あの様子じゃ仲井医師はすぐに死亡診断書を書くだろうし、奥さんも火葬許可証を取りにいきます。この間の光崎教授の台詞を繰り返す訳じゃないけど……」

「『公僕としての自覚はあるのか。不特定多数の一般市民が危険に晒されようとしている時に、我関せずとはどういう了見だ』、だったよな。まさか真琴先生まで、その言葉で俺を追い詰めるつもりかい」

「ごめんなさい、でも他に頼る人がいなくて」

「今度は泣き落としときた」

古手川は呆れるように天井を見上げる。

「俺に拒否権はないんだよな?」

「わたしにもありません」

「だよな。お互い厄介な人に見込まれちまったもんだ」

大袈裟に溜息を吐いてみせるものの、どこか満更でもなさそうだった。

「分かった。こうなりゃ毒を食らわば皿までだ。今から病院へ同行して遺族を説得してみよう」

「有難うございます」

「ただし、俺の方は遺族に対して恐喝紛いの手段は使えない。それは肝に銘じておいてくれ」

真琴はこくこくと頷いてみせる。

古手川の性格は熟知している。

自分で鎖を繋いでおきながら、いざ獲物が目の前に現れたら平気で引き千切るような男だ。

県警のクルマに同乗して病院へ向かう最中、古手川は蓑輪の経歴を調べたのだと言う。

「いつの間に調べたんですか」

「連絡してから県警本部に来るまでタイムラグがあったじゃないか。幸いカルテの写しを光崎先生が入手していたからな。交友関係とか財産とかは無理でも、ある程度のプロフィールなら分かる」

古手川の説明によると以前蓑輪は国交省系の独立行政法人に勤務していた。五十五歳で定年により退職し、一年間の就職活動の後、東京都職員に採用され、昨年また退職している。

「でも、採用時は五十六歳ですよね。天下りみたいなものですか」

「天下りかどうかはともかく、都庁にはキャリア採用という枠があって、試験の上で採用されている。もっとも配属されたのが知事本局、今の政策企画局というんだから、前職のキャリアが重視されたかどうかは疑問だけどね」

「待って。都庁の職員なんですよね。権藤は都議会議員だった。これって何か関係あるんじゃないんですか」

「一瞬、俺もそれを考えた。でもさ、都庁の職員て何人か知ってるかい。一般行政職だけでも一万八千人以上。都議と廊下ですれ違うことはあったかも知れないけど、深い関わりがあるかとなるとちょっとな。もちろん調べてみるけど」

二人を乗せたクルマは熊谷駅を過ぎ末広(すえひろ)に入る。

「蓑輪は奥さんと二人暮らしだったみたいだな」

表通りを直進していくと、やがて広大な敷地を構える熊谷南病院に到着する。

まだ遺体を搬送していなければいいのだが。

焦りを隠して真琴は一階受付に駆け寄る。しかし女性事務員の回答は真琴を惑(まど)わせるものだった。

「遺体は霊安室に。奥さんはいったん自宅に戻ったか」

「はい。死亡診断書の件は教えてくれませんでしたけど、家に戻ったということは葬儀の準備をしている可能性が高いです」

「どうする。病院で奥さんが遺体を引き取りにくるのを待つか。それとも自宅を訪ねて直談判するか」

「自宅に行きましょう。ここで交渉すると病院側も相手にしなきゃいけません。自宅なら二対一です」

「遺体はどうする」

「キャシー先生に連絡して見張っていてもらいます」

「そういう計算が瞬時にできるのか。交渉に慣れてきた証拠だな」

交渉事に慣れてしまうのが二十代の娘にとって有利なのか不利なのかは分からないが、ここは好意的に受け止めておこう。

「蓑輪の自宅は末広だから、ここからすぐのはずだ。急ぐぞ」

駐車場に停めたクルマへ舞い戻り、今度は蓑輪宅に向かう。近所なので移動時間はさほどなかったが、後ろから追い立てられているようで落ち着かない。

「不安そうだな」

ハンドルを握る古手川が、こちらを一瞥する。

「二対一だって言ったじゃないか。胸を叩いた本人が今更不安がるなよ」

つっけんどんな口調だったが、不思議に耳に心地よかった。

蓑輪の自宅は低層住宅街の一角にあった。築年数の古い住宅が並ぶ中、まだ壁に褪色もない瀟洒な一戸建てだ。

門まで来ると、古手川がインターフォンの前に立った。

「最初に真琴先生の名前を出したら、面会を拒否されるかも知れないから」

古手川の判断は正しく、埼玉県警を名乗るとすぐに家の中から福美が現れた。真琴の姿を認めた福美は途端に険悪な表情になる。

「あなた、今度は警察だなんて嘘まで吐いて。しつこいったらありゃしない」

「まあまあ、奥さん。別に嘘じゃありません。わたしは正真正銘の警官でしてね」

古手川が警察手帳を提示するが福美の怒りは収まらず、それどころか火に油を注いだようだった。

「本気で警察沙汰にするつもりなんですか。いったいウチにどんな恨みがあって」

「あのですね、奥さん。できれば別の場所でお話しできませんか。ここではご近所の目や耳もありますから。形式的な事情聴取なので決してお時間は取らせません」

真琴に牙(きば)を剝いても、警察に逆らうつもりはないらしい。福美は渋々ながら二人を家の中に招き入れた。玄関先に立たせたのはせめてもの抵抗だろう。

「それでいったい何のご用ですか。今から葬儀の準備でとても忙しいんです」

「確認したかったのはご主人の死因についてです」

「警察もこの先生の言うエキノ何とかという寄生虫を信じているんですか」

「それよりもがんであったという診断に疑問を抱いています」

ここからは自分の領域だ。古手川の言葉を継ぐように、真琴は口を開く。

「ご主人は病院に救急搬送される前、急に痛みを訴えたんですよね。それ以前は何ともなかったんですか」

畳み掛けて機先を制すると、福美はわずかにたじろいだようだ。

「え、ええ。あの日はお風呂を済ませていつもの時間にベッドに入って……夜中に呻き出すまでは何の異常もありませんでした」

「わたしの話をよく聞いてください。肝臓がんは多くの場合、肝硬変を経由するものです。去年の定期健診でもそんな徴候はなかったんですよね」

「健診ではC判定が四つあっただけで……お酒は嗜(たしな)む程度だったし」

「ご主人は肝炎のキャリアでしたか」

「さあ……聞いたことがないです」

「食欲不振、倦怠感、身体のむくみ、微熱、貧血、黄疸、白目の部分が黄色くなる。この内で以前のご主人に当て嵌まる症状はありませんでしたか」

「そういうのはなかったけど」

「肝臓がんになっても初期段階ではほとんど自覚症状が現れません。ですが猛烈な痛みを訴える頃には末期症状になっていて、その際は肝硬変の症状を伴っているはずなんです。それが今わたしの挙げた症状です。ご主人が本当に肝臓がんだったら、こうした症状が発現しなかったらおかしいんです」

　これでも医者の端くれだ。話した内容には虚偽も誤謬もない。束の間、福美は考え込むが、雑念を払うように頭を振る。

「でも仲井先生はレントゲンみたいなもので画像を見たら、がんに間違いないって」

「肝臓がんであることに間違いはありません。けれど原因に問題があります。いいですか。ご主人が肝炎ウイルスのキャリアでないとすれば、肝臓がんの原因として考えられるのは生活習慣くらいです。飲み過ぎ、食べ過ぎ、偏食、カロリー過多、運動不足、不規則な生活。そうした生活習慣によって肝臓に負担がかかり、脂肪肝から肝炎、肝硬変、そして肝臓がんに進行していきます。もちろんご本人の自己管理能力が問われますが、口さがない人たちの中には同居家族の責任を言い出す者もいます。そんな食事を与え続けた方も悪いと」

　福美の顔色がさっと変わる。

よし、ここまでは想定内の反応だ。通常の肝臓がんだと言い張れば福美にも責任があるかのように誘導する。決して褒められた進め方ではないが、死因究明が肝要であると理解してもらわなければとても解剖を許可してくれそうにない。

「ご主人の前職を知っています。都の職員をなさっていたそうですね。それなら葬儀には多くのお知り合いが参列することと思います。今わたしがお話ししたのは、肝臓がんに関する初歩的な知識です。医療従事者でなくても知っている人は多いでしょう。参列者から妙な噂が立ったら、ご主人が一番悲しまれるのではありませんか」

福美は憮然とした表情を貼りつけたまま、応えようとしない。

「法医学というと鹿爪らしいイメージがあると思いますけど、煎じ詰めればやっていることは死因の究明です。大切な人の命を奪ったのは何だったのか。どうして死ななければならなかったのか。それをはっきりさせることで、必ず見えてくるものがあります」

福美の様子は相変わらずだが、ここは説得に説得を重ねるしかない。真琴は今まで司法解剖で死因が明らかになった結果、希望を見出した例を挙げながら福美の反応を待つ。

やがてその時がきた。

上り框から二人を見下ろしていた福美は、ゆっくりと膝を曲げていく。そして居住まいを正した。

「浦和医大の栂野先生、でしたね」

「はい」

「まだお若いのにご立派な考えをお持ちです。仰る通りわたしは法医学というものに疎くて、今の説明でやっと少しだけ理解できました。死因の究明が遺された家族の希望に繋がるということも知りました」

「それなら、ご主人の解剖を承諾していただけるんですね」

「いいえ」

静かだが、決然とした口調だった。

「あなたの職業倫理や理念は立派ですけど、それとこの家の事情とは何の関係もありません」

「そんな」

「死因が不明のままでは妙な噂が立つと心配してくれているようですが、わたしは別に構いません。主人が都庁に再就職する時、やれ天下りだどうだと不愉快な陰口を叩かれましたから、今更そんなもの気にもしません。本当のことは知る人がちゃんと知っていてくれますから。だから主人の死因がなんであってもいいんです。どうせ生きて還ってこないのなら同じことです」

彼女は揺るぎのない目をしていた。いかにも強情で、融通の利かなそうな目だ。

真琴の気力が急速に萎んでいく。これだけ誠意を尽くしても、人一人の気持ちさえ翻させることができないのか。

もし光崎だったら、どんな風に説得しただろう。自分のように切々と訴えただろうか。それともいつものように周囲の気持ちなど薙ぎ払って、己の信じるままに行動したのだろうか。

「あなた方の熱意は伝わりましたけど、世の中にはいくら熱を加えても溶けないものがあります。わたしはこれから葬儀屋さんに連絡し、喪主としての務めを果たさなければなりません。さあ、もうお引き取りになってください」

最低限の礼儀のつもりか、福美は軽く頭を下げる。受けるこちらの気分は重かった。

だが諦めかけた時に真横から声がした。

「ちょっと待ってくれませんか」

古手川が福美を傲然と見下ろしていた。

「まだ何か」

「ただ今のは、法医学者からの見解です。ここからは警察の見方というか、初歩的な事情聴取です。任意ですんで答えたくなければ答えなくて結構です。ただし、どうして答えてもらえないのかと要らぬ疑いを持ってしまいますけどね」

ちらりと盗み見ると、古手川は完全に刑事の目になっていた。加熱しても溶けないものを強引に、あるいは執拗に破壊していく目だ。

福美の顔に一瞬、怯(おび)えが走ったようだった。

「ご主人は生命保険を掛けてましたか」

「……掛けていました」

「死亡時の受取金額はいくらですか」

「ひょっとして、わたしが保険金目当てで主人を殺したとでもいうつもりですか」

「奥さんを疑っている訳じゃありません。しかしこういう場合、保険金の受取人が誰かというのは避けて通れない話でして。因みにこの家のローンはまだ残っていますか」

「主人が独立行政法人を辞めた時の退職金で完済しています」

「なるほど。でもカネは余っても困るものじゃない。大体この世のトラブルのほとんどはカネが原因です」

　聞くだけで分かる。古手川は敢えて嫌味な言い方で福美を挑発している。彼女が怒りの余り、売られた喧嘩(けんか)を買うのを待ち構えているのだ。

「今どき生命保険なんて誰だって入ってます。警察はそんな理由で病死を調べるんですか」

「ごく当たり前の症状が出ていたのなら納得もします。しかし今、まこ……栂野先生の説明が正しいのなら、たとえ画像診断の結果がどうであっても不審な点は残ります。エキノコックス云々(うんぬん)以前に、殺人の可能性も出てきますからね」

「どうやってがんに見せかけて殺すんですか。わたしには見当もつきません」

「具体的な方法より先に、可能性の問題です。誰かが死ぬことによって他の誰かが得をする。その事実だけで犯罪の生まれる余地がありますから」

「おカネなんかより、主人が生きていてくれた方がどれだけ……」

「お察ししますが、その気持ちを証明するのは難しいでしょうね」

「あなたたち警察は、いつもそんなひどいことを考えているんですか」

「そういう商売なんですよ」

「帰ってください」

「いや、まだこちらの質問が残っています。ご主人は誰かから恨まれてやしませんでしたか。ご主人は外で遊ぶタイプでしたか。独立行政法人または都庁に勤めていた時、何かトラブルを起こしませんでしたか。そして奥さん。あなたはご主人の健康に気を配っていましたか。わざと高脂肪の食事を作りませんでしたか」

「もう帰ってください！」

「ええ、帰ります。しかしこっちの質問に答えてもらえないのなら、捜査するよりしょうがありません。捜査っていうのは非情でしてね。他人様の懐を無理やり覗いたり、隠しておいた方がいいことを晒したりします。でもですね、ご主人の身体を解剖してしまえば、さっきの質問は大抵氷解するんです。生きている人間は嘘を吐きますけど、死体は嘘を吐きませんからね」

真琴は古手川を睨みたくなった。この場に光崎がいたなら、どんな顔をするだろう。

「どうですか」

古手川が答えを促すと、福美は黙って外を指差した。もう言葉にするつもりもないらしい。

交渉決裂。

「それではまた。お邪魔しました」

捨て台詞を残して古手川が踵を返す。真琴はその後を追うしかなかった。

蓑輪宅を退去しクルマの中に戻ると、真琴は早速嚙みついた。

「どうするんですか、今の。説得するどころか余計に臍を曲げさせちゃったじゃないですか」

「あれはあれでいいよ」

古手川も臍を曲げていた。

「質問しているうちに、どうにも彼女が怪しく思えてきた。貞淑ぶっちゃいるけど、絶対何か隠している」

「でも、あの様子じゃ解剖に同意してくれそうにないです」

「同意なんか要らない」

性急な発進にドライバーの性格が出ていた。

「班長に事情を話して、早急に鑑定処分許可状を出してもらう。それなら天下御免で司法解剖に移せるだろ」

3

古手川はああ言ったものの、真琴には安請け合いにしか聞こえなかった。渡瀬に事情を説明して鑑定処分許可状を出してもらうと言うが、明白な犯罪性が認められなければあの上司は簡単に首を振らないだろう。

だから翌日に古手川が法医学教室を訪れた時には、正直驚いた。

「行くぞ、真琴先生」

行き先は察しがついていた。蓑輪の通夜は本日午後五時からと聞いている。放っておいたら、蓑輪の遺体は灰になってしまう。古手川は考えよりも行動が先行する男だが、危急の場合にはそれが幸いする時もある。今がちょうどそれだと直感した。

「上手く渡瀬さんを説得できたんですね」

遺体搬送車の助手席に滑り込んで、古手川に確認した。この車両で通夜に乗り込むということは、遺体を引き取るのが前提だからだ。

「できなかった」

あまりにあっけらかんと答えられたので、真琴は聞き間違えたのかと思った。

「本人に保険が掛けられていたとか、奥さんが二回目に病院へ来た時にはまともな服装だったとか、根拠が薄弱過ぎて話にもならんとか散々こき下ろされた」

その時のやり取りを思い出したのか、古手川は露骨に嫌な顔をする。少し気の毒には思ったものの、直情径行(ちょくじょうけいこう)なだけの古手川では渡瀬を説得するには至らないのだと痛感する。

「それで攻め口を変えろと言われた」

「攻め口。具体的にどういうことなんですか」

「班長に言わせると、俺はモノの見方が単一的らしい。こいつが容疑者だと思うと、どうしても悪党に見えちまう」

「それは駄目なんですか」

「性善説に性悪説、どちらも真実でどちらも間違っている。一般人ならいざ知らず、いやしくも警察官なら両方から考えろ、だとさ」

「……その意味、分かりますか」

「何となく。それで蓑輪の同僚だった連中を片っ端から当たってみた。司法解剖に回すことに頭がいってて、ルーチンでやることをすっかり忘れていた」

古手川は明け透けに喋る。自分の欠点を何の衒いもなく話せるのは、この男の数少ない長所の一つだ。

「被害者の身分や前職に拘り過ぎていた。権藤との接点を探そうとしてたからね。基本中の基本がなってなかったんだよ。死んだ人間がいったいどんな人間だったのか。そいつを殺したいと思っていたヤツがいたのか。そいつが死んだら、いったい誰が得をするのか」

「何だか経済学みたい」

「受け売りなんだけど、ある種の人間にとって犯罪は経済なんだよ。最小の労力で最大の利益を得る。省力化と効率化」

話を聞きながら胸の辺りがうそ寒くなる。自分が医学に携わっているせいもあるのだろうが、人の生き死にを損得や効率で捉える考えには、どうしても馴染めない。

「でも、それが犯罪の全てじゃない。計算じゃなくて、無駄だろうが非効率だろうが、どうしてもそうしなきゃならなかった犯罪もある。感情で起こしちまったような犯罪だよ」

「蓑輪さんの場合はどっちなんですか」

「それを探るための訊き込みだったんだけどね。蓑輪義純という人はえらく身持ちの堅い人だったみたいだな」

「男でもそういう言い方するんだ」

「下品な言い方ならもっと沢山知ってるけど」

「……それでいいです」

「同僚の前では石部金吉で通っていたらしい。下ネタが嫌いで、人がそのテの話をしていると露骨に嫌な顔をした。呑みに行く時も、綺麗なお姐ちゃんがいるような店は避けていたんだとさ。どこに納税者の目があるか分からない。だから外でも内でも自分を律していなきゃ駄目だと。独立行政法人に勤めていた頃から、そんな風だった。だから付き合いが悪いと敬遠される一方で、その潔癖さや頑なさが上に評価されたところがあるって話だった」

「その潔癖さが、今度の事件とどう繋がるんですか」

　やがて古手川は意外な動機を話し出した。


　蓑輪義純の通夜は市内の斎場で行われる予定だった。時刻は午後五時二十分、真琴と古手川が到着した頃には、斎場の社員が会場の設営に勤しんでいた。

　彼らの働く姿を見て、真琴は溜息を洩らす。斎場から遺体を強引に奪うのはこれで何度目だろう。故人と遺族のためを思っての行為だが、傍から見れば略奪以外の何物でもない。隠れた犯罪を暴いたり、故人の真意を明らかにしたりと成果を挙げているからいいようなものの、解剖した結果が空振りに終わればどんな非難を浴びることか。

　喪主となった福美は遺族待合室で待機していた。おそらく悄然としていたのだろうが、部屋に入ってきた古手川と真琴を見るなり血相を変えた。

「またあなたたちですか。しかもこんな場所に」

昨日、自宅で話した時よりも数段神経質そうに見えるのは、決して気のせいではない。夫の通夜という特殊な場所に置かれて、平常心でいられる妻は少数派だろう。

「何しにきたの」

最初は女同士で話した方がいい。それが車中で古手川と打ち合わせた手順だった。

「ご遺体の解剖をお願いしに参りました」

「性懲(しょうこ)りもなく」

「自分でもそう思います。でもご主人の本当の死因を知らずにいるのは、後になって辛くなります。もうその頃には確認もできなくなっているんですから」

「主人が還ってこないのなら、死因が何であっても同じだと申したはずです」

「それは違います」

真琴は一歩前に出る。ここで屈したら自分がやってきた意味がない。

「同じ病死であっても、どんな病気だったかで故人が救われる場合があります。ご遺族の置かれる立場が変わってくる場合もあります」

「あなた、何言ってるの」

「死んだ人にも名誉があります。奥さんが拘っているのは、そのせいじゃないんですか」

今の台詞は効いたらしい。福美は意表を突かれたように一歩退いた。

「昨日お願いした時に、薄々気づいたんです。奥さんはご主人の本当の死因を知らせたくない。

あるいは知りたくない。だからどんなかたちであれ解剖を拒んでいるんだと。消極的な理由ではなく、積極的な理由で」

真琴に正面から見据えられた福美は、逃げるように顔を背(そむ)ける。やはり古手川の推理は正しかったようだ。

合図するまでもなく、今度は古手川が前に出る。選手交代。

「実は昨日、お宅を追い出されてから、ご主人の元同僚さんたちをしらみ潰しに当たってみたんです」

「どうしてそんなことを」

「蓑輪義純という人がどんな人間として死んだのかを確認するためです。誠実だったのか卑怯(ひきょう)者(もの)だったのか。温厚だったのか冷淡だったのか。協調的だったのか独善的だったのか。それによって蓑輪さんが死ななきゃならない理由が変わってきますからね」

「主人は病死です。殺されたなんて、そんな」

「蓑輪さんを知る人たちは誰もが似たようなことを証言しています。潔癖性だった。聖人君子だった。浮気なんて考えられない。奥さんひと筋だった……それが蓑輪さんの身上で、あんまり堅いから敬遠する人もいたけど、概(おおむ)ね信用され、尊敬もされていた。公務員という立場上、とても女で間違いを起こすようには見えなかったから、上のポストに登用されもした。部下から尊敬されれば組織を統率しやすいというのは、俺でも分かります」

古手川が誰を想定しているのかは聞くまでもなかった。

「家の中でもそういう人だったんですかね」

「ええ、そうです。主人くらい清潔な人はいませんでした。わたしの誇りでした」

「でしょうね。独立行政法人と都の職員、いずれの元同僚も口を揃えてそう言ってました。そして、それこそ奥さんが蓑輪さんの解剖を渋った理由でした。がんで死んだのなら清潔で潔白な人間に相応しい。しかし相応しくない原因も考えられる。解剖して全てが明らかになるより、死因ががんであるままがいい……そうじゃなかったんですか」

　福美は否定するようにぶるぶると首を振る。

「あなたの言っていることが、わたしには全然分かりません」

「じゃあ分かるように説明します。蓑輪さんには性病の疑いがあった」

　途端に福美は首を振るのをやめた。

「疑いというくらいですから、これはあくまでも未確認の情報です。そのつもりで聞いてください。さっき俺は蓑輪さんの同僚さんたちをしらみ潰しに当たったと言いました。でも本当はそれ以外にも蓑輪さんを知る人から事情を訊いたんです。勤め先や家庭でも見せない顔があるんじゃないかと思って。その一人が都内で開業している医師です。高校時代から親しい友人だったそうで、これは別の同級生から聞き知りました。蓑輪さんの人となりを知るための訊き込みでしたけど、その医師は別の情報をくれました。昨年の十一月、いきなり蓑輪さんが受診に来院したんですが、その際に性病検査を申し出たんだそうです」

　思い当たるフシがあるのか、福美は恐る恐るという体で古手川を見ている。

「その医師は皮膚科と泌尿器科、そして性病科を専門としていました。だから蓑輪さんも誰にも知らせず受診したのだと思います。最初は医師も教えてくれませんでしたけど、こちらの事情を知ると納得してくれました。嫌な話ですが、故人の個人情報は保護の対象になりませんからね」

本人から聞いた話では、古手川はその医師を説得する際にエキノコックスの話を持ち出したとのことだ。守秘義務のために口を閉ざしていた医師も、それでやっと打ち明けてくれたのだという。

「蓑輪さんは自分が梅毒(ばいどく)に罹(かか)ったんじゃないかと怖れていたそうです。蓑輪さんは年に一度の定期健診を受けていましたけど、梅毒というのは通常の血液検査では判明せず、血清学的検査でなければ罹患したかどうか分からないそうです。それで性病科の医師である友人を訪ねたという訳です。医師としては当然心当たりを訊かなきゃいけません。蓑輪さんにしても相手が気の置けない友人だから告白できました。蓑輪さんの勤め先は都庁。そして都庁から歩いてすぐの場所には、世界有数の歓楽街新宿歌舞伎町(しんじゅくかぶきちょう)が控(ひか)えています。蓑輪さんはその風俗街にある一軒の常連客でした」

落胆するように福美が項垂(うなだ)れる。

「詳細は省(はぶ)きますが、外国人女性が相手をする風俗店です。週に三回は通っていたらしいから、常連と言っていいでしょう。勤め先や家庭では潔癖を標榜(ひょうぼう)していた蓑輪さんのもう一つの顔がそれです」

真琴はその事実を知らされた時、蓑輪の気持ちが理解できなくもなかった。

勤め先でも家の中でも聖人君子を押し通し、溜まった鬱憤を晴らす場所が必要だったのだろう。日常では清潔さを売りにしているから余計に風俗通いを秘匿せざるを得なくなる。するとまた鬱憤が溜まり、足繁く店に通うというスパイラルが発生する。尊敬できる話ではないけれど同情に値する。そして、そんなことを福美に告げられるはずもない。

「そのまま何事も起こらなければよかったのですが、今年に入って件の店がいきなり閉店してしまいました。外国人女性の何人かが梅毒を発症してしまったからです。店で複数の女性と交渉のあった蓑輪さんは、自分も梅毒に罹患したかもしれないと怯える。しかし下手に検査を申し出たら、自分の別の顔を曝け出す結果にもなりかねない。そこで進退窮まって友人の病院に駆け込んだという訳です。奥さん。あなたはそのことをご存じだったんじゃないんですか。だから蓑輪さんの解剖を頑なに拒んだ。解剖して性病に罹っていることが知れたら、ご主人の名を汚すことになるからです」

福美の口から忍び泣きが洩れる。これ以上の追及は酷だと判断し、真琴は彼女に寄り添うことにした。

「ご主人を死に至らしめたのが何だったのか、知りたいと思いませんか」

肩に置いた手に、福美の震えが伝わる。

「浦和医大の法医学教室は警察から検案依頼を要請されている医療機関です。生者も死者も平等に扱います。もちろん守秘義務も同様です。解剖した結果を公開することはありません」

小刻みに震えていた肩が、やがて落ち着きを取り戻す。

「信用して……いいんですか」

「お願いします」

　ふっと力が抜けるように肩が落ちた。

「主人が亡くなる前日、背広のポケットから処方箋が出てきたんです。通院しているなんて聞いてなかったから、変だと思ってよく見たら病院名の前に〈性病科〉と書いてあるんです。それでますます本人には聞けなくなって……処方箋に記載してあったアモキシシリンという薬品名をネットで調べたら梅毒の治療薬だと説明してあって……」

　そういうことだったのかと、真琴は合点する。

　潔癖であり、浮気も女遊びもしないと評判の夫だったからこそ、機微に関わる話は口にできなかったのだ。

「担ぎ込まれた熊谷南病院で、死因はがんだと診断された時、ほっと胸を撫で下ろしたんです。ああ、これで主人の風俗通いがバレなくて済む。葬儀の場で参列者から嗤われずに済むって。主人はとても体面を重んじる人でしたから、それだけは知られちゃいけなかったんです」

　福美はいったん言葉を切り、安堵にも似た大きな溜息を吐く。そして矢庭に心配げな顔を真琴に向けた。

「……お葬式、どうしましょうね」

「出棺はいつの予定ですか」

「今日が通夜で、出棺は明日の午前十一時になっているはずです」

「出棺までには間に合わせます」

「それまでは主役なしのお葬式なんですね……生きているうちも、目立つことの苦手な人でしたからきっと許してくれると思います」


　蓑輪の遺体を搬送車に収めた古手川と真琴は、浦和医大へ取って返す。車中からキャシーに経緯を報告したので、二人が到着した時には既に解剖の準備が整っていた。

「お手柄でした、真琴」

　何が嬉しいのか――多分、解剖できることだろうが――キャシーは両手を広げて真琴を迎える。

「それにしても、いったいどのようなテクニックで遺族を説得したのですか」

「遺族の心の機微に触れるように心掛けました」

「キビ？　ジャパニーズ・ダンプリングス（団子）？　まさかそんなモノで買収できたのですか」

　キャシーのお蔭で、福美から伝染していた湿っぽさが雲散霧消した。これで気持ちを切り替えて解剖に臨める。

　真琴が解剖着に着替えたのとほぼ時を同じくして光崎が現れた。

　解剖室に光崎が入った途端、空気がぴんと張り詰めるのが分かる。元々、室温は低めに設定しているが、肌の感覚が鋭敏になっているのはそのせいだけではない。今から斯界の権威が繰り出す執刀技術を記憶に留めようと、五感が集中するからだ。

ついさっきまで浮かれ模様だったキャシーも打って変わって峻厳な態度でいる。その目は畏敬と憧憬の念に溢れ、光崎に対する忠誠心の強さを窺わせる。

幾度となく解剖の現場に立ち会った古手川は、この様子をまるで法廷のようだと形容したことがある。被告人、弁護人、検察官、そして傍聴人で埋まった法廷。それまでざわついていた廷内が、裁判官の登場とともに水を打ったように静まり返る——その様子に瓜二つだというのだ。

聞いた時にはそんなものかとさほど気にも留めなかったのだが、こうして光崎の執刀に立ち会うと満更間違いではないと思うようになった。

肉体を死に至らしめた死因は被告人、その罪を明らかにせよと訴えているのが遺体。メスを握る解剖医が裁判官という見立てだが、解剖室を支配する静謐さは法廷のそれと相通じる。

解剖台の上のシーツを捲ると、蓑輪の全身が蛍光灯の下に曝け出される。思えば古手川とともに遺体を追い掛けていた一方、蓑輪の顔を拝むのはこれが初めてだった。

どちらかと言えば細面で、評判通りの温和な顔立ちだ。死に顔からでも笑っている表情が想像できる。体軀は痩せぎすで胸の筋肉は削げ落ちている。代わりに腹が出ており、所謂痩せメタボという体型だ。

「では始める」

光崎の執刀宣言で真琴は我に返る。雑念に感けている暇などない。今から解剖着を着た裁判長の審判が始まるのだ。

「死体は六十代男性。体表面に外傷なし。肝細胞がんにて病死。死斑が背中に集中しているのは、長時間仰臥（ぎょうが）姿勢のままであったためと思われる」

光崎の声が既視感を呼び起こす。その所見が権藤の時のものと寸分変わりないからだった。

「鼠径部（そけいぶ）にわずかなしこりあり」

体表面には外傷どころか炎症すら見当たらない。梅毒の特徴である皮膚症状は、とりあえず死亡時点では発現していなかったようだ。ただし鼠径部にしこりがある。鼠径部の腫れは梅毒の第一期症状として一般的なものだ。

「メス」

キャシーからメスを手渡された光崎の姿がオーケストラの指揮者にかぶる。指揮者がタクトの先から音楽の魔法を降り注がせるように、光崎はメスの切っ先から体内の秘密を暴いていく。

滑らかなY字切開。日本の葬式では遺体に着物を着せるためにI字切開では傷が見えてしまい、Y字切開が好まれるという話も聞くが、これは習俗よりは執刀医の流儀に起因するものだろう。実際に真琴も両方の切開を試してみたが、通常の手術はともかく解剖の場合は断然Y字が適していると思う。左右に開けやすいので内部の状態が一目瞭然の上、任意の部位からサンプルを切除しやすい。

光崎がメスを入れてからほんの数秒で死体が開く。この鮮やかさだけは何度目にしても飽きることがない。

肋骨を切除して、死体審問はいよいよ佳境に入る。何がこの肉体を殺したのか、その責務は誰が負うべきものなのか。

肺が露出する。しかし年齢相応にくたびれていても肺自体に変色や歪(ゆが)みは認められない。まだがんはここまで転移していないらしい。光崎は前回と同じく、すぐに興味を失ったようだ。

「鼠径部切開」

メスが股の付け根に直線を描く。やがて現れたリンパ節は予想通り腫れ上がっていた。横痃(おうげん)と呼ばれるもので、やはり梅毒第一期症状に含まれる。

「血液採取の後、ワッセルマン反応」

横で待機していたキャシーがすかさず心臓から血液を抜く。

ワッセルマン反応は血清反応検査の一つで、血液中の梅毒トレポネーマの感染によって生成された抗体の有無を調べる。この場合、検査結果とリンパ節の腫れで蓑輪が梅毒に罹患(りかん)していることを判断する。

ただし光崎の関心は梅毒症状の有無になく、次に肝臓を探っていく。

そこが紛れもなく病巣だった。顆粒状の表層と硬化が確認できる。下部の小嚢胞がちらりと垣(かい)間(ま)見える。これもまた権藤の体内で目撃したものの再現に他ならなかった。

「ピンセット」

光崎にピンセットを手渡す際、真琴はわずかに指を震わせた。既に見慣れた、あのおぞましい物体が眼下で群生している。

光崎の指がそろそろと異物を摘み上げる。

ぶよぶよとした多包虫。中では無数の虫が妖しく踊っている。紛れもなくエキノコックスだった。

「採取」

プレートの上のエキノコックスを、真琴が滅菌ビンに移しかえる。

「エキノコックスの増殖による肝機能の低下が、肝細胞がんと同様の症状を発現させた。それが直接の死因とみて間違いない」

光崎の声にわずかながら緊張が含まれているのを、真琴は聞き逃さなかった。この男も緊張する瞬間があるのだと初めて知った。

緊張が真琴にも伝染する。

これで二例目。権藤の一例だけなら「極めて特異な症例」で片がつくのだろうが、二例目が出てきたとなればそうはいかない。

「閉腹する」

いつもはひと仕事終えた充実感を覚えるひと時が、不穏な空気に支配される。

蓑輪の死因は特定できた。福美にとって梅毒が死因に絡んでいなかったのは朗報だが、夫の身体を蝕んだのが寄生虫だと知らされたら、いったいどんな顔をするのか。死因として公言する際、梅毒と寄生虫とどちらがマシだというのか。

光崎が死体を閉腹する時、事件も幕を閉じる。

だが今回は違う。

これは始まりの終わりに過ぎなかった。

術式を終えた三人を古手川が待ち構えていた。

「どうでしたか」

「二人目だ」

光崎は目の前の古手川を射殺すように睨む。

「そんな目で見ないでくださいよ。蓑輪を解剖したいと言い出したのは光崎先生じゃないですか」

「他人の反応をいちいち気にするな。そんな若い時分に、もう日和見を覚えたか」

真琴はつい同情したくなる。これで古手川がふてぶてしく振る舞おうものなら、「若い癖に分を弁えていない」とかの理由で嫌味を言うに決まっている。それを知っているからか、古手川は憤懣やる方ないという顔をする。

「処置は終わった。早く遺体を戻しておけ」

「奥さんには死因をどう伝えておきましょうか」

すると、またもや光崎は古手川を睨み据える。

「そんなことくらい自分で考えろ。子供の使いじゃあるまいに」

そして、後ろも見ずに教室を出ていった。

「容赦ないなあ、相変わらず」

古手川は叱られた悪ガキのように、不敵に笑っている。

「まだ笑っていられる余裕があるんですね」

真琴はそう突っ込んだが、光崎があれほど緊張していたのを見過ごす古手川ではない。

古手川も、そして自分も、いよいよエキノコックス禍が現実のものとなったことに衝撃を受けていた。軽口の一つでも飛ばさなければ、不安に押し潰されそうだった。

4

熊谷市内で二人目のエキノコックス症患者が発生——早速、光崎は蓑輪の解剖結果を真琴に纏めさせ、国立感染症研究所に報告した。

真琴が驚いたのはデータを含めてメール送信した直後、相手側の担当者から電話が掛かってきたことだった。

『このデータ、間違いありませんか』

蓼科と名乗る職員は声を上擦らせていた。まさかデータを捏造してまで報告する類いのものではないだろうと思ったが、そこには触れないでいた。

「間違いありません。ウチの光崎藤次郎教授の執刀により判明した事実です」

光崎の名前を出した途端に蓼科は黙り込む。普段は何かと胡散臭いと思っていた〈権威〉だが、浦和医大の主張に信憑性を持たせるのに、これほど有効な名前は他になかった。

『しかし、まさか二例目がこんなに早く出るとは』

事実であっても信じたくない。それが正直な気持ちであるのは真琴にも理解できた。

だが真琴は冷徹な事実を事実として伝えなければならない。それが光崎から課せられた任務だった。

「厄介な事案だと思いますが、光崎教授の目に触れる程度で、この有様です。首都圏全域やその他の地域まで検査対象を拡げれば、該当者がもっと沢山出てくる可能性が否定できません」

『……それは仰る通りかと思います』

「光崎教授は感染症研究所の発信力に期待しています。一例目も二例目も、エキノコックス症発症のために患者は命を落としました。これ以上、被害を増やしたくありません」

『それは当研究所のスタッフも同じです。正直、最初のデータを拝見した段階では俄に信じられませんでしたが』

これは医療機関に属する関係者の本音だろう。言わば忘れられた感染症という訳だ。もちろん法規上は感染症法4類感染症に指定されているが、感染イコール死亡という図式は短絡的過ぎる。

「お送りしたサンプルの毒素について、分析の進捗はいかがでしょうか」

『鋭意継続中です』

蓼科の口調は冴えない。実質は膠着状態にあるものを対外的に表現すると、こういう言い方になる。

『ヒトの肝細胞に浸潤してがん細胞に変質させるのではないかとの仮説もありますが、生体肝への実験も不可能ですから、実証はできません。また、この毒素はヒト以外の動物の肝細胞には効果が認められていません。あまりにも未知の部分が多過ぎるのですよ』

「でも、放っておけば第三第四の感染例が出てきますよ」

『我々も放置するつもりなど毛頭ありませんよ』

　蓼科の声が苛立つ。

『感染症の予防こそがここの存在意義ですからね。お送りいただいた二例目のデータを各医療施設に公開するのも吝(やぶさ)かではありません。しかし栂野先生。これだけではいかんともし難いのですよ。それは先生だってご承知のはずです』

　真琴は返事に窮する。

『〈突然変異体のエキノコックスが流行(はや)っています、感染に注意してください〉。市民に向けてそう呼びかけるだけなら簡単です。しかし従来のエキノコックス感染対策は保健衛生指導と犬の定期的な条虫駆除に留まります。付け加えるとしても野菜はよく洗うか火を通して調理するくらいでしょう』

　聞いていて真琴は空しくなる。その程度で予防できる感染症なら、あの光崎が顔色を変えるはずもない。

『しかし突然変異体が相手では、その対策がどれほどの効果を持つかは疑問ですし、そもそも感染症対策は予防と根絶の二本柱です。感染源を根絶しない限り感染に終わりはありません』

「それは分かっています」

『これを浦和医大さんに望むのがお門違いなのは重々承知していますが、市民に注意喚起するのであれば感染源の特定は必須です。突然変異体エキノコックスなる寄生虫がどこで発生し、どんなルートで感染するのか。それが特定できないまま危険性だけを叫ぶのはパニックを誘発しているのと一緒です』

それも分かっている。だからこそ、データの送信のみに留まっている我が身が歯痒くてならないのだ。

『城都大附属病院で一例、そして熊谷南病院で一例。およそ病院間での感染は有り得ませんから、患者たち自身の共通点を探るしか感染源を辿る方法はないでしょう。しかし生憎と、それはわたしたちの仕事ではありません。と言うよりもわたしたちにできる仕事ではありません』

「……はい」

『浦和医大法医学教室は県警とのパイプが太いようですね。エキノコックス症発見に至るまでの報告書を拝見すると、そのことがよく分かります』

「よく検案要請をいただいていますから」

『検案や司法解剖は一種のボランティアで、要請を受ければ受けるほど医大は赤字になると聞いたことがあります』

真琴は沈黙する。沈黙することでそれが実態であると伝えたい。

『いつも浦和医大が負担をしているのなら、今回は借りを返してもらうという訳にはいかないでしょうか』

　蓼科の言い分は手に取るように分かる。感染源の特定に必要なのは、感染者である権藤と蓑輪の接点を探ることだ。そしてプライベートな部分が関与してくる限り、捜査する権限を持つのは警察しか存在しない。蓼科は浦和医大から埼玉県警、延いては警視庁に捜査を要請しろと提言しているのだ。

「食料品を扱う業者由来で食中毒が発生したとかの場合でしたら警察も動くのでしょうけど、今回の場合は……たとえば過去の鳥インフルエンザみたいに、汚染地域と被害が甚大になって内閣官房や厚労省辺りが対策会議でも開催してくれないと、即座には対応しないでしょう。ウチをよく訪ねてくる刑事さんがそう言ってました」

『栂野先生』

　電話の向こう側で口調が改まる。

『研究所としてできるだけのことはします。しかしそれが十全ではなく、仮に研究所のスタッフが毒素の分析に成功したとしても、それを有効にできるのは感染源特定と早期発見であることを忘れないでください』

　誰が忘れるものか。

　忘れるような過去の話ではない。エキノコックス症は今、目の前で進行している危機だ。

「協力は要請しますけど、聞き入れていただけるかはお互いの組織の度量次第でしょう。わたしのような助教が言えるのはここまでです」

『栂野先生』

「はい」

『失礼ですがいつから浦和医大の助教に？』

「今年からです。それまでは研修医でした」

『助教一年目でそれだけ発言できる環境が羨ましい。噂とは違って、光崎教授は自由闊達なお人柄のようですね』

真琴はまたしても返事に窮する。

その日の午後、古手川が法医学教室を訪ねてきた。

「光崎先生に呼び出しを食らった」

本人に会う前から戦々恐々としている。まるで職員室に呼び出された中学生みたいだと思った。

「何だよ、その目は。まるで職員室に呼び出された中学生を見るような目をして」

「呼び出されるような心当たりがあるんですか」

「権藤と蓑輪の接点がまだ不明だから、おそらくそれだ。と言うか、それしか頼まれていない」

「新しい頼みごとかもしれませんよ」

午前中に真琴が感染症研究所から連絡を受けた件は光崎に報告してある。もちろん蓼科が提案した県警への協力要請も一緒にだ。

それを聞くと、古手川はますます表情を曇らせた。

「あのさ、真琴先生。俺が光崎先生の命令を受けて動いているのは、非常にイレギュラーな対応だっていうのは知ってるよな」

「まあ、何となくは」

「光崎先生の指示通りに動けば、隠れた事件を明るみにして犯人を逮捕できるから班長も課長も黙認している」

「それで解決した事件も多いですよね」

「しかしだ。今回、蓑輪義純の件はどうだった？　女房が保険金欲しさに謀殺を企てた訳じゃない。肝臓がんという病院の下した診断を引っ繰り返しただけだ。その原因だってエキノコックス症なんて超珍しい感染症ときているから、医療ミスでもない。はっきり言っちまえば、犯罪性と呼べるものは皆無だ」

「ですね。でも、奥さんが隠そうとしたことを見事に暴いてみせたじゃないですか」

「蓑輪の風俗通いの件かい。あれだって福美の財産狙いの線で調べていたら、辿り着いただけの話だよ。そういう事案に駆り出された俺の立場、分かるかい。この件に関しちゃ、お前はいつから法医学教室の下請けになったんだって、班長から大目玉食らってるんだ」

「ふうん。結構、恩知らずなヒトだったんですね、渡瀬警部って」

「恩知らずも何もない。警察の捜査力を犯罪でもない事案に行使するのは公私混同だと言われた」

「あ、今の駄洒落みたい」

「真面目に聞け」

「真面目に聞ける訳、ないじゃないですか」

「何だって」

「普通の殺人事件なら一人、多くて二人か三人が殺される。社会秩序の安定と法の正義を遂行するために、日夜警察は頑張ってくれている……そうですよね」

「そうだ」

「何の罪もない人が無残に殺されるのは我慢がならない。これは古手川さんの信条でしたよね」

「そうだ」

「でも、感染症は放っておくと百人単位千人単位で人が死んでいくんですよ。エキノコックス症もそうです。感染源が特定できない以上、どんな予防策を採っても対症療法でしかありません」

「被害甚大だから捜査しろっていうのか。真琴先生、そりゃ無茶な理屈だよ。パンデミックってのは要するに戦争みたいなものだろ。戦場で警察官のできることなんて、精々死体や瓦礫の片づけくらいだ」

「そういうことは自衛隊がやってくれます」

「何百人も死んでいくのが大ごとなのはその通りだけど、警察権力が及ぶところじゃないよ。感染源の特定に焦る気持ちは分かるけど、そんな理由でウチの班長は動かない。いや動けない。刑事部や県警レベルなら尚更だ。現に以前、鳥インフルが流行した時だって、各県警ができたことと言えば市民への注意喚起だけだった。警察も知っているんだよ。ひとたび感染騒ぎが起こったら頼りになるのは医療関係者と自衛隊くらいで、自分たちのできる支援は感染源周辺の交通規制と車両消毒しかないって」

　そこに間（ま）がいいというか悪いというかキャシーが入ってきた。

「ハロー、古手川刑事。教室の外まで声が聞こえていました。痴話喧嘩（ちわげんか）だったら、もう少しボリュームを下げる方がいいですね」

「ああ、もう。ややこしいところにややこしい人が」

　古手川は片手で顔を覆（おお）った。

　折角の援軍なので、真琴は話の経緯を説明する。するとみるみるうちにキャシーは挑発的な顔になり、腕組みをして古手川を睨みつけた。

「真琴の怒りには正当性があります。片や古手川刑事の論理は常識的なようで、その実非常識です」

「俺の言っていることの、どこが非常識っていうんですか」

「国民の生命と財産を護る。それがジャパニーズ・ポリスのミッションだと聞きましたが、それは本当ですか」

「間違ってはいません。だけど警察組織というのは完全な縦割り社会で」

「感染が拡がれば、国民の生命が危険に晒されます。命令系統とか管轄とか、組織の理論はミッションに優先するものなのですか。組織としての協力ができないのなら、古手川刑事がプライベートで協力すればいいことではありませんか」

毎度のことながらキャシーの言説は放埓だが、一分の真理を含んでいる。感染症予防と撲滅のために警察力を行使するのが無理筋であるのは、真琴も理解している。しかしその一方、その捜査能力が期待されているにも拘わらず、管轄が異なるという一点だけで協力を拒絶するというのは組織としては正しくても人として間違っている気がする。

「あのですね、キャシー先生。非番の日にプライベートな捜査っていうのはぎりぎりセーフですよ。でも俺が警察手帳ちらつかせた段階で職権濫用になりかねないんですよ」

「なりかねないだけで、なる訳ではないのでしょう」

「そんなに俺を懲戒免職させたいんですか」

「正しい行動を非難するようなファックな組織なんて辞めてしまえばいいのです」

「無茶言わないでくださいよ」

「無茶だと思いますか。もし、古手川刑事の捜査に消極的な姿を見たら、ボスが何を考えるのか、そんなことも予想できませんか」

「……まあ、人間扱いはされないでしょうねえ」

「金輪際、埼玉県警の死体解剖要請を一切受け付けない」

「それはこの間、言われましたよ」

「二度と法医学教室の敷居を跨ぐな」

「ああ、それも絶対に言われるな」

「それだけではありません。ワタシとも真琴とも絶交ですよ」

何を根拠にしているのか、キャシーはそれが切り札と言わんばかりの口調だった。

真琴がこっそり盗み見ると、古手川は難問を突きつけられた学生のように困惑顔だった。

「パハップス、古手川刑事は光崎教授の宣言を単純な脅し文句のように思っているのではありませんか」

「どう聞いたって脅し文句でしょう。こんなことで長年培ってきた県警と浦和医大との提携をご破算にするなんて、まさか」

「ウチのボスは多分にアイロニカルではありますが、ジョークなどは口にしないタイプですよ。真琴はアメリカンでもロシアンでも構いませんが、ボスがジョークを発したのを聞いたことがありますか」

「全然ですね」

キャシーは肩を竦めて古手川に問い直す。

「今、浦和医大と県警の提携と言いましたね。しかし解剖をすればするほど浦和医大の予算が削られているのは周知の事実です。言ってみればこの提携は一方的に県警が有利な関係でしかありません。解消したら浦和医大にはプラス、県警にはマイナス。古手川刑事が交渉を決裂させたために、ダメージを受けたと知ったら、県警のボスはどんなジャッジを下すと思いますか」

「……きったねえなあ」

「クリーンな交渉事など、この世には存在しません。思いやりのある日本人が、このジャンルでアメリカ人に勝とうとするのがそもそもの間違いです」

「日本人ていうより俺が交渉下手なだけなんですけどね」

「それでも直属のボスに立ち向かうくらいのガッツはあるでしょう。そのガッツを発揮して浦和医大と県警との間を取り持ってください」

キャシーが事実上の勝利宣言を謳い上げようとしたちょうどその時、あろうことか光崎が教室に入ってきた。

「来たか若造」

「ええ、早く到着したばかりに二人の先生からこっぴどく絞られてました」

「一例目と二例目の関連は摑めたのか。お前ときたら命令は聞きっ放しで報告も寄越さん。あの根性曲がりの上司は日頃からそういう教育をしておるのか」

キャシーの言説も大概無茶だが、上には上があることを真琴は失念していた。

「報告も何も、犯罪性が認められないものを警察が捜査するなんて、無理筋もいいところですよ」

「そんなくだらん言い訳を聞くために、わざわざ呼びつけたと思うか」

光崎はいつにもまして不機嫌そうな顔を向ける。

「公僕は公のために粉骨砕身してこそ公僕だろう。四の五の言わずに調べろ」

早々に自己主張を放棄したらしい古手川は、半ば諦め顔になっている。

「だったら光崎先生から、ウチの刑事部長辺りを脅迫してやってください。俺が個人的に動く手もありますけど、刑事部全体を動かした方が、ずっと効率がいいはずです」

後ろで聞いていた真琴は冷や汗が出そうだった。選（よ）りにも選って光崎に直接交渉を提案するなど、古手川もとうとう進退窮まったらしい。

落ちるのは皮肉かそれともカミナリか。

だが次の瞬間、光崎は意外な言葉を口にした。

「電話では埒（らち）があきそうにない。今から刑事部長に会う。お前が案内しろ」

三　職務に潜む毒

1

通常、古手川が警察車両を転がす場合、助手席には渡瀬が座っている。最近では真琴の座る機会も増えてきたが、それでも圧倒的に多いのはあの厳めしい上司だ。

ところが今、県警本部に向かう車中、座っているのは渡瀬に負けず劣らず厳めしい光崎だった。いや、皮肉と毒舌の濃さなら渡瀬以上かもしれない。

助手席に座った渡瀬は口数も少なく半眼で前を見ているだけだが、光崎ときたら世の中の不平不満を一身に背負ったような顔で前方を睨んでいる。

車中の空気が途轍もなく重い。沈黙が耐えられず、古手川はつい言わずもがなを口にする。

「あの、俺に訊かないんですか」

「何をだ、若造」

「いや、だからこれから会う予定の刑事部長がどんな人間なのかとか、交渉事が得意なのか苦手なのかとか」

「お前はその刑事部長と一日中いるのか」

「いえ、たまにエレベーターとかで乗り合わせる程度で」

「その程度で人となりを判断し、わしに伝えようとしているのか」

「いや、あの」

「そんな間違いだらけの情報を垂れ流してどうする。少しは周囲に及ぼす迷惑というものを考えろ、このうつけ者」

まさか親切心で話し掛けた結果が罵りになって返ってくるとは。古手川はますます口が重くなる。

埼玉県警本部に到着した古手川は光崎を伴って刑事部長の部屋へ向かう。先刻光崎に喝破されたばかりだが、渡瀬や栗栖課長とはしょっちゅう顔を突き合わせているので扱い方も分かっているが、刑事部長と話したことはほとんどなかったので事前にアポイントを取っていても次第に緊張が高まっていく。

緊張は部屋の前に立った時、最高潮に達した。

「古手川、入ります」

中からどうぞと間延びした声が返ってくる。ドアを開けた瞬間に少し仰け反った。

窓際の机に刑事部長。これはいい。しかし応接セットのソファからこちらを睨んでいるのは渡瀬だ。薄々予感はしていたものの、ここで光崎と顔を揃えることになろうとは。

さしずめ前門の虎、後門の狼といったところだな――古手川は胸の裡で憎まれ口を叩く。

「お会いするのははじめてですな、光崎先生。所田と申します」

所田は席を立って、軽く一礼する。日頃から司法解剖を委託している県警の代表としてはまずまず失礼のない対応だった。

所田和正刑事部長。階級は警視正。県警本部長の里中が警視監なので、所田が実質的には県警本部のナンバー3という位置づけになるが、県警本部内でその地位に異議を唱える者はいない。

埼玉県警の捜査一課は本部の中で異彩を放つ部署だ。取り分け渡瀬班は一人一人が専門知識と技術のエキスパートで構成されており、検挙率は群を抜いている。ただし渡瀬自身は難のある性格で他の班長とは反りが合わない。いや、そもそも合わせようとしていない。鎖を引き千切った猛犬を恐れるかのように、周囲は距離を置いている。一課を束ねるはずの栗栖課長は事なかれ主義の権化のような男なので、渡瀬の暴走を見守るしかなく、代わって睨みを利かせているのが所田という構図だ。

ただし所田本人は典型的な調整型の管理職で、渡瀬のような強烈な個性は持ち合わせていない。それでも渡瀬が逆らわないのは、偏に所田の人の良さにある。よくもこんな性格で出世競争を生き抜いたものだと感心するが、渡瀬に言わせればなかなか一筋縄ではいかない一面を隠し持っているらしい。

「いつも司法解剖ではウチの一課が世話になっています」

「ああ。その度に法医学教室も大学も赤字に塗れる。ボランティアと言えば聞こえはいいが、張る度に胴元に吸われ続ける博打みたいなものだ」

思わず古手川は息を呑む。まさか初対面での開口一番がその台詞とは。せめて真琴あたりを随行させるべきだと思ったが、もう後の祭りだ。

しかしのっけからの皮肉に、所田は申し訳なさそうに頭を搔くだけだった。

「いやいや、解剖に関する費用が不足気味であるのは県警も承知しておるのですが、何せ限られた予算の中でやりくりをしておりまして。光崎先生のお蔭で解決できた事件も少なくないというのに、まことに不調法な話です」

所田の勧めで光崎もソファに座る。ちょうど渡瀬と所田が光崎と対峙するかたちだが、頼まれてもあの輪の中に加わる気はない。

「何でもわたしにお話があるとか」

「今、首都圏に寄生虫による病死が蔓延しつつある」

「はい。そこにいる古手川から報告を受けています。他殺が疑われた権藤要一も蓑輪義純も、エキノコックスとかいう寄生虫に蝕まれていたということでしたね」

「感染源を知りたい」

頭を下げる側の光崎は、あろうことか胸を反らせ気味にして言う。

「二人の接点は何だったのか、どんな集まりに参加し、どこを巡ったのか。それを突き止めないことには、今後もエキノコックス禍による死者が増加し続ける。ついては、その調査を県警に要請したい」

所田は光崎の横柄さを咎めもせず、困ったようにまた頭を搔く。

「先生の仰ることが危急であるのは理解しますが、それこそ管轄違いと言いますか、現在県警本部および所轄にそうした機能は存在していません。そもそもそれは厚労省の仕事ですよ」

聞いている最中、光崎の眉がぴくりと上下した。これは光崎が癇癪玉を破裂させる前兆だ。

古手川が慌てて宥めに入ろうとしたが、一瞬早く渡瀬が口を開いた。

「部長。これは県警にも一考する余地がありますよ」

「何故だ」

「浦和医大法医学教室には今まで散々迷惑をかけています。ここで光崎先生の機嫌を損ねるようなことになれば、今後の協力を拒絶されかねません」

所田はまさかという顔で、渡瀬と光崎の顔を見比べる。両者とも冗談や社交辞令とは無縁の人間であり、所田はすぐ事の深刻さに気づいた様子だった。

「光崎先生からの要請は古手川を通じて、わたしの耳にも入っています。この先生は本気ですよ」

「ふん。さすがに付き合いが長いと話が早いな」

「悠長な話はわたしも嫌いですから。それにしても先生、保健所なり感染症研究所なり疫学の施設なりが、感染ルートを調べる訳にいかないんですか」

「あれは感染源が特定されていればこその話だ。今回のように感染源が不明の場合は彼らのノウハウも役に立たん」

「それで警察の捜査能力の出番という訳ですか」

「死んだ人間のためばかりでなく、たまには生きている人間のために働け」

おや、と思った。普段の光崎の言説とはまるで違う。いつもは生者より死者の権利を尊ぶ男が今回に限っては真逆を口にしている。

「感染は時機を逃せば、それだけ拡大の危険性が増加する。明日からでは遅い。本日、たった今から調査を開始しろ」

「司法解剖の実施を盾にとっての交渉ですか」

「交渉ではない。要請だ」

光崎は渡瀬と所田を睨み据えるが、元より短気な男なので長時間にらめっこをするつもりはないだろう。

所田は物憂げに渡瀬を見た。

「渡瀬警部、何かいい知恵はないか。光崎先生とは長いんだろう」

なるほど、それが渡瀬をこの場に立ち会わせた理由か。

何やら出来レースの臭いが漂い始めた頃、徐に渡瀬が口を開いた。

「いい知恵かどうかは分かりませんが、一時的な転属で緊急事態に対処する方法がないではありません」

「言ってみてくれ」

「生活安全部生活環境課の保健衛生第三係は保健衛生事件を担当しています。そこに動いてもらうのはどうですか」

「しかし、あれは食中毒を扱うセクションで、犯罪捜査に手慣れた者が少ないぞ」

「だから捜一から一時的に転属させるんです」

「誰か心当たりでもあるのか」

嫌な予感がした。

渡瀬の目がこちらに向くと、つられるようにして所田と光崎の視線も古手川を捉えた。

勘弁してくれよ、おい。

「そこにうってつけの人材がいます」

「しかし渡瀬班はいいのか。一人欠員が生じることになるが」

「短期であれば何とかなりますよ」

「ふむ。短期であれば転属というよりも応援という形で送り込んだ方がしっくりくるな。彼でどうですか、光崎先生」

「使えるなら誰でもいい」

「それでは、そういうことで」

何がそういうことでだ。

古手川はすぐに抗議しようとしたが、その瞬間渡瀬の視線に射すくめられた。

黙っていろという目だった。

こうして古手川の保健衛生第三係への応援がその場で決定された。

応援という体裁を取ったものの、実際は刑事部屋にいながら寄生虫の感染源を調べるというのだから欺瞞も甚だしい。さすがにひと言くらいは異議申し立てをするべきと考え、光崎を浦和医大に送って戻ってくると、古手川は渡瀬の前に進み出た。

「さっきのはいったい何ですか」

「責任者同士の鳩首会議だ。見て分からなかったのか」

「まるで出来レースみたいに見えたんスけど」

渡瀬は否定しようとすらしない。

「事前協議も根回しもしていない。阿吽の呼吸で、光崎先生とこちらの思惑が一致しただけの話だ。あの先生を怒らせて得なことなんて一つもないからな」

「しかし選りにも選って生活環境課の保健衛生第三係って」

「どこへ手を突っ込むにしても身分は必要だ。ちゃんとお膳立てしてやったんだから感謝しろ」

「班長。いつも捜査一課は人手不足と言ってるじゃないですか」

「その通りだ。だから一刻も早くエキノコックスの件を片付けて通常業務に戻れ」

これ以上の会話は拒否すると言わんばかりに、渡瀬はくるりと背を向ける。

ひどい上司だと思ったが、部下は上司を選ぶことができない。古手川は小さく嘆息して刑事部屋を出る。


古手川が向かった先は世田谷署の留置場だった。権藤の一件で殺人未遂の容疑者となった出雲がまだここに拘束されている。面会の手続きを取って待つこと十五分、面会室のアクリル板の向こう側に出雲の姿が現れた。

「今更何の用だよ。こっちは送検を待つだけの身だ。埼玉県警の刑事にはもう関係ないだろ。それとも自分が挙げた犯人を嘲笑いに来たのかよ」

「残念だが両方違う。言っておくが、俺は殺人であんたを挙げようとしていたんだ。容疑が殺人未遂になった段階で嘲笑われるのはこっちの方だ」

聞いていた出雲の表情がふっと和らいだ。

「大体、あの時俺たちが司法解剖に持ち込んだから、死因がアフラトキシンの作用でないことが判明したんだ。あのまま火葬になったらあんたの殺人容疑は晴れなかったし、逆にあんたの罪悪感も消えないままだった……違うか」

「罪悪感を持たずに済んだっていうのはその通りだな」

出雲は悪びれもせずに喋り出した。権藤へ送るブランド米に事故米を混入したことは既に自供している。以前と比べて憑き物が落ちたような顔をしているのは、隠し立てする必要がなくなり精神的な負担が解消されたからだろう。

「信じないかもしれないが、俺だって血の通った人間だからな。混ぜた事故米のせいで伯父貴が死んだと思い込んでいた時には、眠れない日が続いたんだ。寝てても伯父貴が夢の中に出てきたりな。これがこれから一生続くかと思うと正直うんざりしていた。逮捕されたのはともかく、死因をはっきりさせてくれたことは感謝している」

司法解剖が生者を救うこともある――法医学教室に入った当時の真琴が何かの折に洩らした言葉だが、こんなところで実例と遭遇するとは予想もしていなかった。

「感謝しているなら協力してくれないか」

「あんた、馬鹿か。裁判になるかもしれないのに自分の不利になる証言するようなヤツがいるかよ」

「事故米混入とは全然関係ない。権藤さんの本当の死因についての質問だ」

「エキノ何とかって寄生虫のせいだと聞いてたぞ」

「そんなモノがどうやって寄生したと思う」

古手川は真琴から説明されたエキノコックスの特性と、日本での報告例を挙げて聞かせた。

「へえ、じゃあ割と珍しいんだな」

「突然変異体だから今までの症例と同列に扱ったらいけないらしい。実際、権藤さん以後も死者が出ている」

「そりゃあ初耳だな。ここにいるとニュースも耳に入らない」

「これ以上、寄生虫による死者を出す訳にいかない」

「で、協力しろってか。古手川さんだったよな。確かに伯父貴の死因を暴いてくれたことには感謝するけど、自分を逮捕した刑事にそこまで協力してやる謂れはないぞ」

「感染の拡大防止に協力した旨は起訴された後、担当検事に伝えておく。殺人未遂の裁判に直接の関連はないが、情状酌量の材料くらいにはなるんじゃないのか」

「ちょっと待てよ、古手川さん。それって寄生虫の被害が甚大になってえらい事件になるのが前提になってないか」

「ああ。これはある医療機関に従事する知人からの受け売りだが、この寄生虫の疾病は放っておけば、どえらい災厄になる危険性があるらしい。現在のところ駆除の方法も治癒の方法も分かっていないからだ」

さあここからだ、と古手川は気を引き締める。出雲がただの小悪党なら良し、人の命を虫けらのそれと同等に扱うような性格破綻者であれば、この交渉は藪蛇(やぶへび)になる。

それでも古手川は出雲の人間性に賭けてみようと思った。

出雲は意地の悪そうな笑みを浮かべていた。

「つまり俺の情報が、未来の寄生虫の患者の運命を左右するってか」

「その通りだ。あんたが重要な情報を秘匿したがために、この先何人もの死亡者が出るかもしれない。家の中から流行病の死者を出したら、その家族にも同等かそれ以上の不幸が降りかかるかもしれない。それもこれも、みんなあんたの責任だ。あんたのちょっとした腹いせや警察への意趣返しが、それこそ未曾有(みぞう)の大惨事を引き起こす結果になるかもしれない」

「お、脅かすなよ」

「現状、それがただの脅しだと安心できる材料は何もない。怖れていたことが現実になったら、あんたの枕元に立つ亡者の数は十や百では済まなくなるだろうな。あんたは大量死の原因をつくった張本人として犯罪史に名が大きく刻まれることになる」

「分かった、分かったよ」

出雲はうんざりしたように片手を突き出してみせる。

「言っとくが、何が重要で何がそうでないのか、俺には見当もつかないぞ」

「それはこっちで判断する」

「で、何が訊きたいんだよ」

「権藤氏にブランド米を送るくらいだから、それなりに交流があったんだよな」

「ああ、何度かはご機嫌伺いを兼ねて家まで訪れたし」

「この写真を見てくれ」

古手川は蓑輪の写真を取り出し、アクリル板に貼りつけた。

「蓑輪義純、享年六十歳。昨年まで都庁の職員を務めていた。この男について、権藤氏から何か聞いたことはあるか」

出雲は目を細めて写真の蓑輪に見入っていたが、やがて小首を傾げた。

「聞いたことはないな」

「本当か」

「写真を見せられる前は、自分がどんな情報を握っているかと思ってどきどきしたが、今はがっかりしている。全然知らん」

「この人物とは何らかの接点があるはずなんだ」

出雲はもう一度写真を見つめるものの、やはり首を横に振る。

「さっぱりだよ。分からん」

いきなり思い出せというのも無理な注文かもしれない。古手川は力なく写真を引っ込める。

「権藤氏と会った時、どんな話をした」

「主にこっちが聞き役だったなあ。どうもあれくらいの年寄りって話を聞いてくれる相手が欲しいみたいで、一方的に喋るのが多い。伯父貴も例に洩れずさ。あれはちょっとだけ理解できるところがあるよな。自分がやってきたことを認めてもらいたいんだよ」

「都議を務めた人物だぞ。それじゃあ、まるでどこかのガキじゃないか」

「以前に都議を務めた人間だから余計にそうなんだよ。議員なんて落選したらタダの人だ。それでもちやほやされた思い出が残っているから、現状が辛い、憎らしい。そういうヤツは大抵承認欲求の塊だ。他人から認められたい褒められたい気持ちで頭が破裂しそうになっている」

「えらく詳しいな」

「俺の友だちに似たようなヤツが大勢いる」

「……その、褒められたい気持ちで頭が破裂しそうな権藤氏は、あんたにどんな話をしたんだ」

「ほとんどがただの自慢話だったな。視察旅行でアメリカへ行っただのイギリスへ行っただの、どうしてあの年代の人間は外国旅行したのがそんなに得意なのか、ホントに訳分かんないんだけどさ。まあ、変に俺の近況を根掘り葉掘り訊かれるよりは数段楽だったけどね。何せ適当に頷いてさえいれば、伯父貴の機嫌を損ねずに済んだんだ」

結局、出雲からはそれ以上有益な証言を引き出せなかった。

古手川が次に訪れたのは蓑輪の自宅だった。

「主人の件では本当に有難うございました」

応対に出た福美は、古手川の顔を見るとまず深く頭を下げた。司法解剖に至る経緯が強引だったので、恨まれているとばかり思っていた古手川には意外な対応だった。

「てっきり門前払いを食うものと覚悟していました」

「それはあの時は、警察や解剖が怖かったですよ。でも、解剖していただいたお蔭で主人の死因がはっきりして、何というか気が晴れました」

福美もまた憑き物の落ちたような顔をしている。

ここにも司法解剖で救われた生者がいたのだ。

「落ち着きましたか」

「ええ。何とか出棺までには遺体を戻してもらいましたからね。少し変わった告別式だったけど、その分記憶に残ってよかったと思います」

「あの時は俺たちも必死だったので、色々とご迷惑をおかけして」

「迷惑だったと自覚してくれているのなら、わたしから言うことは何もありません」

福美の勧めで家に上がる。依然として家族を亡くした喪失感が漂っているものの、以前ほどは哀切を感じない。無論残された者の哀しみはあるが、諦念(ていねん)を纏(まと)って角がなくなったという印象がする。

「今日は生前の蓑輪さんについてお話を伺いたくて、やってきました」

「主人の風俗通いのことでしたら、もう……」

「そういう話じゃなくて、もっと日常的な話です。特定の議員さんと交流があったとか、都庁の職員と呑みに出かけたとか」

古手川がエキノコックスの感染源を調べている旨を説明すると、俄に福美の表情が緊張した。やはり夫を死に至らしめた寄生虫に対しては、思うところがあるのだろう。

「つまり、刑事さんが調査していることは主人の弔い合戦みたいなものなんですね」

「なかなか素敵な言葉をご存じですね。ええ、そう捉えてもらって結構です。奥さんの証言が寄生虫の息の根を止めることに直結します」

「でも、そのエキノコックスという寄生虫は北海道くらいにしか生息していないということですよね。そうするとあまりわたしの話はお役に立てないかもしれません。記憶している限り、主人は岩手から北へは一度も行ったことがないはずですから」

「たとえば都庁の出張でもですか」

「出張の際の着替えを用意するのはわたしの仕事でしたから、それはよく記憶しています。少なくともわたしと所帯を持ってからは、一度も北海道には行っていません」

「では特定の議員との付き合いはどうだったんですか。たとえば権藤要一前議員とか」

「権藤さん……いえ、主人は知事本局という部署にいて、都議会議員さんたちとはあまり接点がなかったと聞いていて……」

不意に福美の言葉が途切れる。

「どうかしましたか」

「ちょっと……ちょっと待ってくださいね。そう言えば、一度だけ議員さんと一緒に行動したことがありました」

そう言うと、福美は席を立って別の部屋へ消える。戻ってきた時は一枚の写真を手にしていた。

「主人も古い人間でしたから、データのやり取りとかよりは、紙の写真を取っておいているんです」

写真の右下には四年前の日付が浮かんでいる。2013.8.25。

「これは？」

「アメリカへの視察旅行です。出発前、空港のロビーで集合写真を撮ったんです。何だかお上(のぼ)りさんみたいで恥ずかしいって主人が言ったんですけど、こういう写真は珍しいから、わたしがずっと取っておいたんです。さっきも言いましたけど主人の所属が所属なので、議員さんと一緒に行動するとか海外に旅行するとか、本当に珍しくて」

最後の言葉は耳に入ってこなかった。

やっと見つけた。

L判に収まった集合写真の中に、権藤と蓑輪のぎこちない笑顔が並んでいた。

2

蓑輪宅を辞去した古手川は、そのまま都庁に直行した。四年前の海外視察。視察の目的が政策絡みだとすれば知事本局に所属していた蓑輪と議員であった権藤がここで交わったというのも合点がいく。

ただ一つ気になったのが視察団の行き先がアメリカだったという点だ。エキノコックスの感染源が国内というのならともかく、はるかアメリカまで拡大されては、自分の為す術がない。

都庁に到着した古手川は、早速都議会の活動報告に関する文書の閲覧を申請した。内容は特定できている。2013.8.25 海外視察の全スケジュールと参加メンバーについて。

閲覧申請をしてから何と二十分、ようやく戻ってきた受付女性の回答が意外だった。

「申し訳ありません。探したのですが、その記録は存在していません」

そんな馬鹿な。

「いや、この日付で視察団がアメリカへ向かったのは確かなはずですよ」

「はい。活動記録一覧にはその予定が入っています。ところが、肝心の視察記録や参加者の報告書一切が見当たらないのです」

受付女性は取り澄ました顔で言葉を続ける。

「いや、でも、こういった公式記録というのはデータベース化される以前に、紙ベースで保管されているはずですよね。何ならその紙ベースの方でも構わないんですけど」

「データでも紙ベースでも存在していません」

受付女性の口調はひどく淡々としていて、まるで申し訳なさを感じない。役所の対応と言ってしまえばそれまでだが、県警本部一階の受付もこれよりは愛想がいいはずだ。それでつい、生来の短気が頭を擡(もた)げた。

「直接、調べさせてほしい」

こういう時のための身分証明だ。懐から警察手帳を取り出し、相手の面前に翳(かざ)す。

「少々お待ちください」

何をもったいぶっているのか、受付女性はいったん中座した後、しばらくして戻ってきた。

「議会に関する各種報告書は都議会図書館に。ただし委員会の会議報告書、各派責任協議会、各派代表者会、常任・特別委員長会議の各報告書は議会局議事部議事課委員会係で閲覧可能です。どちらになさいますか」

「両方だ」

それから古手川は都議会図書館と議事課委員会係の両方を訪ねた。都議会図書館は予想していたよりもはるかに広く、二〇一三年度の記録だけでも棚の半分以上を占めている。目次だけで当たりをつけようとしたが、見慣れない単語の羅列で内容が把握できず、結局はほとんどのページを繰(く)ることになる。

三時間を経過してもなかなか目当ての資料には辿りつけず、とうとう閉庁時間が迫ってきた。

「あと十分ほどで図書館も閉めます」

図書館の受付がやってきて、タイムオーバーを告げる。本人に悪気はないかもしれないが、言葉の端々に拒否反応の響きが聞き取れる。同じ公務員なのにと思うが、やはり警察官というものはどこにいても異物なのだろう。

「また来る」

古手川はそう言い残して図書館を出る。悔し紛れの言葉ではなく、そのままの意味だった。


翌日、古手川は真琴を伴って都議会図書館を再訪した。

「それで、どうしてわたしが図書館で資料漁りをする羽目になるんでしょうか」

「俺一人で探しても構わないけど、その分時間が掛かる。二人なら半分で済む」

「でも、これって県警の計らいで古手川さんに下りてきた仕事ですよね」

「時間が短縮できれば、エキノコックスの感染源究明がそれだけ早くなる。それにこういう文書は俺なんかより真琴先生の方が耐性っていうか免疫があるだろ」

「耐性とか免疫だとか、文書類を病原菌みたいに言わないでください」

喋りながら棚から一冊の記録簿を取った真琴は、素早く目次に目を走らせる。任意のページを何枚か繰り、すぐに記録簿を閉じる。

「都議会の議事録だけあって、きっちりしていますね」

「効率いいな」

「並んでいる字面を眺めていたら、大体の内容は把握できます。参考書を見る時のコツですよ」

「ああ、医大入試ね」

「警察官にはペーパーテストとかないんですか」

「いや、定期的にあるよ。普通に昇進試験とか」

「それじゃあ、古手川さんもマスターしなくちゃ」

真琴がいったい自分に何を期待しているのか気になったが、今はそれどころではない。彼女にコツとやらを教えてもらいながら、都議会の記録を洗っていく。

そして二人で三時間ほど漁った挙句、一つの結論に達した。

二〇一三年の八月二十五日に議員有志がアメリカへ視察旅行に出立し、同年九月二日に帰国したという報告は残っているものの、その九日間に関する報告はどこにもない。あるのは視察に費やした費用の内訳と証票類の数々だが、これだけでは立ち寄り先も分からない。

「変ですよね」

真琴は調べ終えた棚を前に腕組みをする。

「視察に行ったという事実は記載されているのに、肝心の視察報告書がないなんて」

「それは議事課委員会係の方に保管しているんじゃないのか」

「もちろんそっちも探すつもりですけど、事実を記載した記録と詳細を記載した記録が別々の場所に保管されているなんて辻褄（つじつま）が合いません」

「しかし、ここには見当たらなかった。ひょっとしたら保管年限が切れたのか」

「それもおかしいです。だって二〇一二年と二〇一四年の記録簿にはそれぞれアメリカとイギリスへの視察について詳細な記録が残っているんです」

そう言うなり、真琴は二〇一二年度の記録簿を取り出して、そのページを開く。古手川が見ると、確かに視察計画書から行程、滞在地、宿泊したホテル、それぞれに掛かった費用が詳細に記載されている。

「二〇一三年の視察記録だけが意図的に消除されているということか」

「前後の記録と照合する限り、そうとしか思えない」

「作為を感じるな」

「露骨なくらいに」

都議会図書館に記録がないとしたら、議事課委員会だが、この分だと見つかるかどうか分からない。

だが紙ベースの記録が見当たらないのであれば、人間ベースの記録に当たればいいだけの話だ。

古手川は例の集合写真を取り出す。

「議員名簿と照合して、ここに写っている連中の住所・氏名を特定しよう」

二〇一三年度の議員名簿は顔写真つきのものがすぐに見つかった。集合写真に写っていたのは全部で七名。うち一人が知事本局政策部政策課職員として随行した蓑輪義純。後の六人はいずれも同じ会派の都議会議員たちだった。その議員のメンバーは以下の通り。

・権藤要一（死亡）
・柴田幹生
・滑井丙午
・多賀久義
・栃嵐一二三
・志毛晴臣

「後の五人が分かっただけでも進展ありですね」

　即席で作成したリストを眺めながら、真琴が安堵したように言う。

「感染源が判明した訳じゃないけど、この五人が同様にエキノコックスに寄生されている可能性が大です。一刻も早く除去手術をしないと」

「それについては一つ腹案がある」

「何ですか」

「エキノコックス除去を条件に、どうして視察旅行の記録が抹消されたのかを問い質す」

　真琴が微かに眉根を寄せる。

「それは賛同しづらいです」

「真琴先生の言わんとすることは分かるよ。命を交渉材料に使うのはけしからんっていうんだろ」

　背の低い真琴は上目遣いに古手川を睨む。怖くはないが、正直視線が痛い。

「何だか卑怯な気がする」

「そうかもしれない。でも、エキノコックスの感染源を究明するのが法医学教室の目的なんだろ。感染源が不明なままだと、今後ますます死亡者が増える。そのこととキャリアの疑いのある者を締め上げることの卑怯さを秤にかけてみるかい」

我ながら意地の悪い設問だと思った。真琴の職業倫理と使命感を両天秤にかけるような設問なのだ。どちらを選択するにしても、真琴の胸に傷を残すのは明らかだった。案の定、真琴は選択を迫られて逡巡(しゅんじゅん)している様子だ。

もう見ていられなかった。ここは自分が泥を被るべきだろう。

「その五人への事情聴取は俺に振られた役目だ。だから俺の独断専行でやる。真琴先生は聴取が終わった後で俺を罵ってくれればいい」

「どうしてわたしが古手川さんを罵らなきゃならないんですか」

「俺を罵れば、それで医者としての面目は保てるはずだ。君は止めようとしたが、俺が突っ走った。そういう図式なら誰もが納得する」

「……馬鹿じゃないの」

「はあ？　俺は真琴先生のためを思って」

「誰もが納得しても、わたしが納得しなかったら何の意味もないじゃないの」

真琴は憤然としてこちらに迫ってくる。

「自分一人で何もかも抱え込もうなんて、いいカッコしないでください。いったいわたしを何だと思ってるんですか。いつまでも研修医じゃありません。浦和医大法医学教室の一員です。意見を言う資格もあるし、不祥事を起こした際の責任だってあります」

「……悪かったよ」

古手川は両手で真琴の怒りを抑えるようにしながら謝る。これほど感情を剝き出しにした彼女を見たのは初めてだった。

「しかし真琴先生。法医学教室の要請を受けて、県警本部は正式に俺を専従にした。専従調査をするからには、その五人に徹底的な聴取をすることになる。下手をしたら何百人何千人に被害が及ぶんだよな。そういうことなら手加減はできない。真琴先生が気に入らないような尋問もしなくちゃならない」

「何を勘違いしているんですか。わたしは賛同しづらいとか卑怯とかは言ったけど、だから反対するとはひと言も言ってませんよ」

「えっ」

「わたしの信条に反しようが卑怯だろうが、感染源を突き止めるためには仕方ない部分が生じます。でも、それを古手川さん一人におっ被せるなんて嫌です。わたしも手を汚(よご)します。責任取る時だって一蓮托生(いちれんたくしょう)ですよ」

いくぶん紅潮(こうちょう)した真琴の顔を見ながら、古手川は感心していた。

同時に自分が恥ずかしくなった。

「分かったよ、真琴先生。一蓮托生は承諾する。ただし役割分担は必要だからな」

最初に訪ねた都議は柴田だった。都議会議員当選五回のベテラン、七十三歳。会派の領袖を務め、都議会での存在感は他に比肩する者がいないという。

自宅は大田区西蒲田。都議というのは実入りがいいのか、柴田宅も一軒家だった。死亡した同僚議員の件で、と申し入れると古手川と真琴の面談をすんなり承諾した。

「権藤さんの件だったね。彼は非常に残念なことをした。存命中、あれだけ都議会に貢献した人物をわしは他に知らない。いや、本当に都議会にとっての大損失だ」

柴田は大袈裟な口ぶりで権藤を褒めそやす。社交辞令だとしても、この男の口から発せられると何故だか背中がむず痒くなってくる。古手川はそれを堪えて質問に入る。

「伺いたいのは二〇一三年、同じ会派の皆さんと出掛けられた視察旅行の件です。あなたは権藤氏たちと同行していますよね。都議会図書館の記録で確認しました」

すると、途端に柴田の顔に警戒の色が浮かんだ。

「都議の仕事は激務だから、年度が終われば次の年度のことで頭がいっぱいになってあまり思い出さんね。しかし記録に残っているというのならきっとそうなんだろう。それがどうしたのかね」

「九日間、アメリカ滞在の視察旅行というのは記録されていますが、不思議なことに具体的な行き先や行程表はどこにも記載がありません」

「視察に行ったという事実と、費用が適正に使われたという事実が明確ならそれでいい」

「いえ、いいか悪いかはともかく、二〇一三年の記録だけ抜けているのが不可解なんですよ。二〇一二年と二〇一四年については全てが揃っているのに、二〇一三年のアメリカ視察だけが見当たらない。目次にも見当たらないのが不自然だと言っているんです」

「記録の保管については事務局の管轄だからな。わしに訊かれても答えようがない」

「当時の事務局長は丹羽(にわ)さん、でしたか。一昨年お亡くなりになっていますね」

「そうだ。何だ、調べていたのか」

「柴田さんは丹羽さんどころか当時の事務局に絶大な影響力をお持ちだったとか」

　畳み掛けるような質問にも、柴田は傲然とした態度を崩さない。

「絶大な影響力というのはまた大袈裟な言い方だが、当選五回の古ダヌキにもなれば相応の臭みが出る。周囲の者が臭みに反応しておるだけだ」

「あなたが事務局長に圧力をかけて視察旅行の詳細な報告を消除させたんじゃないんですか」

「意味が分からんな。さっきも言った通り、視察旅行は実施した事実と費用の使途が適正なら問題はない。二〇一三年にはそういう判断をして記載しなかったのが、翌年には元に戻した。そういう経緯だったのではないか」

　下手な抗弁だと思ったが、その弁舌に既視感を覚えた。記憶をまさぐると、いつか横目で眺めていた国会答弁の模様が浮かんでくる。柴田の話し方は、あの胡散臭い国会議員の話し方そっくりなのだ。国会議員と都議会議員、地位が違っても議員というのは皆がこんな風になってしまうのか。

「記録に残っていないのなら、記憶に頼るだけです。柴田さん、二〇一三年の視察はどこを巡り、何を見てきたんですか」

「何度も同じことを言わせるな」

柴田は明らかに機嫌を悪くしていた。いや、機嫌が悪いと見せかけて防御線を張っているのか。

「我々議員は現在と未来しか見ておらん。四年前の視察でどこをどう回ったかなど、いちいち憶えておらん」

いちいち憶えていないことを視察するために税金を使ったのか――と口にしかけたが、これは喉元で留めた。

「大体、何の理由で視察旅行に拘る。権藤さんについての話じゃなかったのか」

「権藤氏と蓑輪氏の死因はご存じですか」

「うん？　確か肝臓がんと聞いたが」

「彼らの名前は伏せたまま公表されたので一般に知られていませんが、彼らの死因は寄生虫によるものです。エキノコックスという寄生虫の突然変異体が肝臓に巣食い毒素をばら撒いた結果、彼らは肝臓疾患に陥った。ここにいるのは、彼らの司法解剖に携わり寄生虫の現物を目撃した解剖医です」

真琴が解剖医だと紹介すると、柴田の警戒色がまた色を変えた。

「彼らが寄生虫に命を奪われたというのか」

狼狽気味の柴田を見て、古手川は真琴に目配せする。ここからは選手交代だ。

「権藤さんの司法解剖に立ち会いました、浦和医大法医学教室の栂野と申します」

柴田が訝しげな顔のまま黙っているうちに、真琴はエキノコックスが寄生するとどのような影響を人体にもたらすかを説明する。自覚症状もないままに嚢胞が繁殖し、ある日突然猛威を振るう。外からは肝細胞がんにしか見えず、対症療法も自覚症状が出た頃にはほぼ効き目がないこと。現状では寄生虫の除去でしか治癒方法がないこと――。

みるみるうちに、柴田の表情が険しくなっていく。

「本当なのか」

「医師はこういうことで虚偽の話をしません」

「わしもその寄生虫に巣食われているというのか」

「権藤さんや蓑輪さんと行動をともにされているのなら、可能性はゼロではありません。早急に精密検査を受けることをお勧めします」

「最初にエキノコックスの症例を報告したのは彼女のチームです。もし検査なり手術なりをお望みなら浦和医大を推薦しますよ。もっともその前にお忘れになった記憶を取り戻してくれれば、あなたの執刀を最優先にしてもらうよう取り計らいますが」

古手川を苦々しい目で睨みながら、柴田は疑心暗鬼に駆られているように落ち着きをなくしていた。二人の顔を交互に眺めて真意を探る目だった。古手川は追撃してみることにした。

「柴田さん。あなたが秘匿していることでエキノコックスの災厄は際限なく拡大する。有権者に選ばれた人間として、それはどうなんでしょうね。この寄生虫の一件がどう展開するかは神のみぞ知ることですが、全てが解決した時には必ず責任論が噴出するでしょう。事実を知っていながら口を噤(つぐ)んでいた者には相応の社会的制裁が加わりもするでしょう。その際、柴田さんはどう対処するつもりですか」

回答を促されても、柴田は唇を歪(いびつ)に曲げたままひと言も発しようとしなかった。

二人が次に向かったのは多賀久義議員の住まいだ。当選回数二回、都庁の職員を二十年ほど勤め上げた上で都議選に立候補、二度目の選挙で当選を果たしている。

歳は五十代半ば。都議の中ではまだ中堅という印象も手伝って、顔つきが精悍(せいかん)に見える。今は議員も見た目が勝負で、外見の若々しさで得票数がずいぶん変わるとなれば若作りも必須となる。

「権藤さんの件と伺いましたが、何か警察が乗り出す要因でもあったのですか。彼はがんで亡くなったと聞いているんですが」

古手川が柴田にした説明を繰り返すと、案の定多賀も半ば疑い半ば怖れるような顔を見せる。考えてみれば、「お前の体内には猛毒を持った寄生虫が巣食っている」と言われて半信半疑にならない者は少ないだろう。そこで真琴の出番となる。警察官と医師による説得は信憑性も担保される。加えて多賀には、柴田のような老獪(ろうかい)さもふてぶてしさも表出されていなかった。

「つまり僕にも、そのエキノコックスとかいうのが寄生している疑いがあるというのですか」

「ええ。のっぴきならない段階に至るまで自覚症状はまるでなし。いよいよとなったらソーゼツな苦しみらしいですね」

じろりと真琴が非難の目で睨むが、今のは許容範囲の脅しだろう。

「多賀さん。二〇一三年の視察旅行でいったい何があったんですか」

多賀はここでも柴田と同じ反応を見せる。

ここに至って古手川は確信した。アメリカ行きの視察旅行に話が及ぶと、関係者は決まって言葉を濁す。エキノコックスとの関連は不明だが、件の視察旅行には必ず何か公にできない出来事が隠蔽されている。

だが多賀の自制心もなかなかのものらしく、古手川が促してもその口は容易く緩まない。

「話は変わりますが、多賀さんはどうして都議になられたんですか」

「それは刑事さん、僕に限らず多くの都議がそうだと思いますけど、自分の知見と能力を少しでも都政に役立てたいと考えて」

「エキノコックスが世に蔓延したら都政どころの話じゃなくなりますよ。さっきも説明した通り、発症したら手の施しようがない。医者が指を咥えている間に死体の山ができる。その責任は感染源の特定に協力しなかったあなた方に帰する。その時点で死者は百人かそれとも千人か。あなたはその死亡者と遺族に対してどう言い訳するつもりですか」

大袈裟な、と多賀は一笑に付すが、目が泳いでいる。

「寄生虫がどうしてパンデミックを起こすんですか。素人だからって見くびらないでほしいな。

寄生虫は伝染病じゃないでしょう」

　ここで真琴が前に出る。

「ええ、多賀さんの仰る通りです。エキノコックスは人から人に感染するものではありません。しかし感染源が不明である限り、いつ誰が発症してもおかしくないんです」

　生来の真琴の誠実さが伝わるのだろう。聞いている多賀の様子に変化が生じる。頑なさが後退し、代わりに怯えが前面に出てくる。

「この刑事さんが言ったことは嘘でも誇張でもなく、末期のエキノコックス症は男性患者でも悶絶するような苦痛を伴います。お願いします。アメリカへの視察旅行でどこに行き、誰と接触したのか教えてください」

　真琴は真摯な視線を多賀に向ける。これが演技でないことは古手川にも分かる。彼女は情報を引き出す以前に、人を救いたいと願っているのだ。

　多賀の目が逡巡に揺れる。二人は多賀の決心がどちらに傾くのか無言で見守っていたが、どうやら彼は胸襟を開くのを拒んだらしい。

「言えないんです」

　腹の底から搾り出すような声だった。

「僕一人の問題じゃない」

「多賀さん、もう一度言う。あんたの手前勝手な理屈が何百人何千人もの命を奪う結果にもなりかねない。それでもあんたは秘密を後生大事に抱えるつもりなのか」

「帰ってください」

多賀は、もう二人を見もしなかった。

「僕なんかが口にできる話じゃないんです」


三番目の訪問先は滑井丙午、当選四回の六十六歳。見掛けは好々爺然としているが、目の奥は絶えず油断のならない光が宿っている。

古手川が来意を告げると、滑井はこちらを小馬鹿にするように笑った。

「アメリカ視察の詳細を知りたいって？　そんな昔話をほじくり返して何になる。あれから四年も経っているんだぞ。四年もあれば大抵のものは変貌を遂げる。君らの言うエキノコックスとやらも元の場所に生息していないかもしれん」

もっともらしい理屈だったが、元より回答を拒否するための強弁だ。納得するつもりは毛頭ない。

「その四年間、エキノコックスは権藤さんや蓑輪さんの体内ですくすくと成長したのかもしれません。ここにいる栂野先生によれば寄生虫というのは人間には耐えられないような環境下でも生きていけるような、強靱な生命力を持つ種類もいます。だから」

古手川は滑井の腹を無遠慮に見る。

「滑井さんがどれだけ健康的な生活を心がけようと、寄生されていたら除去手術をしない限り一巻の終わりですよ」

「それで脅しているつもりか」

滑井は見下したように古手川を睨む。

「その先生の世話にならんでも、わしには名医の知り合いがたんとおる。手術を交換条件に話を引き出すつもりだったのなら、詰めが甘い。第一な、わしは常々長患いよりはポックリ死にたいと思っておる。寄生虫を腹に抱えて頓死なんぞ理想的な死に方だ。歓迎はしても嫌いはせんよ」

開き直りやがったか——古手川は内心で毒づく。豪傑とは言わないが、こういうタイプは少なからず存在する。だらだら長く生きるよりは、花火のように華々しく散るのが本懐だと信じている手合いだ。

だが自分の命はともかく、他人の命まで安く扱うかといえば別問題だ。

「あなただけじゃない。視察に参加した同僚議員や、視察先の住人も関連する。情報の隠匿は彼らの生命に関わります。あなたも人に選ばれた人間なら、相応の責任を果たすべきじゃないんですか」

「ふん。偉そうな口を叩くな。そんな青臭い理屈でわしを屈服させるつもりだったか」

「屈服させようなんて思ってませんよ。ただ調査に協力してもらおうと」

「わしの前に誰を訪ねた」

柴田と多賀の名前を告げると、滑井はこちらを覗き込むように見た。

「二人の許を訪ねた上でウチにきた。つまり二人ともまだ喋っておらんということだ。あの軟弱者二人が喋らなかったものを、わしが喋ると思うか」

「そんなことで意地を張ってどうするんですか。エキノコックス症が拡大すれば視察団だけの問題じゃなくなる」

「大の大人が口を噤み、尚且つ公的な記録からも抹消されている。それを考えればわしらが口を閉ざしている理由も大方察しがついているのだろう」

「真っ当な視察旅行じゃなかった」

「ふん。真っ当な視察旅行という考え方自体がずれているな。いいか、これだけネットが発達していれば、海の向こうの有様など大抵は把握できる。実地に行かねば分からないと言うが、たかだか一週間や十日で理解できる程度のものなら大した知識じゃない。全国津々浦々、各自治体の議員が参加する視察というのは多かれ少なかれ物見遊山でしかない。要はその遊び方が市民にとって許容範囲かそうでないかだ」

滑井はでっぷりと余った腹を尚も突き出す。「議員の視察が物見遊山であるのは皆が承知している。議員報酬の一部と捉える向きもあるが、そういうことが暗黙のうちに許されるから議員なのだとも言える」

これだけ開き直っても口に出せない話なのか。

付け入る隙も見出せず、古手川は歯噛みするより他なかった。

そして残る二人、栃嵐と志毛は頑なに面談を拒んだ。先に訪れた三人から連絡が届いているのは想像に難くなかった。

3

真琴と古手川がほとんど追い返されたような体で法医学教室に戻ると、一番怖い人間にこれまた追い返されそうになった。

「そんな世迷言を聞かされて、おめおめと舞い戻ってきたのかお前たちは」

光崎が本当に怒っている時は、低く地を這うような声で呟くように言う。今がちょうどそんな声だった。

「慣習に怯懦に開き直り。他愛もない弁解にいちいち耳を貸すから議員なんぞの屁理屈に翻弄される。若輩者なら知見で勝とうとするな。そのための力と勢いだろうが」

「いや、別に相撲取ろうって話じゃないんですから」

「同じことだ。お前たちは土俵に上がる前から萎縮しておる。四つに組むまでもない。それとも議員という肩書きに呑まれたか」

真琴は図星を指されて拳を握り締める。古手川はともかく、自分はあの三人を目の前にした時、間違いなく議員バッジを気にしていた。相手との間に垣根を意識し、満足に交渉できなかった。

光崎はこちらの動揺を一瞬も見逃さない。片方の眉をぴくりと上げると、真琴に詰め寄った。

「真琴先生が横にいてこの体たらくか」

謝罪の言葉を口にしようとした時、古手川が割り込んできた。

「真琴先生は医者の立場からエキノコックス症の危険性をきちんと説明してくれましたよ。それでも聴取に応じなかったのは、議員たちの性格が問題です」

身振りを交えて話すが、手を広げた格好はまるで真琴を庇(かば)っているかのようにも見える。

「何て言うか特権階級ぶっていて、俺たちの話に碌(ろく)に耳を貸そうともしない。さすがに真琴先生が、エキノコックス症がどれだけキツい症状か説明すると真顔になりましたけど。有権者に選ばれた特別な存在とでも思っているんスかね」

「本人がどれだけ思い上がっていようと、腹の中身はみんな同じだ。がんになれば臓器不全になる。寄生虫が棲めば卵を産みつけられる。議員だろうが人間国宝だろうが、大人しく医者の勧めに従った方が得策だと何故思わせん」

「いや、あの」

「真剣さが足りん」

光崎が、今度は古手川に詰め寄る。

「お前の働き如何(いかん)で感染源が判明するかどうかの瀬戸際だというのに、真剣さが足りんから馬鹿どもの口を割れんのだ。大体お前は猪突猛進と直情径行が身上な癖に、いざとなると角を矯(た)める。それでは、ただやんちゃな子供だ」

「やんちゃって」

「向こうが議員らしく偉そうに振る舞うのなら、お前は警官らしく拳銃をちらつかせればいいだけの話だ」

「無茶ですって、それは」

「馬鹿。今のは例え話だ。それくらいの気概で事に当たれと言っておる」

怪しいものだと真琴は思う。光崎なら平気で、古手川に脅迫めいた真似を命じかねない。

だが言い換えれば、それだけ光崎が焦燥に駆られていることを意味する。地位も名誉もある老教授が、それこそなりふり構わず足掻いている。思えば感染源特定のための捜査員を募るため、自ら県警本部に赴いたのも椿事だった。平素は真琴や古手川を顎で使い自分ではメスしか握らないような男が、今回は東奔西走しているのだ。

エキノコックス症について城都大が公式発表したものの、世間ではその重篤さが今ひとつ伝わっていないきらいがある。まだ犠牲者が二人しか出ていないので人口に膾炙しておらず、危機感がまるで感じられない。パニックを誘発するほど騒動になってもまずいが、逆に全くの無関心では防疫上の問題がある。

いずれにしろエキノコックス症は音もなく蠢き、深い場所に潜行しているような不気味さがある。メスを振るっても届かない場所だから、光崎は焦っているのではないか。

「もう一度、その五人の議員から話を訊け」

光崎は例の低い声で命じる。

「現状、手掛かりとなるのがその五人だけなら、何としてでも滞在先、訪問先を白状させろ」

古手川は難問を出された生徒のような顔をする。一度追い返された相手を再訪するのも鬱陶しいが、歯の立たない相手なら尚更だ。しかも相手方はこちらの目的を知ってしまったので、会えるかどうかも定かではない。

「どうした若造。荷が重いか」

「立場のある人たちですからね。警察手帳一冊だけじゃ、効き目が薄いですよ」

「お前は相手の立場を見ながら仕事をしているのか」

「俺がどうこうの問題じゃなくって、向こうの対応です。何せ同じ地方公務員でもこちらは一般職、あちらは特別職ですからね」

古手川には珍しく卑下した言い方だが、これはかたちを変えた皮肉のようなものだ。先日の事情聴取でも柴田と滑井、そして多賀の対応ぶりは目に余った。受け答えは普通にするが、ふとした折にこちらを見下すような視線を投げて寄越す。古手川は特権階級ぶってと断じたが、真琴の見る限り誇張でも何でもなかったのだ。

「ふん。巡査部長の肩書きでは通行手形にもならんと抜かすか」

「巡査部長なんて肩書きとも呼べません」

「それならばわしを連れていけ」

「えっ」

「大学教授など欲しくもない肩書きだが、多少の使い途はあるだろう」

真琴は耳を疑った。まさか都議たちの前で、平素の唯我独尊ぶりを発揮しようというのか。

先日、光崎が県警本部を訪ねた際のやり取りは古手川から伝え聞いている。何でも刑事部長と渡瀬を前に、傲然と無理難題を押し付けたとのことだった。古手川が一時的に生活安全部生活環境課保健衛生第三係とかいう長ったらしい部署の応援要員にされたのも、それが原因らしい。検案要請や司法解剖を請け負っている関係だから無理も通るが、議員相手には喧嘩を売るようなものだ。

「それはひょっとして、光崎先生も説得に加わるということでしょうか」

「真琴先生とこの若造が束になっても駄目だったのだろう。わしが口を開かんでどうする」

藪蛇になるのではないかと真琴は危惧する。光崎の執刀医としての実力と存在感は誰しもが認めるところだが、反面この男の政治力や交渉力については何も聞かされていない。何も聞かされていないが、普段の言動を思えば絶望するしかない。唯我独尊というのは、交渉力を必要としないからだ。

そういう人間が説得を試みればどうなるか。まず十中八九は交渉決裂になるのが関の山だろう。

「面会できた三人の議員のうち、一番腰の脆そうなのは誰だ」

「また相撲の話ですか」

「交渉も相撲も似たようなものだ」

「俺の感覚じゃあ、中堅の多賀が脆そうでしたね。秘密を自分で暴露するのが怖い、他の連中を裏切るのが怖いっていう印象でした」

光崎はしばらく考え込んでいたようだが、やがて不機嫌そうに命令した。

「まず、面会拒否した二人に会わせろ」

古手川単独で光崎を御せるはずもない。そうかと言ってキャシーが加われば、交渉が更に混迷するのは目に見えている。ならば自動的に自分が随行しなければならない。

ふと古手川と目が合い、どちらからともなく溜息を吐いた。


面談の申し入れに浦和医大と光崎の名を使ったのが功を奏したのか、栃嵐は自宅兼事務所への訪問を了承した。

栃嵐一二三、五十五歳、当選回数三回。やはり柴田や滑井たちと同じ会派であり、会派の中では中堅として扱われているらしい。いや、柴田や滑井の命令に唯々諾々と従って古手川との面談を拒んだのだから忠犬というべきか。

従って面談相手の中に埼玉県警の刑事が混じっているのを知った栃嵐がいきなり抗議してきたのも当然だった。

「刑事さんがいるなんて聞いていませんよ。わたしは浦和医大の光崎教授の申し出だから会う気になったんです。これでは騙し討ちじゃありませんか」

五十五歳の中堅議員にしては幼稚な物言いだと思った。抗議口調でありながら、そこには先輩議員からの忠告を守れなかったという口惜しさが滲み出ている。

「これは浦和医大ならびに光崎教授の名を借りた、埼玉県警の姑息な手段と言わざるを得ません。厳重に抗議します」

「あんたは妙なことを言うな」

開口一番、光崎がそう切り出したので栃嵐はぎょっとしたようだった。

「確かに警察官がそこに立っているが、これはわしのボディガードみたいなものだ。その証拠に、あんたの正面に座っておるのはわしだし、質問もわしがする。それが姑息な手段だと言うのなら、議員はわしのみならず浦和医大も侮辱したことになるが、発言の趣旨はそういうことなのか」

思いがけない反論で栃嵐は返事に窮したらしく、口を半開きにして固まった。

「大体、あんたが警察官の付帯を嫌悪するのが不可解でならない。議員とわしの会話を警察官に訊かれたら何か不都合なことがあるのか」

「いえ、決してそういう訳ではないのですが」

弁解口調になりかけたのを、何を思ったのか栃嵐は態勢を立て直す。

「議員活動ですから、正式な報告が発表される、あるいは記録に残すなどに至らない事案では守秘義務の生じる場合もあります。そこに警察権力が介入するというのは民主主義国家として許されることではありません」

傍で聞いていても空虚さしか感じられない言葉だ。自分を護るのにこの程度の言説しか弄するすることができないのなら、議会での答弁も底が知れる。

真琴でさえがそう思うのだから、真正面で聞かされている光崎には噴飯ものだろう。案の定、光崎の眉がぴくりと上下した。

「あんたはとんでもない勘違いをしている」

「えっ」

「わしがわざわざここへ足を運んだのは、馬鹿と阿呆が屯する議会とやらを引っ掻き回すためでも、耳に入れたら三半規管が機能不全になるような腐った話を聞くためでもない。あんたの命を救いたいからだ」

「そのお心遣いは有難いのですが……」

「いいや。あんたは少しも有難がってはおらん。その昔、ヒポクラテスという古代ギリシャの医師が大層な言葉を遺した。どんな家を訪れても自由人と奴隷の相違を問わず、不正を行わずに医術を施すことだ。これは現在でも〈ヒポクラテスの誓い〉として医療に従事する全ての者の指針になっている。従ってわしも、議員などという賤業に身を窶した者であっても医術を施してやろうと言っているのだ。あんたはそれを有難いと思え」

これほどまで他人の傲岸不遜さを目撃するのは初めてなのか、栃嵐は目を丸くして光崎の話を聞いている。

「わしがとびきりの執刀医を紹介してやろう。その代わり質問に答えろ」

そこで栃嵐は我に返ったようだった。

「大学教授という触れ込みだったので面会したのですが、いささか乱暴なことを言われる」

「これでも自重しておるのだ。命を救ってやろうと言っているのだ。神妙に答えればいい」

「わたしが教授のお世話にならなければならない理由が分かりません」

「同僚の議員からエキノコックス症についても聞いているはずだ」

「それは確かに聞いています。何でも突然変異体の寄生虫だとか。ふん、寄生虫ごときが何だと言うんですか。そんなものは薬で何とでもなるでしょうし、手術にしても光崎教授以外にも執刀できる医師はいるはずでしょう」

「手前の腹の中にエキノコックスが寄生していて、生命の危機を感じないか」

「我々の世代は小学校時分に散々回虫検査をされたクチでしてね。お蔭で条虫やら何やらの寄生虫には耐性ができている。清潔な生活に慣れきった若いモンと一緒にされてもらっては困りますよ」

そうか、と呟くと、光崎はこちらを振り返って手を伸ばした。真琴は打ち合わせた通りカバンの中からファイルを取り出して光崎に手渡す。

「それは？」

怪訝そうな栃嵐に、光崎はファイルを突き出す。

「あんたの同僚だった権藤要一氏と都庁職員蓑輪義純の写真だ」

今更と言いながらファイルを開いた途端、栃嵐はうっと呻いた。

写真であることに間違いはない。ただし両方とも司法解剖の際に撮影した、各臓器の接写だ。

「死因を特定するのが目的だから各臓器を写しているが、やはり白眉は肝臓だな。ほれ、ここが広範囲に亘って変色しておるだろう。これは既に肝機能障害を示すものだ」

光崎は顔を近づけて解説を始める。不快そうに顔を顰める栃嵐は、それでも視線をファイルから逸らすことができないでいる。

「だが特異な点は肥大した肝臓下部に集中している嚢胞体だ。肝臓本体と比較すれば、その異常な大きさが分かるだろう」

「ええ……」

「次のページは、その嚢胞の中身だ。じっくりと見ろ」

おそらくは初めて目にした嚢胞の禍々しさに気を取られたのだろう。まるで呪文をかけられたように、栃嵐は光崎の言いなりにページを繰る。そして次の画像を見た時、目を大きく見開いた。

エキノコックス単体の拡大写真だった。

「分類上は多包条虫で、姿かたちは虫そのものだな。この生きものが嚢胞の中にうじゃうじゃと蠢き、成長すると嚢胞を食い破ってわらわらと放出される。当然のことながら肝機能は低下するが、それればかりか突然変異体であるこいつらはある種の毒素を吐き、急激に肝細胞を破壊する」

低く読み上げるような声は、傍で聞いていても神経を脅かす。耳元で聞かされる栃嵐は堪ったものではないだろう。

「権藤・蓑輪両名とも何の前触れもなく苦しみ出し、病院へ緊急搬送された時にはもう手遅れだった。最後の苦しみ方がどんな具合だったか、件の議員仲間から聞いたかね。布団の上で身体を弓なりにし、全身から玉のような脂汗(あぶらあせ)を流して意識不明になる直前まで苦しんだらしい。それはそうだろう。本来ならゆっくりゆっくりゆっくり侵食されていくはずが、それこそ時間単位で意識が失われる。しかもそれまで自覚症状は皆無だから心構えもできておらん。真珠湾というのは古臭い言い回しだが、まあそれと近い。普段通りの生活をしているところに降って湧いたような激痛。対処も鎮痛もできないまま、自分が確実に死ぬことだけは分かっている。しかし誰も助けてくれない」

「……脅しですか」

「脅しであるものか。これと同じものがあんたの腹の中に湧いているとしても、条虫やら何やらの寄生虫で耐性ができておるなら平気ではないのか」

「いや、あれは言葉のアヤで」

「エキノコックス症が難儀なのは、病状が進んでも自覚症状が現れないことだ。自覚症状がないから、患者は寄生されていることにも気づかず、ただ腹の中に蟲を飼い続けている」

「しかし今は優れた医療機器があるでしょう。ＣＴスキャンとかＭＲＩとかで、こんな寄生虫はすぐに発見できるはずだ」

「それもまたこの病気の難儀なところだ。寄生虫は極めて微細で嚢胞内に潜み、嚢胞自体は良性のものと区別がつかんからＭＲＩ検査もすり抜けてしまう」

光崎はにこりともせずに怖ろしいことを喋る。光崎の話に誇張はない。権藤と蓑輪の身に起こった出来事、そして自ら開いた腹部にあったものを丁寧に説明しただけだ。それなのに微細な寄生虫の禍々しさがこれでもかというほど神経に訴えかけてくる。

「現在、この突然変異体の寄生虫を腹から摘出したのはわしだけだ。他の医者がメスを握って、寄生虫の潜む嚢胞と察知できるかどうか、症例のない今は断定もできん。だが、わしならたちどころに見破れる」

唐突に真琴は理解する。

都議たちが議員らしく尊大に振る舞うのなら、古手川も拳銃をちらつかせればいいと言った。古手川と真琴は冗談で済ませようとしたが、光崎は半ば本気だったのかもしれない。

今、光崎が仕掛けているのは紛うかたなき医者流の脅し方だ。しかも光崎にしかできない条件をぶら下げて交渉材料にしている。普段の光崎なら決して選ばない方法を、敢えて採っている。

それだけ感染源の特定に必死なのだ。

横を見れば、こんな場合には制止してしかるべき古手川が傍観している。彼も光崎の必死さを目の当たりにしているから手を出せずにいるのだ。

栃嵐の様子に変化が生じていた。百聞は一見に如かず、同僚議員たちから聞いていた話よりも光崎の見せた写真で思い込みを覆されたのだろう。当初は反抗的だった目が怯えと逡巡の色に変わっていた。

「視察旅行に参加した議員どもが揃って口を噤んでいるのは、疚しい理由があるのだろう。だが、わしはそんなものに微塵も興味はない。あんたたちのようなロクデナシ議員が都民の税金をどんなくだらんことに散財しようと、鼻も引っ掛けてやらん」

相変わらずの毒舌だが、栃嵐は勢いに押されてヘビに睨まれたカエルのようになっている。

「だからあんたは保身も懲罰も気にせんでいい。わしに知っている全てを打ち明け給え」

「……でも、そこにいるのは刑事さんじゃないですか」

「これはただの置物と思ってもらっていい。県警本部の保健衛生第三係に所属しており、ロクデナシ議員の遊興よりは感染病の防止に関心がある」

　置物呼ばわりされた古手川は憮然とした表情で突っ立っているしかない。どちらにしてもここは光崎の独擅場で、自分と古手川はただの観客に過ぎない。

「さあ、全部教えろ。あんたたちロクデナシ議員たちはアメリカのどこを訪れ、どのホテルに泊まり、何を食した」

　栃嵐は俯くばかりか身を縮こませ、光崎の尋問に耐えている。照明の反射で分かるが、額には汗まで浮かんでいる。

「何故、答えない」

「……あなたに答える義務はありません」

「己の命よりも、秘密を護る方が大事だというのか」

「そういう秘密もあるんです」

「もう一度訊く。どうあっても答える気はないのか」

「わたしの一存では決められません」

「手前だけでは、手前の生殺与奪もできんのか。そんなものまで多数決で決めるつもりとは情けない」

　吐き捨てるように言うと、光崎はさっさと踵を返して出口に向かう。もう栃嵐には振り向きもしない。真琴と古手川は仕方なくその後を追う。光崎を捕まえられたのは、自宅兼事務所を出てからだった。

「どうして、あそこで諦めちまったんですか」

「アレは、もうあれ以上喋らん」

「分かりませんよ。尋問というのはですね、あんな風に脅すだけじゃなく、もっとこう宥(なだ)めたりすかしたりを繰り返して」

「己の命よりも大事なものがあるなどとたわけたことを言う輩(やから)には、何をしても無駄だ」

いつも以上に不機嫌な顔をしているだろうと想像したが、意外にも光崎の顔は懊悩を刻んでいた。空気を読まないことでは人後に落ちない古手川も、さすがに察して黙り込む。

「若造。まだ会えていないもう一人の居所は近いのか」

「大田区ですから、ここからクルマで三十分ほどです」

「行くぞ」

「今の栃嵐が速攻で警告を出しているかもしれませんよ」

ふん、と光崎は鼻を鳴らす。

「警告なぞ何の役にも立たんことを教えてやる」

大田区にある志毛の自宅は何の変哲もない一戸建てだった。家の前には事務所の看板もなく、築年数もずいぶん経ったように見える。周囲の建物も同じような佇まいであり、教えられなければ都議の住まいとは分からないだろう。

今度も光崎の名前でアポイントを取っている。栃嵐から何らかの警告があれば面談を拒絶されるかと案じたものの、インターフォンから聞こえる声にそんな気配は感じられなかった。

古手川はと見れば、表札に視線を走らせている。その先を追うと志毛と妻、そして息子らしき名前が連なっていた。

「お待ちしていました」

玄関ドアを開けた志毛は既に浮かない表情だった。警戒心を隠す気がないのか、それとも根っからの小心者なのか、真琴に対してすらおどおどしているように見える。

志毛晴臣三十九歳、当選二回。都議会では間違いなく若手の部類に入るだろう。柴田や滑井が醸(かも)していたような図太さふてぶてしさは[illegible]顔を覗かせてお[illegible]、どことなく清新な雰囲気を漂わせている。こんな男でも当[illegible]回数を重ね、権勢欲や策に塗(まみ)れたら彼らのようになるのだろうかと想像すると、何[illegible]なく空しい気持ちになる。

志毛に[illegible]れて奥の部屋へ誘われる。廊下の壁には入学式や運動会で撮った親子三人の写真が飾られている。

「家内は授業参観に出ていましてね。今日は運よくわたし一人なんです」

何の運かは聞くまでもなかった。

「さっき栃嵐さんから連絡をいただきました。ちょっとやそっとで諦めるような人たちではないと。今日の面談を断ったところで、幾度も押し掛けてくるのでしょう。それなら女房子供がいない今日が都合いい」

妻と子供に聞かれたら都合が悪いと白状しているだけでも潔いと思った。

「あっ、期待はしないでくださいよ。こうしてお招きしたのは、直ちに門前払いしたのでは教授の面子(メンツ)が立たないと考えたからです。一度でもわたしと面談したのなら、そちらの言い訳も立つでしょう」

いかにも体裁を重んじる人間の考えそうなことだ。おそらく光崎も自分たちの同類だと肩書きで判断したのだろう。

とんでもない勘違いだ。

「くだらん口上はそれで終いか」

光崎は明らかに気分を害した様子で志毛に詰め寄る。

「あんた正業は何だ」

「正業というか、議員になる以前は都の職員でした」

「どちらも真っ当な仕事をしていなかったとみえる」

「どういう意味ですか、失礼な」

「人を見る目が絶望的にない。あんたがこれはと思う人間は、みんなスカだ」

「失礼にもほどがある」

「わしたちは一般市民が罹患しないよう、感染源を特定しようとしている。市民から選ばれた者が特定に有益な情報を秘匿するのは、失礼を飛び越して破廉恥(はれんち)だと思わんか」

返事に詰まったらしい志毛を睨みながら、光崎は後ろに手を伸ばす。言わずとも意図は分かる。真琴は先刻のファイルをまた光崎に手渡す。

「どうせエキノコックスの写真についても連絡はいっているのだろう。聞くより見た方が何百倍も納得できるぞ」

光崎からファイルを渡され、志毛はページを繰り始める。

「一応拝見しますけどね、こんなことをしても無駄ですよ」

「あんたと同じだ。見せたのは、一度もエキノコックス症の実態を知らせずに放置しておくと、わしの沽券にかかわるからだ。こうして写真も見せ、症状の恐ろしさを説明したのなら、わしも罪悪感は薄まる」

「屁理屈ですね」

「栃嵐からエキノコックス症のあらましは聞いているのか」

「前触れもなく突然襲ってくる激痛と意識不明。自覚症状が起きた時には既に手遅れで、しかもＭＲＩなどの検査もすり抜けるので発見は困難。残る手段は、寄生虫を取り出した唯一の医師である光崎教授に縋るより他にない、ですか。大した交渉術だ。大学教授にしておくのが惜しいくらいですよ」

「交渉ではない。要請だ」

「……決して下手には出ないという意味なら、そうでしょうね。でも折角ですが、その要請にもお応えできません」

「あんたも自分の命より秘密を護る方が大事という手合いか」

「こういう職業だから言う訳ではありませんが、個人の命より大事なものは結構あるんですよ。人の命を護るお医者さまには理解し難いでしょうがね」

「下手をしたら死ぬということは承知しているようだな」

「それは権藤さんや蓑輪さんがあんなかたちで亡くなったのですから」

「二人の死に様を見聞きしても気持ちは変わらんか」

「光崎教授。あなたにだって、墓場へ持っていくくらいの秘密の一つや二つはあるでしょう」

　志毛は半ば開き直ったように言う。

「わたし一人の問題であればすぐにでも打ち明けて、すぐにでも寄生虫の有無を調べてほしいところです。しかし、それはできない相談です。わたしには護るべきものがいくつもある」

　そこにいきなり古手川が割り込んできた。

「その中には、当然ご家族も含まれているんでしょうね」

　瞬間、志毛の顔色が変わった。都議会議員から家庭人に戻った男の顔だった。

「廊下の壁にあった家族写真を拝見しました。最新のものが今年四月。あれはご長男和秀くんの中学校入学式ですか」

「それがどうかしましたか」

「一家団欒というにはは縁遠かったものでしてね。ああいう写真を見せられると、時折堪らない気持ちになることがあります」

「だから、それが今度のことと何の関係が」

「さっきから聞いていると、あなたの命はあなただけのものじゃないでしょう。今、あなたがエキノコックス症にやられて急死したら、間違いなく奥さんとお子さんの人生は変わる。それも悪い方向にだ」

真琴は複雑な気持ちで古手川を見つめる。志毛の身が自分一人のものではないことは正論であるし、それを諭すこと自体は間違っていない。

だが古手川が家族を持ち出したのは、あくまでも志毛から供述を引き出すためだ。警察官としては正しい方法なのだろうが、反面家族愛を逆手に取ったような悪印象もある。

ただし、これは古手川なりの気配りなのかもしれない。光崎は家族を人質にするような脅し文句は口にしない。最も有効な切り口であっても、この老教授は使おうとしないだろう。真琴にも無理かもしれない。

この場でそんな真似がごく自然にできるのは古手川だけだ。だからこそ敢えて憎まれ役を買って出たのだ。

「権藤氏や蓑輪氏の場合は、まだよかった。権藤氏には家族と呼べる者がいなくて、蓑輪氏には奥さんがいただけだ。少なくとも父親の死を悲しむ子供はいなかった。でも、あなたには奥さんも子供もいる。人の死を比較するのが妥当かどうかはしらないが、あなたが死んだら、二人の時よりも確実に悲しみは広がる」

志毛は声もなく古手川を睨み続ける。あれだけ光崎に責められても屈しなかった決意が、家族という要因を背に大きく揺らいでいるようだった。

「あなたが付き添いの刑事さんか。家族をダシにして恐喝紛いとはさすがに手慣れたものだ」

「何と言われても構いませんけど、あなたが二人の家族を抱えている事実は変わりません。護るべきものと言いましたね。だったら途中で放棄するなんて、できないはずだ」

返事に窮したのか志毛はいったん口を噤み、渡されたファイルを渋々といった体で捲り始めた。

ここでも視覚による説得力は伝聞によるそれを凌駕したらしい。ページを繰る度に志毛の表情は険しさを増していく。そして予想通り、エキノコックスの拡大写真のページを見た瞬間に咳を堪えるような呻き声を上げた。

最後のページまで目を通すと、ひどく疲れた様子でファイルを突き返す。

「……イメージしていた寄生虫とは、ずいぶん違いますね。何と言うか……凶暴な意思を持った動物みたいに見える」

「その比喩はあながち的外れではない」

光崎は自分でも件の箇所を開いて言う。

「寄生虫は宿主あっての生物だ。ところがこやつは宿主の都合など歯牙にもかけん。下手をすれば生物共通であるはずの、種の保存すら本能にない。だからこそ突然変異体と言える」

改めて脅威を覚えたのか、志毛は一度だけぶるりと大きく震えた。

「時間をください」

語尾が擦れていた。

「わたしが破廉恥な人間だというのは、その通りかもしれない。それでも悩む権利くらいはあるでしょう」

「あんたが悩んでいる間、誰かの腹に巣食ったエキノコックスが成長を止めているのならな」

とどめのひと言を残し、光崎はひどく重そうに腰を上げた。

4

翌日、法医学教室で面談の模様を伝えると、キャシーは合点顔で頷いてみせた。

「それでボスの不機嫌な理由が理解できました。帰ってくるなり『死体の方が雄弁だ』とコメントしていましたから」

その時の様子が目に見えるようだった。

「それにしてもニッポンの議員はグループへの帰属意識が顕著なのですね。本来政治的グループというのは選挙民の利益のために結成されているはずですが、下手をすればパンデミックの可能性すらあるというのに帰属するグループの利益を優先させるというのは本末転倒です」

キャシーの故国では違うのだろうか。

「連邦議会・州議会ともに党内グループというのは存在しますけど、印象としてはニッポンよりはフレキシブルです。たとえば今回の大統領選では、誓約に背いて対立候補に票を投じた選挙人が少なくありませんでした。選挙が終わった後も、同じ共和党の中から平然と大統領を批判する議員もいますしね」

「そういう話を聞くと、少し羨ましくなります」

「でも真琴。そのロクデナシの議員にしても、選んだのは有権者なのですよ。自分たちが選んだ議員がそれほどロクデナシということは、彼らに投票した有権者もロクデナシ揃いということになります」

いつもながら歯に衣着せぬ物言いだが、間違ったことでもないので真琴は耳が痛い。

柴田や滑井たちと話していて感じたのは、こういう男たちを都議に選んでしまった有権者への絶望と同情だった。もちろん人の良さや温厚さ素直さが議会運営にどれほど寄与できるかは不明だが、少なくとも都民の税金を手前のポケットマネーと認識するような人間を自分たち庶民の代弁者とは思いたくない。

「ねえ真琴。埼玉県警が強権を発動させることは不可能なのでしょうか。たとえば生存している五人の議員を拘束してしまうとか。聞いたところ地方議員には議員特権がなかったのですよね」

「特権以前の問題です」

「古手川刑事と彼のボスなら簡単にやってくれそうな気がしますが」

それに関しては真琴も同意見だが、まさかけしかける訳にもいかない。

依然、感染症研究所からエキノコックス症についての追加情報は報告されていない。生体肝での実験ができないという壁は存外に高く、未だ突然変異体の放出する毒素の詳細は摑めていない。当初は城都大に寄せられていた問い合わせもここ数日で激減したとの報告がある。

感染症で最も恐れるべきは疾病本体の脅威ではなく、人々の無関心だ。世間が無関心であるほど関係者の焦燥が募るのは皮肉としか言いようがない。

もう一度光崎とともに議員たちを説得するしかないのか――そんなことを考えていると卓上の電話が着信を告げた。

「はい、法医学教室です」

『志毛です』

受話器の声から咄嗟に本人の顔が浮かんだ。

「先日は失礼しました。光崎に同行した栂野です」

『ああ、あの女医さんですか』

口調は昨日よりも落ち着いていた。それで真琴は期待を持った。

『ひと晩考えてみましたが、やはりわたしの口から情報を洩らすことはできません』

聞いた刹那、落胆が胸に下りてきた。あれだけ光崎と古手川が手を替え品を替えても、志毛一人の気持ちさえ動かせなかった。これ以上、法医学教室と県警本部に何ができると言うのか。

『もしもし』

志毛の声で真琴は我に返る。

『そちらにファクスはありますか』

「ありますけど」

『今からメモ書きを流します。番号を教えてくれませんか』

恩着せがましくもなく、悲愴な口調でもなかった。真琴は急いで法医学教室に設置されているファクスの番号を伝える。

『正直、あなた方の説得は応えました。しかし申し上げた通り、わたしの一存で全てを明らかにすることはできません。できるとしたら、視察旅行でどこを巡ったかくらいです』

それが志毛なりの落としどころという趣旨か。

『現状、これがわたしにできる最大限の協力です。光崎教授によろしくお伝えください』

それきり電話は切れ、ほどなくしてファクスが音を立て始めた。たまたま近くにいたキャシーは吐き出される用紙を興味深げに見ている。

「これは何ですか、真琴」

「わたしたちがずっと追い求めていたものです」

「これが、ですか」

キャシーの表情が疑念に曇る。理由は印字された内容を見て分かった。

志毛が送信してきたのは言った通りのメモ書きだった。

『・9．11メモリアル
・ニューヨーク州災害復旧センター
・ニューヨーク州警察
・ニューヨーク市検死局
・ロックフェラーセンター

・自由の女神
・ブロードウェイ』
「これが議員の視察先ですか。まるで団体ツアーの観光地巡りのようです」

キャシーは呆れたように呟いたが、真琴も同じ感想だった。

視察旅行は八月二十五日から翌九月二日までの九日間。移動時間を考慮しても視察先がわずか七カ所というのはいかにも少ない気がするし、そのうち半分は観光名所だ。各自治体の議員が参加する視察というのは多かれ少なかれ物見遊山でしかない——滑井の吐いた言葉が今になって甦(よみがえ)る。

「ここに書かれているのは破棄された報告書に記載されていた視察先であって、実際にはもっと他の場所にも行ったのでしょうね」

「わたしもそう思います。志毛さんの立場ではそこまでしか情報開示できなかったんです」

「視察目的は都市部におけるテロ対策、ということでしょうか。東京都がテロの標的になり得るという危険性を考慮しての視察。しかしそうだとしたらロックフェラーセンターやブロードウェイという選択は全く意味不明ですね」

同じ日本人として真琴は恥ずかしくなる。これは忌み嫌う家族のことでも、他人から罵られると怒りを覚えるようなものか。いずれにしろ、自分が恥じている事実も情けない。

「ニューヨーク市検死局というのも、テロ犠牲者の扱いということで関連があったのでしょう。しかし困りましたね」

キャシーはファクス用紙を眺めながら眉根を寄せる。

「視察目的はともかく選りにも選って観光名所、他人との接触が最も多い場所。これでは感染源の特定は困難を極めますね。移動店舗も十や二十では利きません。飲食業、ゴミ回収業、警備員。もちろん各国から訪れる観光客一人一人をチェックする必要も出てきますが、実際には無理というものです」

「この一覧表を手に、他の議員に再度問い質すのはどうでしょうか」

「真琴。自分でそのアイデアは本当に有効だと思っていますか」

「……ですよね」

志毛が提供してくれた情報は、本来なら都議会図書館どころか都議会のウェブでも閲覧可能のものだった。今更彼らに突きつけたところで、鼻で嗤われるのがオチだろう。

「真琴も気づいたように、九日間のスケジュールでこの日程では余裕があり過ぎます。ワタシなら二日で全部回れます」

それで思い出した。ニューヨークはキャシーの故郷でもある。

「やはりこの一覧にない視察地が問題ですが、これは現地を訪ねるしかないでしょうね。視察地AからBには何時にどのルートで移動したのか。通訳やガイドが雇われたのならラッキーですが、そうでない場合はタイムテーブルを作成する必要があります」

極東から訪れた、たった七人の視察団。彼らが何時から何時までそこにいたのか、視察先が記録を残しているとは思えない。念のためにキャシーが視察先の公式サイトを確認してみたが、案の定そんな記録は公開されていなかった。元より視察先の機関が訪問記録を逐一保管していることが考えづらい。視察の性格が限りなく物見遊山であったのなら尚更であり、警察署や検死局が物見遊山の客を重要な施設に案内するはずもない。

とにかく光崎に知らせるのが先決だ。光崎は大学内では携帯端末の電源を切っているのがもっぱらなので、こちらから呼び出すことはできず、講義の終了を待つしかなかった。

じりじり待っていると、時間通りに光崎が戻ってきた。真琴からファクスを受け取った光崎は目を通した途端に鼻を鳴らす。

「ふん。ロクデナシ議員どもがブロードウェイで何を視察するつもりだった。議場で踊りでも披露するつもりか」

「会議は踊ると言いますから」

「キャシー先生、それ違います」

「視察先はこれ以外にもあるのだろう。ここに挙げるのが憚られるような場所がな」

そして真琴に向き直った。

「現地に行くしか詳細な情報は望めそうもない」

「はい。わたしとキャシー先生も同意見です」

「わしは動かん」

それは聞かずとも承知している。エキノコックス症の件がなくても光崎に時間的な余裕はない。この男は肩書きが上がってもメスを手放そうとしないので、ますます仕事が増えていくという寸法だ。

「あの若造を行かせるか。真琴先生、ヤツは英語は堪能なのか」

どうして自分に訊くのかという疑問はあったが、まずは光崎の問いに答えるのが先決だ。スマートフォンで呼ぶと、すぐに声が返ってきた。

「古手川さん、英語は喋れますか」

『……いきなり何を言い出すかと思ったら』

「答えてください」

『主任からは日本語も不自由だとお墨付きをもらっている』

真琴は志毛から情報の一部を開示してもらったこと、光崎が現地に古手川を派遣しようとしていることを告げる。

『悪いけど、ニューヨークじゃ歯が立たない。そういう真琴先生はどうなんだよ』

「わたしは一応ＴＯＥＩＣやっていたから……」

『じゃあ真琴先生が行くべきだ。保健衛生第三係の応援と言っても、捜査一課は人手不足が常態だし』

古手川の声に被さるように背後から特徴のある濁声が洩れた。

『ニューヨークだと。このクソ忙しい時に何、寝ボケてんだ』

電話の向こうで天を仰ぐ古手川が目に浮かぶ。

『そんな訳で俺は無理だ。それに現地で感染源が特定できたのなら、接触したキャリアが日本国内にいるかどうかを追わなきゃいけなくなるし、それは多分俺にお鉢が回ってくる』

その通りだと真琴も思った。今回に関してはアメリカ・ニューヨーク州と日本の二カ所が捜査対象になる。時間的な余裕がないのなら、二手に分かれて捜査するべきだろう。

思案に暮れていると、キャシーが電話を切るようにと手振りで示す。

「また後でかけます」

真琴が通話を切ったとみるや、キャシーが顔を突き出してきた。

「灯台下暗し」

「はい？」

「真琴の目の前にいるのは元ニューヨーク市民。しかもニューヨーク市検死局にはワタシの知り合いがいます。この捜査、ワタシ以上の適任はいないと思いますが、一人では手が足りません。自動的にワタシと真琴がペアを組むことになるのですが、イカガでしょうか」

キャシーが期待に満ちた目で光崎の反応を窺う。すると光崎は逡巡することなく頷いた。

「ＹＥＳ！」

なし崩しとはこういうことを言うのだろう。ものの五分で真琴のニューヨーク行きが決定してしまった。

俄に不安が襲ってきた。

学生時分、ＴＯＥＩＣで７１０点を獲得した。今はどうか知らないが、当時は８００点超えが英語学習者の大きな壁だった。就活で自慢できるのも８００点からだと聞いている。つまり真琴の点数は低くもないが、鼻を高くするほどのものでもない数値ということだ。

そしてそれ以上の不安は、真琴が一度もかの地に足を踏み入れていないという事実だった。

今にも踊り出さんばかりに燥(はしゃ)ぐキャシーを横目に、真琴は早くも後悔し始めていた。

四　異国の地の毒

1

真琴とキャシーを乗せた飛行機がジョン・F・ケネディ国際空港に到着したのは、現地時間九月十日午後一時三十分のことだった。

十三時間以上のフライト、それも予算の関係からエコノミークラスだったせいでふくらはぎが浮腫(むく)んでいる。しかも日本との時差が十三時間もあるので、自分が眠いのか眠たくないのかも判然としない。

ボーディング・ブリッジに足を踏み入れるなり、キャシーは歓声を上げた。

「Ｏｈ！　これこれ。このドライな空気」

確かに空気は日本よりも乾いている。半ば頭が朦朧(もうろう)としている真琴でもそれはすぐに分かった。

到着ロビーに入った直後、入国審査を受ける。

「アメリカの入国審査は他の空港よりも厳しいから注意が必要ですよ」

テロ対策絡みで厳重になっているのは理解できるが、こちらが注意してどうなるものでもない。朦朧としているのも手伝って、真琴はどうにでもしてくれという気分だった。

入念なボディチェックと手荷物検査。特に厳しかったのは手荷物検査で、緊急時の医療器具を発見された際は尊敬されるどころか俄に警戒されだした。お蔭で自分たちは医師であることを、キャシーを通じて説明させられる羽目になった。

「ただでさえジャパニーズは幼く見えますから。ベイビー・フェイスの真琴がドクターというのはとても違和感があるのでしょうね」

キャシーはそう論評したが、どう返していいのか分からない。

検査を終え、荷物を受け取ってウエルカムセンターへ移動する。

「迎えが来ているはずなのですが」

キャシーは周囲を見回し、やがてお目当ての人物を見つけて破顔する。

「ペギョン！」

キャシーが駆け寄ったその先に、三十代と見える女性の姿があった。二人は真琴の前で固く抱き合い、再会を喜んでいるようだった。

「懐かしいわね、キャシー。四年ぶりかしら」

「五年よ、五年。医大を出てから一度会ったきりだから」

「五年。でもあっという間ね。どうしてた？　相変わらず解剖三昧の日々？」

「ＹＥＳ！　何と言ってもプロフェッサー・ミツザキの下で働いているんだから。調子のいい時には毎日、新しいボディと出逢える」

「こっちも似たようなものね。ただし射殺と薬物関係がほとんどだからバリエーションに乏しいのが難だけど」

とても人前で交わす会話ではない。その証拠に二人の隣にいた老齢のでっぷりした婦人は、ぎょっとした顔を見せて離れていく。

「ソーリー。紹介が遅れたわね。こちら現在のワタシの同僚でマコト・ツガノ。こちら、ワタシの医大時代のクラスメートで現在はニューヨーク市検死局副局長のペギョン・アンダーソン」

「ウエルカム、マコト」

真琴はペギョンの差し出した手を慌てて握り締める。

ペギョン・アンダーソン。名前と顔立ちで韓国系と分かる。すらりとした細身で白衣を着せればよく似合いそうだ。キャシーと仲がよさそうだが、風貌（ふうぼう）も体型もまるで違う。共通点と言えば化粧っ気がまるでないことくらいか。

「マコトもプロフェッサー・ミツザキの下で働いているのね。やっぱり羨ましいわね」

光崎の名前をペギョンの口から聞くのも不思議な感じがした。

「意外そうな顔をしているのね。羨ましいと言ったのはリップ・サービスでも何でもなくて真意よ」

「光崎教授の名前は、そんなに知られているんですか」

「こっちの法医学の世界では、トーマス・野口（のぐち）と同じかそれ以上に有名なのよ」

トーマス・野口はマリリン・モンローをはじめ有名人の検死を多く手掛け、法医学の世界を開拓した一人だが、まさか光崎が彼と並び称されているとは予想もしていなかった。

「恵まれた環境でいいわね。わたしもあと五歳若かったら、キャシーと同じように、浦和医大へ押し掛けていたのに」

「ペギョンが押し掛けてきてもダメね」

「Why？」

「ニッポンで暮らすには空気を読むという技術が必要なの」

「空気を？　読む？　そんなスーパー・ナチュラルをジャパニーズは日常でこなしているというの」

「ペギョンはワタシよりもはるかに大雑把（おおざっぱ）な性格だから、とてもプロフェッサー・ミツザキの下で働くのは無理ね」

どこから突っ込んでいいのか分からないが、とにかくキャシーが大雑把と評するペギョンの振る舞いは警戒するべきだと思った。

「ところでお腹、空（す）いてる？」

「不味（まず）い機内食で腹一杯。食事とか休憩はいいから、早く検死局へ連れていって」

「了解……と言いたいところだけど、マコトの方はOKなのかしら。ずいぶんグロッキーみたいだけど」

「わたしは、大丈夫、ですから。お構いなく」

時差による体調不良だから、時間の経過とともに和らぐに違いない――真琴はそう考えていたが、ペギョンが乗ってきたという廃車寸前のようなフォードに座らされて自分の甘さを思い知ることになる。

ハイウェイの道路状況が悪いのか、それともフォードの調子が悪いのか、尻の下は振動が絶え間ない。決して心地良い振動ではなく、嘔吐を誘う揺れ方だ。慣れているのか、横に座るキャシーはまるで平気な顔でいる。

「検死局までは、クルマで、どれくらいですか」

「ジョン・F・ケネディ国際空港から検死局のあるマンハッタンまではおよそ三十分」

あと三十分もこの苦行が続くのか――真琴はげんなりして硬いシートに身を沈める。

「検死局に来る目的は、四年前の東京都議会議員の視察について、だったわね」

「YES」

どうやら話が本題に入ってきたので、後部座席の真琴も身を乗り出す。

「キャシーから電話をもらってわたしも必死に思い出そうとしたんだけど駄目ね。見学自体が月に何度もあるし、四年前なんて相当じゃない。当時はわたしもそこにいたはずだけど全然記憶にないわね」

「メンバーの顔にも見覚えないの」

ここに来る前、キャシーは視察団一行の写真をメールで送っているはずだった。

「ジャパニーズにしては特徴のある顔のメンバーだと思ったけど、それだけ。ソーリー。本当に記憶にないのよ。電話とメールだけじゃ要領を得なかったのだけど、議員の不正を調査している訳？」

　思わず真琴はキャシーと視線を合わせる。

　ペギョンへの連絡ではエキノコックス症について言及していなかった。まだ疑惑段階であり、寄生虫の個体名まで明らかにするのに抵抗があったからだ。

「ちょっと理解に苦しむわね。議員の不正は議会や市民団体が追及するものだと思っていたけど、ジャパンでは医大がその任に就いているのかしら」

「説明が不充分だった。実はね、ペギョン。その議員の一行が立ち寄った先で感染症に罹った疑いがあるの。今回帰国したのは、その感染源を特定させるため」

「なるほどね」

　ペギョンの口調が少し重くなった。

「それは伝染病の類いなの。だったらウチのみならずＣＤＣ（アメリカ疾病予防管理センター）に報告しないと」

「少なくとも伝染病じゃないのよ」

　キャシーは慎重に言葉を選んでいるようだった。日本語は誤用もお構いなしのキャシーが、いざ母国語になると注意深くなるのは何とも不思議だ。

　しかし少し考えて合点がいった。経緯を知らない者にはパンデミックを疑われそうな案件であり、感染場所がここに特定されればアメリカ国内は大変な騒ぎになる可能性がある。それこそ細かいニュアンスにまで留意して説明しなければならないのだ。

「空気や粘膜から感染する病気じゃない。その意味では感冒より軽微と言える」

するとペギョンは大袈裟に溜息を吐いてみせた。

「相変わらず隠し事が下手ね、キャシー。ポーカーで一度も勝てなかったあなたらしい。そんな軽微な病気のために医大の医師が二人も、それもわざわざニッポンからやってくる訳ないじゃないの」

「わざわざ飛んできたのは、電話やメールでは知らせる内容じゃなかったからよ」

するとペギョンはクルマをハイウェイの路肩に寄せ、そして停車させた。

「質問よ、キャシー。ジャパンでの法医学者のステータスは？　犯罪捜査にどこまで介入できるの」

「介入はできない。あくまでも参考意見を述べるに留める」

「ふーん。歩く爆弾みたいだったあなたがチキンになった理由はそれか」

「ただし浦和医大法医学教室は別」

「Ｗｈａｔ？」

「プロフェッサー・ミツザキは自分から犯罪捜査に飛び込んでいく。司法解剖させるためなら警察の事情や思惑なんて粉砕してしまう。ここにいるマコトもそのスピリットを受け継いでいる」

「それならこの国でもミツザキ・パターンを援用して。ワン、わたしに隠し事はしない。ツー、事件には積極的に介入すること」

「ＯＫ」

「じゃあ話して。あなたたち浦和医大チームが追っているものはいったい何なの」

キャシーが許可を求めるように真琴を見る。もちろん真琴の方に否(いな)はない。

「エキノコックスよ」

「Ｗｈａｔ？」

「Echinococcus multilocularis、多包性エキノコックス。こっちだとミシシッピ川下流、アラスカ、およびカナダ北西部に生息。ペギョンだって知っているでしょう」

「えらくマイナーなパラサイトね。確かにアメリカ国内に生息しているけど、もっぱら野犬かキツネが宿主のはずよ」

「ニッポンで突然変異体が確認された。まだ二例だけだけど。この突然変異体は固有の毒素を持ち、ヒトの肝細胞を破壊する」

キャシーは権藤と蓑輪がエキノコックス症によって死亡した経緯を説明する。ペギョンは半信半疑なのか、眉一つ動かさずに静聴している。

ただしエキノコックス症が肝細胞がんによく似た発症の仕方をすること、通常のＭＲＩ検査では発見しづらいことに話が及ぶと、俄に目を輝かせ始めた。

「厄介なパラサイトね」

ペギョンは胡散臭そうな目をする。

「まるでステルスみたい」

「その喩(たと)えは正しいかもしれない。何しろ破壊力は抜群で、ついさっきまでブートキャンプしていた新兵を一瞬で悶絶死させるくらい」

「で、そのエキノコックス突然変異体が、視察団の訪問したどこかに発生しているという疑いね。でもキャシー、ニューヨーク州警察やニューヨーク市検死局だとしてもキャリアの特定は困難なのに、9.11メモリアルとかロックフェラーセンターとか、挙句の果てには自由の女神って、もしこんな場所にエキノコックスが湧いていたら、今頃世界中の病院が満床になるわよ」

ペギョンの台詞からは皮肉が溢れ出ている。

「いったい、その視察団というのは自由の女神やブロードウェイからどんな施策を捻り出そうとしてたのかしらね」

「腰から下の視察かも。ニッポンでは珍しくないみたいだから」

横で聞いていた真琴は肩身が狭くてならなかった。情報隠しをする彼らとはいつの間にか対立関係になっているが、それでも彼らの物見遊山を揶揄されると、何故か我がことのように羞恥を覚える。

旅の恥は掻き捨てなどという諺もあるが、手前の自己資金ならともかく視察の費用は全て税金だ。

『9.11の悲劇を忘れないためにメモリアルと災害復旧センターで実状をヒアリングし、ニューヨーク州警察とニューヨーク市検死局に当時の対応を確認し、後はロックフェラーセンターとブロードウェイを観て自由社会の素晴らしさを再認識し、自由の女神に上って日米同盟の重要性を再認識する』

視察先の選択理由を無理やりこじつけると、こんな具合になるのだろう。どう好意的に捉えても牽強付会にしかならず、滑井に『議員の視察が物見遊山であるのは皆が承知している』と開き直られた都民こそいい面の皮だ。外国人のキャシーやペギョンも、本心では腹を抱えて爆笑したいのではないか。

だがペギョンの皮肉はそこ止まりだった。

「確かに伝染病ではないけれど、感染源が不特定多数の集まる観光地だったらパンデミックになってしまうわね」

「自覚症状なし、検査方法は血清検査のみ。除去するには外科手術しかない。悪条件ばかり揃っている。CDCが乗り出してきても、簡単に解決できる案件じゃない」

「でもキャシー。感染源を特定できたとして、それでどうなるの。突然変異体の症状があなたたちの報告通りだったとしたら、罹患者を救う手立てがない」

「今、ワタシたちにできるのは蛇口を閉めることよ。流れ出た水はそれから処理をする。消極的な方法だけど、現段階ではこれがベターな選択」

ペギョンはしばらくキャシーを値踏みするように見つめていたが、やがて何かを決意したらしく正面に向き直った。

「エキノコックス症のデータ、すぐ検死局に送れる？」

「エキノコックスの現物以外なら、全てワタシが管理している」

「きっと必要になるから、いつでも提供できるように用意しておいて」

「了解」

「視察団が検死局を訪ねた経緯と交わされたやり取りは記録されていないと思う。さっきも言ったけど、月に何組もある見学や視察について詳細なデータは残していないし、第一向こうの視察目的なんて検死局には何の関係もないからね。こちらにすれば余計な雑菌を持ち込んだり、備品を壊したりしないか、それだけが心配なんだから」

「あ、それはわたしも分かります」

思わず真琴は声を上げた。二人の会話に割り込むかたちになってしまったが、途中で止めるのもわざとらしいので続けるよりしようがない。

「ウチの法医学教室にも時々研修医が見学に来るんですけど、腐敗臭嗅(か)いではえずくし、死体見ては吐くしで、本当に興味がないんだったらいっそ来るなと思って……」

場違いな発言で雰囲気を壊してしまったと冷や汗を掻いたが、意外にもペギョンは我が意を得たりとばかりに大きく頷いてみせた。

「そうそう、検死局に来る見学者にも似たのが大勢いるのよ。いつか自分もそうなるのに、ボディに何の敬意も払わないヤツら。いっそ生きたままホルマリン漬けにしてやろうかと思う」

ペギョンは不敵に笑う。どうやら彼女も死体に取り憑かれた一人らしい。

「ＯＫ。キャシーとマコトのミッションは理解した。それにメモリアルや災害復旧センターなんか飛ばして、検死局を訪ねようとしたのは正しい選択よ」

そう言い切ると、またクルマを始動させた。

「どうして正しい選択だと分かるのよ」

「今のニューヨーク市検死局の局長、誰だか知ってる？」

「アレックス・リドラー局長でしょ」

「……前からそうだったけど、本当にあなたって人事には疎いわね。検死局行きを蹴ってニッポンに飛んだのはベストの選択だった。あのね、今の局長ポストは空席状態。後任が正式に決まるまでは副局長のわたしが代行している」

「リドラー局長に何があったの」

「病死よ。肝臓がん」

ペギョンの声は冷静さの中に不穏を帯びていた。

「それまでは肝臓がんの兆候なんて何もなかったのに、ある晩急に苦しみ出して、そのまま救急搬送されたけど、看護の甲斐なく死亡」

真琴とキャシーは顔を見合わせる。

「手続きに従って解剖してみると確かに肝臓はがんに侵（おか）されていたけど、病巣付近からはそれ以外にも奇妙なモノが見つかった。近いところでもミシシッピ川下流でなければ生息していないもの。人体からは決して見つかるはずのないモノ」

「ペギョン、まさか」

「そうよ、キャシー。亡くなったリドラー局長も腹の中でエキノコックスをペットにしていたのよ」

ニューヨーク市検死局は赤レンガと石段でできた重厚な佇まいだった。日本にも明治の建築様式に似た建物が残存するが、この乾いたような雰囲気にはお目にかかれない。やはり欧米は石の文化なのだと実感する。

ところが建物の中に足を踏み入れると古式ゆかしき外観に反し、内側は近代的な設備が整然と並んでいた。真琴は浦和医大に似た印象を想像していたが、ここは医療機関というよりも研究所に見える。

おそらく仕事の内容で色分けがされているのだろう。立ち働いている職員はモスグリーンかバイオレットの解剖着を纏って（まと）いる。共通しているのはブルーの手袋で、傍目（はため）には柔らかな素材でできているのが分かる。リノリウムの床は歩く度にきゅっきゅっと鳴り、掃除が行き届いている。死体特有の甘く饐（す）えた臭いは根絶され、かすかに消毒薬の香りが漂っているだけだ。全体がおそろしく清潔で整然としている。同じ死体解剖を扱うにしても浦和医大の法医学教室とは雲泥（うんでい）の差がある。

「検死局では死体解剖だけではなく、殺傷に使用された凶器の特定や、指紋・掌紋（しょうもん）の検出とカテゴライズ、DNA鑑定もしています。法医学教室に科学捜査研究所がミックスされたものと考えた方がいいでしょうね」

キャシーの説明で腑に落ちる。ここは死体専門のラボラトリーなのだ。

「ニッポンでは解剖を犯罪捜査とは別の組織が行っているみたいだけど」

ペギョンは二人を先導しながら、ぽつりと疑問を口にする。

「わたしには不合理としか思えないわ。ボディは一番の証拠物件なのに。それをボランティアが受託して、尚且つ捜査への助言も許されないなんて。それじゃあ、折角のボディが口を利いてくれないじゃないの」

「ウチは頑張っている方だと思います」

つい真琴はむきになる。

「あまり褒められた話じゃないかもしれませんけど、遺族の承諾が得られる前に解剖することもあるし」

「それはプロフェッサー・ミツザキだからできることでしょ。何にせよ、アメリカとニッポンではボディに対する認識が違うみたいね。証拠物件として扱うことに、そんなに抵抗があるのかしらね」

真琴が法医学教室に入った頃、キャシーから指摘されたことだ。あの時には欧米との死生観の違いもあってすぐには納得できなかったが、今は理解できる。

どこまでが生体でどこからが死体なのか。

日本でも医学的な死は便宜的に定義されている。だが遺族感情は様々で、心肺が停止した時、脳死した時、火葬された時と、その定義は一定していない。それこそが司法解剖を阻(はば)む壁の一つになっているのだ。

検死局のフロアを闊歩(かっぽ)している職員たちの姿は、どれも活気に満ち溢れている。自分のすべきことできることを承知しているプロフェッショナルの顔だ。生と死の狭間を知り、ボディを物的証拠と割り切っている捜査官の顔だ。

やがて三人は局長室に到着する。全面ガラスのドアと大きな窓のついた壁で、室内はほぼ丸見えになっている。全てを開示するという姿勢の表れなのだろうが、四方から監視されているようで真琴はどうにも落ち着かない。

口火を切ったのはキャシーだった。

「ワタシもリドラー局長のことは人伝（ひとづて）に聞いたことしかないので、よく分からない」

「そうでしょうね。彼がニューヨーク市検死局の局長に就任したのは、キャシーがニッポンに渡った直後だったから。亡くなったのは先月の十九日」

先月二十日には権藤が城都大附属病院に担ぎ込まれて死んでいる。二人の死は前後していたということだ。

「解剖してエキノコックスが発見された際、非常に珍しいケースではあったけど、寄生虫と肝臓がんを結びつけて考える者はいなかった。疑問ではあったけど、今までにエキノコックスがヒトを殺したケースは存在しなかったから」

「解剖したボディは」

「とっくの昔に土の中よ。まさか掘り返すつもりじゃないでしょうね」

キャシーと真琴はふるふると首を横に振る。たとえ掘り返したところで一カ月も前の死体だ。今頃は白骨化が進行していて見るべきものも土に還っているだろう。

「失望しなくてもいいわよ。解剖のデータとエキノコックスのサンプルは保管している」

ペギョンはデスクの抽斗から分厚いファイルを取り出した。

「事件性は認められなかったけど、やっぱりそこにいるはずのない寄生虫がいたのは無視できないからね。もっともあなたたちのプロフェッサー・ミツザキはわたしたちより数段嗅覚が鋭かったみたいだけど」

「それは仕方のないことよ」

キャシーはどこか嬉しそうに言いながらファイルを受け取る。

「そういう人でなかったら、ワタシが海の向こうまで追い掛けるはずがないじゃない」

「確かにね。検死局の折角の誘いを断った甲斐はあったたってことよね」

「検死局の誘いって……」

「マコトはまだ聞いてなかったの？　キャシーはね、コロンビア医大在学中に検死局からスカウトされていたのよ。将来を嘱望されたナチュラル・ボーン・ネクロフィリア。真っ当な社会生活を送るには検死局勤務くらいしか道はないと誰もが信じていたのに、それがいきなりニッポン行きを決めるものだから、検死局のお偉方の失望たるや大変なものだったのよ。入局したわたしたちは、事ある毎に検死局のエースになり得たキャシー・ペンドルトンと比較されてとても迷惑だった」

見事な当てこすりだったが、ペギョンの鷹揚さのお蔭で不快には聞こえない。

「特にリドラー局長が顕著でね。だからキャシー。あなたには何の責任もないけど、ここで働いている職員の中にはキャシー・ペンドルトンに対して面白くないイメージを抱いている者がいることを忘れないで」

とばっちりもいいところだと思ったが、肝心のキャシーは意にも介さない様子で問い掛ける。

「ワタシの風評はともかくとして、リドラー局長は好人物だったの?」

「検死局の采配を振るうボスとしては、まあ及第点かしら。就任してから一度も失策じみた真似は仕出かさなかったし、ニューヨーク市から表彰を受けたこともあったし。犯罪多発地区において解剖の滞留はなく、不正の噂も聞いたことがなかった」

「ボスとしては優秀。でも、それ以外では優秀じゃなかったのね」

かまをかけるような質問にペギョンはいったん口を閉ざすが、すぐ諦めたような顔で話し出す。

「リドラー局長に敵意を持つ者がいたかどうかという質問ね」

「そう解釈してくれていいわ」

「答えはYES。それも生半可(なまはんか)な数じゃなくて、ニューヨーク州全人口の半分が彼を嫌うんじゃないかしら」

「思想的な問題?」

「ゴリゴリの共和党員という経歴はまあいいとして、現大統領の熱烈な支持者。有色人種への偏見を隠そうともしなかった」

ペギョンこそリドラーへの嫌悪を隠そうともしない。ただし人種差別主義者に対する嫌悪なので、これも不思議に不快とは思えない。

「日常会話でもよくジョークのネタに使っていた。わたしに向かってもね、ペギョンは遠くからでも見分けがつく。顔に特徴がなくても体臭に特徴があるからって」

「シット！」

「ただしある部分では公平で、ボディについても有色人種のそれは〈豚〉と称した。生者と死者を分け隔てなく扱った訳ね」

「よくそんな人物が局長を務めていたものね」

「死体は差別されても文句を言わないからね。ウチのお客さんは生きている人間より死んだ人間の方が圧倒的に多いし」

　第三者であるはずの真琴でさえも、聞いていて向かっ腹を立てる。

「ジャパニーズのマコトにはショッキングだったみたいね」

「……ええ、ちょっと。アメリカというのは自由の国という印象が強いので」

「自由、自由と言い続けているのは、実態がそれほど自由じゃないからよ。以前に比べて一層、格差が広がった。格差が広がるとヘイトスピーチも多くなる。自分が報われないのは他人のせいだと決めつけた方が楽だからね」

「リドラー局長は格差に苦しめられていた側なの」

「とんでもない。格差に関係なく、生粋のレイシストだったわ。彼が就任して以来、検死局の人事はかたちを変えたヘイトだった。だから肝臓がんで急死した際、彼に捧げられた祈りは二種類あった。一つは彼の魂が安らかにならんことを。そしてもう一つは彼が二度と復活しないことを」

2

死ねばみんな仏様という言葉が世界共通かどうかは知らないが、少なくともリドラー局長の場合は没後も悪評が一人歩きしている感がある。そして生前がどんな人物であれ、そのデータをきっちり残している点でニューヨーク市検死局は冠たる平等主義の組織と言えた。

リドラー局長の体内から採取されたエキノコックスのサンプルが保管されていると聞き、真琴とキャシーは胸を撫で下ろしていた。

サンプルを国立感染症研究所に送るように依頼すると、ペギョンは二つ返事で快諾してくれた。

「サンプルが日本で死亡した二人の体内から採取したエキノコックスと一致した場合、感染源は三人が行動を共にした場所に限定されます」

真琴は少し昂奮気味だった。権藤ら視察団がどこでエキノコックスに感染したのか。9．11メモリアルや自由の女神、ブロードウェイといった不特定多数の集まる場所ほど感染源の特定は困難だが、罹患者同士の共通点が多くなればなるほど、対象は絞られていく。

だが、案に相違してペギョンは険しい顔を見せた。

「マコトの理屈は正しいけれど、実証するのは困難だと思う」

「どうしてですか」

「リドラー局長は自分でスケジュール管理していたし、ご遺族の話を聞いた限りでは備忘録や日記の類いも残していない。本人のモバイルは葬儀の際に処分されている」

「どうしてケータ……モバイルを処分する必要があったんですか。ご主人の形見じゃないですか」

「ニッポンではデジタル遺品の問題はまだ表面化していないのかしら。つまりね、モバイルに本人もしくは遺族に不利益なデータが残っていたということよ」

　ああそうかと、真琴はすぐに合点する。それにしてもリドラーにしろ遺族にしろ、いったい何ということをしてくれたのか。処分された携帯端末には会合予定や何かの手掛かりが残されていたかもしれないのに、これで視察団とリドラー局長を繋ぐ輪が一つ失われてしまった。

「リドラー局長のスケジュールから視察団の行動をトレースする、別の方法はありませんか」

「検死局の記録で、視察団の訪問が２０１３．８．28であるのは判明している」

「でも一日中、リドラー局長が視察団に随行したかどうかも分からない。どこで飲み食いしたかも分からない」

「分からないことだらけね。でも四年前のたった一日を丸ごとトレースするなんて、それこそ大ごとよ。分刻みでスケジュールが決まっている大統領ならともかく、パブリックな人間でも無理」

「……せめて秘書みたいな立場の人がいたら大助かりだったんですけどね」

「検死局の局長程度じゃ秘書なんてつくものですか」

ペギョンは自虐気味に言う。

「なし崩しに局長代行にされてそろそろひと月。ニューヨーク州警察やその他諸々の団体との折衝、職員の労務管理、レセプションの出席。身体が三つあっても足りないくらいだけど、それでも予算不足で秘書はつかない。よくもこんな態勢で局長を務めていたって、それだけは前任者を尊敬しているところ」

だがひとしきり愚痴ると、ふと考え込むような仕草を見せた。

「ちょっと待って。いたわよ、そういう人間なら」

「本当ですか」

「別に秘書でも何でもないんだけど、リドラー局長の世話係をさせられていた職員がいたのよ。本来は血液鑑定のスタッフだったのを、本人が何も文句を言わないものだから、好き勝手に使役していた。今から考えれば、スケジューリングみたいなこともやっていたかも」

「その人に会わせてください。今すぐ」

「もう、ここにはいないわ」

ペギョンは両肩を竦めてみせる。

「リドラー局長があんなことになる直前、体調を崩して退職してしまったのよ。再就職先も聞いていない」

「でも住まいは分かっているんですよね。教えてください。わたしたちで会いにいきます」

「少し待ってね」

ペギョンは卓上のパソコンを操作する。どうやら退職者の一覧を検索しているらしい。

「名前はアマリア・モレーノ、三十二歳。今はどうだか分からないけど、退職時の住所はイーストサイドだった」

住所を聞いた途端、横に立っていたキャシーの身体がびくりと震えたのが分かった。

詳細な住所をメモ書きして局長室を出ると、キャシーが背中越しにメモを覗き込んだ。

「真琴。このメモに書かれた住所、何か気づきましたか」

「えっと、マンハッタンの北側一一二丁目、ですよね」

「通称スパニッシュハーレム。ワタシが家族と住んでいた場所です」

キャシーがハーレムの生まれであるのは以前に本人から聞いていたが、詳しい番地までは失念していた。

「アマリア・モレーノ。いかにもスペイン系らしい名前ですね」

翌日キャシーは宿泊したホテルの前でタクシーを捕まえ、真琴とともに後部座席に滑り込んだ。

「ひょっとしたらという予感はありましたが、まさか関係者が馴染みの場所に住んでいるとは思いませんでした」

行き先を告げても運転手に際立った反応はない。ではハーレムと言っても、タクシードライバーが忌避するほどの危険地帯ではないということか。

「Ｎｏ、Ｎｏ。ハーレムとひと口に言っても一二五丁目以外は再開発も進んで、以前より治安はよくなっているのです。もちろんニッポンみたいに夜中に女性が一人歩きできる訳ではありませんが」

検死局からメインストリートに入りしばらく走ると有名なパーク・アベニューが見えてきた。ニューヨークは真琴も初めてだったが、この風景ならテレビや映画で何度か観たことがある。

マディソン・アベニューに入ると、いきなりセレブ御用達（ごようたし）の高級ブランドがひしめき合う。〈H&M〉や〈VICTORIA'S SECRET〉といった店舗が軒を並べている。〈DOLCE&GABBANA〉、〈PRADA〉、〈CELINE〉、〈RALPH LAUREN〉。安月給の真琴には、縁がなくても憧れがある。

「この辺りはアッパー・イーストサイドと呼ばれる場所。見ての通り派手で賑やかな富裕層たちの住宅街です。大部分の日本人がニューヨークと聞けばこの場所をイメージするのではないでしょうか」

「確かに。わたしも映画やテレビドラマを観てそんなイメージを持っていました」

「『ゴシップガール』や『セックス・アンド・ザ・シティ』ですね。でも、もちろんこんな華やかな場所ばかりではありません。ワタシの生まれ育ったスパニッシュハーレムはここと対照的な街並みです」

「あの、キャシー先生もスペイン系なんですか」

「ああ、キャシー・ペンドルトンという名前では分かりづらいかもしれませんね。でもワタシの祖先はれっきとしたスペイン系移民です。さっき真琴はペギョンとアメリカの自由について話しましたね。ワタシもペギョンと同じくマイノリティだったので、彼女の言葉には頷ける部分が多くあります」

「人種差別、ですか」

「ニッポンに住んで痛感したのは人種差別のなさです。もちろん仔細に観察すれば日本人にも東アジア系への偏見が垣間見られますが、アメリカ国内の比ではありません。道でばったり出逢ったガイジンの肌が白くても黒くても、国籍がアメリカでもスペインでもアラブでも、大抵は親切に接してくれます。嘘か本当かはともかく、ニッポンでテロが発生しにくいのは、日本人はガイジンと見れば親しく接近してくるのでテロ工作がしづらいという話があるくらいです」

　それはいくら何でもジョークの類いだと思ったが、民族や肌の色で差別しないのはその通りなので黙っている。

「たとえば黒人に特有の名前で求人に応募してもなかなか連絡が来ないので、将来を見据えた親は我が子に白人らしい名前をつけたりします。ハリウッド映画では、どれも意味なく黒人俳優が出演していますが、それは差別を指摘されないための対策という話もあります。白人警官が黒人に暴力を振るったのが原因で暴動が起きるなんて日常茶飯事。今は選挙演説で平然とヘイトスピーチをするような男が治めている国ですから、この傾向はもっともっと顕著になるでしょうね」

キャシーの口調は静かな怒りに満ちている。普段は決して見せない種類の憤りが、故郷に戻ったことで再燃した感がある。

車窓はやがて華やかな繁華街から次第に寂れた風景へと変わっていく。一ブロックを過ぎる毎に色を失くし、殺風景になっていく。指定した一一二丁目に入る頃には道往く者の風体までも変わっていた。

「お客さん、着きましたよ」

運転手にぶっきらぼうに言われると、キャシーはくしゃくしゃのドル紙幣を渡してタクシーを降りた。

車外に出た途端、鼻腔に異臭が飛び込んでくる。具体的に何の臭いかは分からないが、植物や果物の腐敗臭によく似ている。

アマリアの住まいは古びたアパートの一階にあった。悪戯書きされた候補者のポスターが貼られたまま褪色し、アパート前の道路にはゴミが散乱している。

ホテルを出る時、キャシーからはなるべく質素な服に着替えるようにと注意されたが、この場所に降り立って、ようやくその意味を理解した。

アパート内にはさしたるセキュリティもなく簡単に入れた。無論、セキュリティが必要ないのではなく、防犯にカネをかけられないのか、かけても無駄だからだろう。実際、集合ポストの大半は鍵が壊され、誰もが中身を取り出せるようになっている。

該当する部屋のノッカーを叩いてみたが応答はない。二度三度と叩いていると、奥の部屋から出てきた中年女がキャシーにぼそりと呟いた。

「アマリアなら出てるよ」

「どこに行きましたか」

「さあね。どうせ職探しだろ」

中年女が去ると、キャシーはさばさばとした口調で言った。

「昼過ぎにもう一度来ましょう」

「どうして昼過ぎなんですか。就職の面接なんていつ終わるか分からないのに」

「大抵は書類選考の段階で落とされるから。外出したのは自分で結果を確かめに行ったんですよ」

ヒスパニッシュが求人に応募してもなかなか連絡が来ないというのは、こういうことか。

「昼過ぎまでまだ時間があります。少し立ち寄りたい場所があるのですが、いいですか」

一人で置き去りにされるのも嫌なので同行することに決めた。

「ここからは歩いていける場所ですが、ワタシからあまり離れないようにしてください」

言われるまでもない。真琴は母親と外出する子供よろしく、キャシーの真横にぴったりと身を寄せる。キャシーは途中にあったフラワー・ショップで花束を買った。

土地鑑（とちかん）は鈍っていないらしく、キャシーは迷う様子もなく歩いていく。しばらくすると広い通りに出た。この辺りのメインストリートなのだろう。クルマの行き来が激しい。

キャシーは高架下まで歩を進め、スプレーの落書きが重なって地の色が判然としない塀の前に佇む。抱えていた花束を地べたに置き、両手を組み合わせて祈る。

「ワタシの母親はここで殺害されました」

薄々予想していたので驚きはしなかった。

真琴も黙って隣で合掌する。

両親が離婚し、この界隈にキャシーは母親と二人で暮らしていた。その母親が白日堂々、ストリート・ギャングに襲われた。至近距離から銃弾を三発。ハイスクールから戻ってきたキャシーはそのまま市警に直行し、変わり果てた母親と対面させられる。

聞くだに身の竦むような体験談だが、この時同席した検死官の熱意ある言葉が、キャシーを法医学の世界へと誘うきっかけになったのだから世の中は分からない。

「離れていても、ワタシはこの場所を一日も忘れたことがありません」

組んでいた手を解いても、キャシーは地べたの花束から視線を外さない。

「母親の殺された場所ということもあります。ワタシが法医学を目指したスタート地点でもあります。そしてもう一つ、ここは世界の不条理の縮図なのです」

キャシーは塀に大書された落書きを指差した。

「分かりますか。『スパニッシュはこの国から出ていけ』。逆説的ですが、これを書いたのはおそらくスパニッシュハーレムの住民でしょう。ファックな言葉である上にスペルも間違っています。ワタシは母親が教育熱心でいてくれたお蔭でハイスクールまで行けましたが、大勢の子供がそれ以前にドロップアウトしています。経済的格差が教育の格差に繋がり、まともな教育を受けなかった子供たちはここから出ていくことができなくなります。スパニッシュハーレムで発生する犯罪は、加害者も被害者も似たような境遇にいます。ワタシの母親を撃ったストリート・ギャングも、やはりスパニッシュハーレムの出身でした」

事件の加害者と被害者が同じ地区に集中している――それは一種の地獄ではないかと、真琴は考えてしまう。

「格差の根底には人種差別があります。もちろん、それが全ての元凶とまでは言いませんが、世界中で起きている悲劇の多くは他人を理解せず受け容れようとしない狭量さに起因しています。ここが世界の不条理の縮図と言ったのは、そういう意味です」

真琴が一種の地獄と考える場所が世界の不条理の縮図なら、世界はそのまま地獄という解釈も成り立つ。思わず身を固くした。

「どうかしましたか、真琴」

「いえ、あの。ちょっと怖くなって」

「イントレランス（不寛容）な世界に恐怖を感じるのは当然のことです。だけど恐怖ばかり感じていたのでは、生きている価値も喜びもありません。それが神様のお作りになった世界とも思えません」

キャシーはようやく、いつもの笑顔を見せた。

「世界に希望があるのと同じように、スパニッシュハーレムにも必ず希望はあります。ここの出身であるワタシが法医学のスペシャリストになるというのもその一つだと思えませんか」

一一二丁目のアパートに戻ってくると、アマリアが帰っていた。

「留守中に訪ねてくれたそうね」

三十二歳にしては肌が荒れ、身体の線が崩れている。生活疲れかそれとも栄養不良か。いずれにしても安泰でないのは確かだ。

「へえ、わざわざジャパンから来たの。で、わたしにいったい何の用さ」

不機嫌な表情から、外出先で不愉快なことがあったのは想像に難くない。敢えて尋ねたくもなければ、答えたくもないだろうから触れないでおく。

「ニューヨーク市検死局のペギョン副局長からあなたのことを聞いてきました」

「あなたも検死局に勤めているの」

「No。ワタシはペギョンの同窓生です。ご自宅にまで伺ったのは、亡くなったリドラー局長についてなのです」

リドラーの名前を聞くと、アマリアは誰かが墓の上を歩いたような顔をした。※注
「一時期、アマリアはリドラー局長の秘書をしていたと聞きました」

「秘書なんて上等なものじゃないわ。単なる小間使いみたいなものよ」

「スケジュールの把握や着ていく服のコーディネートもしていたとか」

「奥さんをオフィスに常駐させておく訳にもいかないしねえ」

「二〇一三年の八月二十八日のことを記憶していますか。ニッポンの議員の視察団が検死局へ訪

問した日のことです」

「四年も前のことなんて憶えちゃいないわよ。どうして今頃になって、そんな昔話を引っ張り出してくるのさ」

エキノコックス症の全てを話せば無責任な噂が広まりかねない。まだ感染源が特定できていない現状でデマが飛び交うのは避けたいところだ。キャシーは言葉を選びながら、犯罪捜査の一環であると説明した。

「つまり、その視察団とリドラー局長が行動を共にした記録なり記憶を集めているのね」

「ＹＥＳ」

「そのためにわざわざ当時働いていたわたしを訪ねてきた熱意は買うけど、無理よ。そんな昔のことをいちいち記憶しておけるような優秀な頭だったら、再就職に苦労しないわ」

「ニューヨーク市検死局のスタッフだったんでしょう」

「スタッフと言ってもパートで雇われた雑役婦なのよ。何か特別な資格を持っている訳じゃない。鑑定の終わった血液を処分するのがメインで、元々そういうのに免疫がなかったし、リドラー局長の扱いも酷（ひど）かったし」

「何かのハラスメントがあったのですか」

「まあ、こんなご面相だからセクシャルなものじゃないけど、事ある毎にスパニッシュハーレムの人間であるのをジョークにされていたわね。人間の血液なんて近所の揉（も）め事（ごと）で見慣れているだろうとか、金目のモノを身に着けていないボディが相手だから疑われずに済むだろうとか、そういう種類のジョークよ」

　他人事ながら、真琴も聞いていて腹立たしくなる。

「スパニッシュは考えることが苦手だからお前のしている雑役は天職だとかね。それが毎日毎日繰り返されるのよ。終いにはリドラー局長の顔を見るだけで吐き気を催すようになって。それでも他の仕事を与えてもらえないから我慢して続けていたんだけど、ある日リドラー局長が珍しくブルーベリーパイをご馳走してくれたのよ、自分のオフィスで。喜んで食べたわ。五番街でも有名な店のパイだったからね。でも食べ続けていたらパイの端に赤い飛沫が付着していて。ストロベリーかと思ったら……血だった。リドラー局長はにやにや笑いながら言った。ついさっき五番街の銀行に強盗が押し入って行員と客を射殺した。そのパイは客が抱えていたモノだけど、用がないからわたしにくれるって。その瞬間、わたしは局長の顔目がけて大量に嘔吐した。もうそれが限界だった。即日、リドラー局長はわたしを解雇したのよ」

　聞いているこちらの方が嘔吐しそうな話だった。

「そういう相手だったからエピソードは山ほどあるけど、大抵は思い出したくないものばかり。正直言って全部忘れたいくらい。だからあなたたちの欲しがっている情報が思い出せるかどうか、約束できないの」

　アマリアの目が小狡く翳る。

　被害者の目であると同時に、策略を巡らせている者の目でもあった。似た環境で育ったからか、キャシーは彼女の意図を即座に読み取ったようだった。

「時間をかければ思い出せそうですか」

「時間以外にも必要なものがあるかもしれない」

「その点は検討の余地がありますね。ただしその情報にどれだけの価値があるかは、ワタシたちが判断します。それでよろしいですか」

　アマリアは承諾の意で頷いてみせる。外出して空振りに終わったことを、何とか取り返そうと躍起になっている顔だった。


「あれでよかったんでしょうか」

　ホテルに向かうタクシーの中でキャシーに尋ねてみた。

「情報料の提示を後回しにしたことなら、あれがこの辺一帯の商慣習みたいなものなのですよ。最初にギャラを呈示してしまったら、それ以下のパフォーマンスしか期待できません」

「いえ、わたしが言っているのは記憶も覚束ない人物に証言を求めたら、不確かな情報しか得られないいんじゃないかと」

「心配しなくてもアマリアは知っていますよ、間違いなく」

「そう、なんですか」

「あれだけリドラー局長を嫌っているのなら期待できます。真琴も、いい思い出よりはバッドな思い出の方が印象深いでしょう。悲しいことに人間というのは、そういう生き物なのですよ」

「それじゃあ、あの場でアマリアさんがすぐに答えようとしなかったのは、情報料を吊り上げるためだったんですか」

「身に着いた交渉術というのは、なかなか抜け切れるものではありません。アマリアのように虐げられ、日々の生活に追われる者は尚更でしょう。だからと言って責められる謂れはありません。相手の商慣習にこちらも合わせればいいだけの話です」

キャシーに反論したい訳ではないが、完全に納得できるものでもない。もやもやと割り切れない気持ちでいると、キャシーの携帯端末が着信を告げた。

「ハロー、こちらキャシー。どうしたの、ペギョン……今から検死局へ。Ｗｈｙ？　面会要請？……そういうことなら急ぐしかないわね。ＯＫ、二十分で到着できると思う。途中の道でアクシデントが起きないことを祈っていて」

会話を畳んでから、キャシーはこちらに向き直った。

「いい話と悪い話があります」

「……いい話から教えてください」

「国立感染症研究所に送った、リドラー局長の体内に巣食っていたエキノコックスのサンプルが突然変異体と一致したそうです。これで権藤と蓑輪、そしてリドラー局長が同じ場所でエキノコックスに感染した可能性が高くなりました」

「それがいい話なんですか」

「ではもう一方の話を。国立感染症研究所の報告とほぼ同時刻、ＣＤＣの担当者から突然申し入れがあったそうです。ニッポンからやってきた二人の女医に至急面会したいと。既に担当者が検死局でお待ちかねだそうです」

　これもまた、あまりいい話ではなさそうだった。ところがキャシーの方はわずかに上気した顔で、こちらを見つめ続けている。

「真琴。ＣＤＣの担当者が駆けつけた理由が分かりますか。エキノコックス症が極東だけの話に留まらず、アメリカ国内にも影響が危ぶまれると判断されたのですよ」

　やっぱりいい話ではなかった。

「エキノコックス症がニッポンだけの問題に収まらなくなったのは残念ですが、反面いいこともあります。ＣＤＣがワタシたちの調査に興味を持ってくれたのですよ。豊富な人材と潤沢な資金を誇るＣＤＣです。パートナーとして、これ以上の相手は望めません」

3

　真琴とキャシーが検視局に到着すると、局長室ではペギョンとＣＤＣの人間が二人を待ち構えていた。

「ＣＤＣ本部のグレッグ・スチュアートだ」

　グレッグはずいと片手を差し出した。握ってみると肉厚だがとても柔らかい。身長は一九〇センチといったところだろうか、近接してグレッグと顔を合わせようとすると、ひどく見上げなければならない。顔はほとんど真四角で、箱の中央に目鼻がついている印象だ。海兵隊員のような体格だが、自分は感染症の専門医なのだという。

「ペギョン局長代行から二人の話は聞いている。プロフェッサー・ミツザキのチームで働いているんだって？」

「ええ。チームといっても三人だけなんですけど」

「ワンダフル！　彼のオペレーションを毎日真横で見ているのか。全く羨ましい限りだな」

ペギョンもそうだったが、光崎の名前はＣＤＣの人間にも知れ渡っているらしい。

国内の知名度と海外での知名度が大きく異なる人間がいる。光崎もその一人かもしれないが、日頃あの毒舌と傲岸不遜に付き合わされている身としては、光崎の名前が敬意をもって迎えられているのが誇らしくもあり気恥ずかしくもある。

「疾病予防の観点から、我々も司法解剖に携わることがある。医大では必須科目の一つだしね。講義のテキストとして頻繁に用いられるのがプロフェッサー・ミツザキのオペレーション・ビデオと彼の著した論文だ。法医学者にはバイブルのような存在だ」

グレッグが褒めそやすのを、キャシーとペギョンが何度も頷く。キャシーの光崎に対する傾倒ぶりがようやく合点できる気がした。

「それにしても、どうして急にわたしたちと面会しようとしたんですか」

「理由は二つ。今言った通り、プロフェッサー・ミツザキのチームに会いたかったのと、もう一つは言うまでもなくエキノコックス症について詳細を担当者本人に確認したかった」

グレッグの顔つきが引き締まる。

「国立感染症研究所の報告書を……」

「既に読んでいる。ジョート大のレポートはＣＤＣにも送られてきたからな。しかし、まさかアメリカ国内で発症例が報告されるとは予想外だった。しかも罹患者が事もあろうに検死局の局長とは皮肉な話だ。いや、ある意味では必然かな」

「どういうことでしょうか」

「検死局には毎日様々なボディが運ばれてくる。射殺体とジャンキーが大半だが、中には病死や死因不明のものもある。ボディの中に何が潜んでいるか、解剖するまでは見当もつかない。知れ渡った病原菌か、フェイス・ハガーかそれともエキノコックスか。エキノコックスは経口感染だが、院内感染も無視できない。その場合、考えられる感染源は当然アメリカ国内だ。ＣＤＣとしては指を咥えて見ている訳にはいかない」

ＣＤＣの概要は予て（かね）より真琴も聞き知っていた。Centers for Disease Control and Prevention——アメリカ疾病予防管理センターは、その名の通りアメリカ国内外の人々の健康と安全保護を主導する連邦機関だ。ジョージア州アトランタに本部を構え、支部を合わせると一万五千人以上の職員が従事している。職員のほとんどは何らかの医療専門職で、その種類も医師・薬剤師・獣医師・看護師・臨床検査技師・生化学者・病理学者と幅広い。センターから勧告される文書はグローバルスタンダードとされるほどの影響力を持ち、一例を挙げればエボラウイルスなど危険度の高いウイルスの対策については、世界中の医療機関がＣＤＣに依存しているほどだ。

そのＣＤＣが腰を上げたのは、この国でもエキノコックスの突然変異体が脅威になり得ると判断された証左だった。

「感染源の特定はどこまで進んでいる？」

真琴がたどたどしく途中経過を報告し、情報の一端を握っていると思われるアマリアが証言を渋っている段に及ぶと、グレッグはたちまち剣呑（けんのん）な顔つきになった。

「その女を締め上げる訳にいかないのか」

「いくら検死局でも捜査権は持っていない」

ペギョンは残念そうに首を振る。

「ニューヨーク市警に協力を求める手もない訳じゃないけど、犯罪ではないから説得は困難。こちらが粘り強く交渉を続けるしかない」

「アマリアが要求しているのはカネか」

オフコース、とキャシーが応える。

「話している最中、彼女の瞳の中にドル紙幣が見えた」

「アマリアの住まいはスパニッシュハーレムだったな」

グレッグは口角を少し上げた。

「あの地区の住人の口を割らせるのならポケットマネーで充分だろう」

真琴はひやりとしてキャシーの顔を窺う。有難いことに、彼女は普段通りの冷徹さを発揮して眉一つ動かさなかった。

「異議あり」

今度はペギョンから声が上がったので、真琴はまたも肝を冷やす。

「カネで情報を買うのは少し考えものよ」

「何だ。局長代行はえらく潔癖なんだな。いや、検死局のトップに立つ人間なら当然そうなるべきなんだろうが」

「早合点しないで、グレッグ。カネで情報を買うこと自体をどうこう言ってるんじゃないの」

「じゃあ、何が問題なんだ」

「カネで情報を売り渡すような人間は、別の人間に同じ情報を売るわよ。こちらから値を吊り上げるなんて愚の骨頂でしょ」

ふむ、とグレッグは頷く。

「それは一理あるな。じゃあ局長代行殿はどんな代案をお持ちかね」

「こちらにはアドバンテージがある」

「何だ」

「こちらはエキノコックス突然変異体を知っているけど、アマリアは知らない。アマリアはリドラー局長の小間使いのような扱いを受けていた。別の言い方をすれば、自宅以外では最も彼に近かった人間。つまりリドラー局長がエキノコックスに感染していたのなら、当然彼女にも感染の機会があったはず」

「面白い。アマリア本人の肉体を交渉材料にするつもりか」

「でも、それは最後の手段にするべき。まだ一般人にエキノコックスの存在を知られたくないでしょう」

「無論だ。真っ先に情報の売り買いを考える相手だからな。最初に切るカードじゃない。現状はアマリアに情報の重要性を悟らせないまま、安く買い叩くといったところか」

「それならOK」

　ここでようやくキャシーが参戦した。

「スパニッシュハーレムのやり方で交渉の糸口をつけておいた。今頃は彼女、各種ローンの請求書とにらめっこしているはずよ」

　三人の会話を聞いているのは心臓に悪い。グレッグはキャシーの出自を知らないまま差別に近い発言をしているのだろうが、キャシーやペギョンがどこまでそれに耐えられるのか。いや、事によるとグレッグの発言は差別でも何でもなく、ただ経済的な貪欲さで区別しているだけかもしれない。

　キャシーの言葉が脳裏に甦る。自由の国アメリカは一方で徹底した不自由の国だ。人種の坩堝であるがゆえに、差別の定義や種類は真琴の理解の範疇を超える。キャシーの話では、同じスパニッシュハーレムの住民の間でさえ差別が存在するという。それを異邦人である真琴が完全に理解するには何年かかることか。

「問題は時間だな」

　今まで考えに耽っていたらしいグレッグが、思い出したように喋り出す。

「カネで横っ面をひっぱたいたり、洗面器に顔を押しつけたりができないならアマリアの出方を待つより他にない。だが我々は待つことができても、エキノコックスは待っちゃあくれない。こうしている間にも何十人何百人、事によれば何万人という一般市民の腹の中でエキノコックスが増殖を繰り返しているかもしれない。こちらからアクションを起こせることは何かないのか」

「あの」

真琴がおずおずと手を挙げると、三人は初めて自分を見つけたような顔をした。

「さっき、ペギョンさんはエキノコックス症についてアマリアに伝えるのは最後の最後にした方がいいという意見でしたけど、わたしはいきなり最強カードを出してもいいと考えます」

ペギョンは興味津々といった様子でこちらを見た。

「根拠は？　マコト」

「どんな民族の、どんな階級の人でも一番大事なのは命だからです」

そう言って、真琴はバッグの中からファイルを取り出す。中の一枚をペギョンとグレッグに見せると、二人ともうっと顔を顰めた。

「なかなかにショッキングだが、これがどうしたんだ」

「これを交渉材料に使おうと思うんです」

真琴が自分の考えを披露したところ、キャシーを含めた三人が同時に承諾してくれた。

一時間後、真琴とキャシー、そしてグレッグの三人組はアマリアのアパートで本人と対峙していた。今度の交渉役は真琴が買って出た。

「時間をかければ思い出せそうと言ったのに、ずいぶんと早いリターンね」

「その前にご紹介しておきます。ＣＤＣ本部から来られたグレッグ・スチュアート医師です」

さすがに検死局に籍を置いていただけのことはあり、ＣＤＣの名前を聞くなりアマリアの表情に緊張が走った。

「犯罪捜査の一環じゃなかったの。どうしてここにＣＤＣの担当者が同席してるのよ」

「犯罪捜査であるのと同時に、深刻な医療問題でもあるからです。ところでアマリアさん、わたしたちの欲している情報、思い出せましたか」

「ああ、それなら思い出せたわよ」

アマリアは意味ありげに笑ってみせる。交渉の優位はこちらにあると言わんばかりの笑みだ。

「では開示してください」

「ちょっと待ってよ。思い出すには時間以外に必要なものがあると言ったじゃない」

「でも、思い出せたんでしょう」

「ああ、もう！」

アマリアは我慢できなくなったのか、聖人の仮面を自ら剝ぎ取る。

「このアパートとこの部屋見たら分かるでしょ。仕事がなくて明日の食事をどうするかも算段できないのよ。わたしが今一番欲しがっているものくらい察しがつくでしょ。おカネよ、おカネ！」

「そうですか。でもこれはおカネで売り買いする情報ではありません。何しろ不特定多数の人命が関わっていますから」

「人命がおカネで救えるのなら、それに越したことはないでしょう」

「それはそうですが、アマリアさんがわたしたちに情報を売った後、別の誰かに同じ情報を売らないという保証はどこにもありません。正直に言うと、わたしたちはそれが怖いのです。おそらくわたしたちの求める情報は一定期間の秘匿を必要とします。従って、その期間は他の第三者に漏洩しないことが絶対条件となります」

「それなら簡単よ。ドル紙幣を厚くしてちょうだい。札束の厚さと口の固さは比例するのよ」

「それだと、逆に資金力の前であなたの口は際限なく軽くなる危険性があります。だから私たちはアマリアさんの口が際限なく重くなる方法を考えてみました」

挑発と受け取ったのだろう。アマリアは猛然と突っかかってきた。

「へえ、わたしをどうするつもり。まさかクスリ漬けにして、どこかに幽閉でもしようっての」

「クスリ漬けにするつもりは全然ありませんけど、幽閉というのは近いかもしれません」

「大声で人を呼ぶわよ」

アマリアがドアに向かって駆け出したのを、偉丈夫のグレッグが押し止める。

「放しなさい。放して！」

「アマリアさん。リドラー局長が肝臓がんで亡くなったのは知っていますか」

「知ってるわよ。それがどうしたっていうのよ」

「違うんです。リドラー局長の死因、本当はがんじゃなくてパラサイトなんです」

「Ｗｈａｔ？　パラサイト？」

「エキノコックスというパラサイトです」

バッグの中から件のファイルを取り出した真琴は、まずエキノコックスの拡大写真をアマリアに差し出す。写真を見たアマリアの顔が見る間に恐怖に彩られていく。

「何……このモンスターは」

「エキノコックスはミシシッピ川下流に生息していますが、これはその突然変異体です。卵胞から幼虫になる期間は一般的なエキノコックスと変わりませんが、この突然変異体は幼虫になった時点ですぐ肝機能障害をもたらします。つまり長い潜伏期間の後、自覚症状は最後の瞬間にしか訪れません。極めて微細で嚢胞内に潜んでいるため、ＭＲＩでも良性の嚢胞と区別がつかず発見は困難です。二つ目の特徴はこの突然変異体がある種の毒素を分泌することです。現在解析が試みられている最中ですが、最終ステージで宿主が悶絶するような苦しみを覚えるのは、その毒素のせいではないかと個人的に考えています。そして、このパラサイトはそこに潜んでいる可能性があります」

真琴に腹部を指され、アマリアは信じられないというように首を横に振る。

「まさか。タチの悪いジョークはやめなさいよ」

「決してジョークではありません。エキノコックスは経口感染です。突然死したリドラー局長はどこかでエキノコックスの卵の潜んでいた食物を口にした。言い換えればリドラー局長の近くにいた人物も同じものを口にした可能性が高いのです」

「そんなデタラメ、信じるものですか」

アマリアは残り少なくなった抵抗力を吐き出そうとしている。

頃合いだ。真琴は止めの一撃を与える一枚をアマリアの眼前に突き出す。

権藤要一と蓑輪義純を司法解剖した際の、患部の拡大写真。エキノコックスによって破壊され、変色し、爛れてしまった患部。栃嵐たちのような一般人にさえ衝撃を与えた写真だ。曲りなりにも医療の研究機関に身を置いていたアマリアなら、彼ら以上の恐怖を覚えるはずだった。

果たしてアマリアの視線は写真に釘づけとなった。

「何よ、これ」

「お分かりでしょう。エキノコックス症患者の臓器です。最終ステージに至った患者の臓器はこういう状態です。こんな風になった患者の苦痛がどれだけのものか、簡単に想像つきますよね」

「嘘。これ、何かのフェイクでしょ」

「あなたに嘘を吐くために、わざわざ日本からやって来る理由なんてありませんよ」

「でも、ＭＲＩでも発見できないなんて」

「こちらではまだリドラー局長一人が症例ですが、日本では既に二人が死亡、他にも数人がキャリアを疑われています」

「キャリアを疑われている対象者は、どんな対処をしているの」

「現状、体外からエキノコックスを駆除する方法も、毒素を中和させるワクチンも開発されていません。即刻入院して開腹するより他に手段はありません。もちろん一般の病院で微細なエキノコックスを発見し除去するノウハウを持っているはずもありません。手術が必要な場合はエキノコックス症についてのデータを有しているＣＤＣの医療施設に入院するのがベスト且つ唯一の選択肢でしょう」

　アマリアの顔から、ずるりと虚勢が剝がれ落ちた。そしてこれ以上はないというタイミングでグレッグが彼女の前に進み出る。

「話は今、マコトが説明した通りだ。ＣＤＣはエキノコックス症に感染した患者を受け入れる用意がある。パラサイトの発見と除去にも選り抜きのスタッフを招集してある。だが、一つだけ困った問題がある」

「問題って何よ」

「リドラー局長及びニッポンから来た視察団の行動をトレースしていくと、彼らの立ち寄った場所が非常に広範囲に亘っていることが判明した。不特定多数の感染、パンデミックが想定される事態だ。ＣＤＣの関連施設も無尽蔵ではないから、当然ベッドの不足が予測される。さて、アマリア。君にはこの後の展開が予想できるかね」

　グレッグはサディスト気質でもあるのか、嬉々としてアマリアに迫る。上背があるので、迫られた方はさぞ威圧感を覚えるに違いない。

「感染者に対してベッドが不足したら、そこには優先順位が発生する。ＣＤＣは人種や社会的地位、収入の多寡で患者を差別することは有り得ない。だが、公益に資する情報を売り買いしようなどという裏切り者は劣位になって然るべきだと思わないかね」

グレッグは上から伸し掛かるようにしてアマリアの退路を塞ぐ。

「アマリア、家族でも恋人でもいい。誰か愛する者はいるか」

「……Ｗｈｙ？」

「今から美しい思い出を沢山作っておけ。ニッポンから来た視察団のメンバーもリドラー局長も数週間前に死亡している。君が腹の中に飼っているモンスター・パラサイトが牙を剝くとしたら、ちょうど今頃だ」

途端にアマリアは震え出し、腰から崩れ落ちた。

「今ならまだ間に合うぞ、アマリア。選べ。カネか。それとも命か」

「……助けて」

「いいだろう」

グレッグは軽々とアマリアを抱き起こし、椅子に座らせた。壁際の椅子だったので、座したアマリアを三人で取り囲む格好になる。

脅迫担当のグレッグはお役御免とばかりに、聴取役をキャシーに譲る。詳細な情報を訊き出さなければならないので、語学力に不安のある真琴は見守るしかない。見事に呼吸の合った三人。事情を知らない者は、このトリオがついさっき結成されたものだと思うまい。

「二〇一三年八月二十八日、トウキョウから七人の都議たちがニューヨーク市検死局を視察に来ました。これがその七人です」

キャシーは一枚の写真をアマリアに見せる。蓑輪福美から借り受けた、視察団集合写真の写しだった。

「このメンバーで間違いありませんか」

「……何人か特徴的な顔があって憶えている。ええ、きっとこのメンバーだったと思う」

「視察団の対応に出たのは？」

「リドラー局長よ。普段は副局長が対応することもあるけど、重要なゲストの場合には局長が同行することが決まっていた」

「つまりこの視察団は検死局にとって重要なゲストだったという訳ね」

「訂正する。検死局かもしくは局長個人にとって重要なゲスト」

「さっきはかなり動揺していたようだけど、つまりあなたも局長ともども視察団に同行していたのね」

「そうよ」

「その日の視察団のスケジュール、思い出せる？」

「詳細な時刻までは無理」

「それは構わないから」

「視察団が到着したのは、確かランチが終わってしばらくしてからよ。検死局の中をリドラー局長が先導してぐるぐる回っていた」

「順路は憶えている？」

キャシーが取り出したのは検死局の見取り図だった。アマリアは記憶を巡らせるように考え込んでからペンを走らせる。院内感染の可能性は小さかったが、感染源特定のためには疎かにできない。

「検死局の視察を終えてからの行動を教えて」

「視察団のメンバーがリドラー局長とレストランでディナーをともにした。午後九時を過ぎた頃に全員が店を出て、わたしだけがグループから離れた」

「レストランの店名、言える？」

「わたしの給料では絶対に行けない場所だから、憶えている。五番街の〈エクアトゥール〉というお店」

「その後の視察団の行動は？」

「知らない」

「翌日のリドラー局長に何か変わったことはなかった？」

「何も。定時に出勤してきたわ……そうだ。わたしが別れた後のことを聞いたけれど、ディナー後は彼もすぐ自宅へ帰ったと言っていた」

聴取内容はグレッグがＩＣレコーダーに録音しているが、真琴もその店名を記憶に刻み込む。店側が数年前のメニューを残しているとは考え難かったが、エキノコックスが経口感染である以上、料理にどんな食材が選ばれたのかは最重要だ。しかもリドラー局長と視察団の面々がともにテーブルを囲むのは、翌日のスケジュールから考えてもこの日のディナーが唯一の機会だったはずだ。言い換えればエキノコックスの感染が疑われるのは、この時を措いて他にない。

「リドラー局長は視察団について、何か言ってなかった？　視察団全体でもメンバー個別でも」

アマリアは黙考に入る。表情が真剣なのは、やはり自分の治療が掛かっているせいだろう。

しかしほどなくして、その首は力なく横に振られた。

「駄目。思い出せない。多分、彼が口にしなかったか、口にしても記憶に残らないようなことだったと思う」

「嘘じゃないわよね」

「自分の命懸けてまで嘘なんか吐かないよ」

「あなたの宗教は何」

「どうしてそんなことを」

「あなたの信じている神に誓える？」

「誓うから！」

「ＯＫ」

キャシーは両手を挙げて終了のサインを出す。アマリアは安堵して肩を落とすが、それで終わらせるようなキャシーではなかった。

「医療施設への優先順位は与えるけど、あくまで患者側の権利であって、治療の優先権はＣＤＣに帰属します」

「……どういう意味」

「それほど深刻な意味ではありません。ただ、あなたが入院中に有意義な情報を思い出してくれれば、その分手術や治療の優先順位が上がるという話。理解しましたか」

「……了解」

「身の回りのものを片付けておけ。今から施設の搬送車を呼ぶ」

　グレッグは懐中からスマートフォンを取り出す。

「職探し中で都合がよかったな。しばらくはベッドの上の休暇だ」

　間もなく駆けつけてきた搬送車にアマリアを委ねると、三人は検死局へ取って返す。これで感染源と感染の機会はかなり限定された。後は〈エクアトゥール〉に照会して、当日のメニューと使用食材を何としてでも明らかにしなければならない――。

　帰りの車中、真琴は緊張と使命感で碌に話しもしなかった。口火を切ったのはハンドルを握っていたグレッグだった。

「それにしてもマコトには驚かされた」

「えっ」

「まさか病巣の拡大写真を脅迫のネタに使うとはな。わたしも荒っぽいことでは人後に落ちないつもりだったが、あれは思いつかなかった」

「全くです」

　キャシーは何が面白いのか、満面の笑みで応える。

「ワタシはスパニッシュハーレムのやり方でアマリアを説得しようとしました。ペギョンが指摘したウイーク・ポイントには敢えて目を瞑りました。一刻を争う事態でしたから。ところが真琴はマネーよりももっと凶暴な凶器を突きつけてきましたからね」

「ああ。あれは確かに怖ろしい凶器だった。マグナムにも引けを取らない。ドクターとして最強の武器だ」

「背負ったシスターに教えられるというのは、まさにこのことですね」

「何のことでしょうか」

「マコトは順調にボスの衣鉢(いはつ)を継いでいますね。あれはボスが都議の連中に仕掛けた心理戦ではありませんか。一点突破、猪突猛進(ちょとつもうしん)、一撃必殺。正直、先を越されたようで悔しさ半端ないです」

「そんなもの越したくありません」

「ちょっと待て。さっきのはプロフェッサー・ミツザキの手法だったのか」

「ええ、まるでトレースしたように」

「何てこった」

グレッグは感に堪えたように頭を振る。

「彼の許(もと)にいると、オペレーションどころかネゴシエーションのテクニックまで学べるのか」

「あんなものはネゴシエーションなんて上品なものじゃありません」

「ジャパニーズの謙遜はやはり伝統なんだな。マコト、わたしは君に謝らなきゃならん。最初見た時には世間知らずのベイビーとしか思えなかったが、正体はワンダーウーマンだった」

「やめてください」

「ものは相談だが、君たちのチームにＣＤＣの職員を派遣したらプロフェッサー・ミツザキは受け容れてくれるだろうか。ＣＤＣには彼を崇拝している人間が大勢いる。もちろんわたしも、そのうちの一人だ」

光崎のことを褒められると嬉しいのだろう。キャシーは先ほどから笑みを絶やさない。真琴もつられてにやけそうになるが、慌てて考え直した。

光崎の崇拝者を受け容れるのは、法医学教室に何人ものキャシーを抱え込むことを意味するのではないか。

その光景を思い浮かべて怖気（おぞけ）を振るった。

「すみません。ウチの法医学教室は既に定員オーバーです」

「スタッフはマコトとキャシー二人だけじゃなかったのかい」

「いえ。もう一人、がさつで単細胞で、脳みそが筋肉でできているようなのがいるんです」

「理解できんな。そんな資質の人間が、プロフェッサー・ミツザキのチームでどんな役割を担っているというんだ」

「主に叱られ役です」

4

真琴とキャシーが渡米した後も、古手川には別の任務が山積していた。

一つは駆除薬の散布だ。エキノコックスの感染経路は生物の糞に混入した卵が農作物等に付着し、ヒトの口から侵入するものだ。当然のことながら対象者の居宅は隈なく薬剤散布をする必要がある。

応援とはいえ保健衛生第三係に所属している古手川は、県の感染症情報センターと連携を取りながら、既に死亡した権藤と蓑輪そしてキャリアと思しき五人の都議の自宅と都庁を対象として薬剤散布の手続きを進めている最中だった。

薬剤散布には古手川だけでなく光崎も参加している。もっとも光崎は保健所に指示を出し都庁内の散布を要請する言わば作戦参謀であり、対して古手川は実行部隊という役割分担だった。

意外にも、始める前は一番手間取ると予想されていた都庁が最も協力的だった。城都大の情報公開が功を奏したのか、それとも光崎の交渉術の成果なのかは分からないが、都庁側は二つ返事で承諾したらしい。

「でも言っちゃあ何ですけど、これも気休めっぽいですよね」

真琴とキャシーの不在で、法医学教室に残っているのは自分と光崎だけだ。古手川は保健所職員の手配に、光崎は関係施設との折衝に時間を取られている。

光崎の返事がないので、古手川は尚も続ける。

「確かに寄生虫の駆除に薬剤散布というのは定番なんでしょうけど、実際に効くかどうかは保証の限りじゃないですしね」

古手川がぼやくのにもれっきとした理由がある。通常エキノコックスの駆除にはベイトと呼ばれるキツネの虫下し餌が使われる。古手川も現物を見たが、プラジカンテルという薬剤を魚のすり身に沁み込ませたものだ。エキノコックスが生息する北海道では、このベイトを道路に撒き、宿主となるキツネや犬に食べさせて駆除する。

だが今回のエキノコックス禍ではキツネ等野生動物の介在が認められないので、同じ方法は取らない。

「こんな気休めに俺や保健所の職員動員するより、もっと効果的な手段があるんじゃないんですか」

「うるさい、若造」

やっと返ってきた反応がそれだった。

「突然変異体の性質が全て解明された訳ではない。従来のように糞だけに混じるとは限らん。それこそサナダムシのように肛門から排出されたり、嘔吐した内容物の中に潜んでいたりするかもしれん。そうした可能性を踏まえた上での対処だ。これ以上に効果的な駆除があると言うなら、この場で叫んでみろ」

「いや、代案はないんスけど」

「それなら口を止めて手を動かせ」

対象地点の延べ面積を算出し、その全てに散布できる薬剤の量を試算する。県の保健衛生課にその概算を告げるが、いつから作業に移行できるかは在庫チェックの結果と薬品メーカーの生産能力にかかっている。

因みに権藤が担ぎ込まれた城都大附属病院と、蓑輪が息を引き取った熊谷南病院は早々に薬剤散布に着手していた。突然変異体に対する効果が懐疑的であるのを南条たちが知らないはずもなかったが、キャリアを出してしまった収容先としては見えるかたちでの対処が必要だったのだろう。

現状では、危険と思しき地点に従来と同様に薬剤散布を施す。エキノコックス症の実態を知っている古手川にしてみれば歯痒い限りだが、まだまだ認知の行き届かない一般市民向けにはそれが最善の策なのかもしれない。

だが一方、捜査一課の古手川としては生き残った五人の議員に対する追及がある。何故、彼らは揃いも揃って口を噤んでいるのか。どう好意的に解釈しても胡散臭さしか感じられない。有体に言えば犯罪臭がぷんぷんする。

さて、あの口の堅い連中をどう攻略してやろうか――そんなことを考えていると、法医学教室のドアを開ける者がいた。

「ほほう。今日はまたずいぶんと殺風景だな」

不意に現れた南条は断りもなく光崎の隣に座る。

「いったいどうした。女性たちから総スカンでも食らわされたのか」

「アメリカだ」

光崎はぎろりと睨みながら答えた。

「感染源はかの地にある」

「現地調査か。伝手はあるのか」

「視察先のニューヨーク市検死局に、運よくキャシー先生の同窓生がいた」

「法医学の世界はどこも狭いからな。運というよりは必然だろう。斯界では名にしおう光崎藤次郎の薫陶を得たスタッフたちだ。向こうでも歓待されているんじゃないのか」

「今日は何の用だ」

「今朝がたからウチに入居希望者が相次いでやってきた。柴田幹生・滑井丙午・多賀久義・栃嵐一二三・志毛晴臣の五人だ」

「南条教授。それって」

「ああ、例の視察団生き残りの五人だ。揃いも揃って我儘な申し込み客さ。スイートルームはないか、マスコミはシャットアウトしろ、可及的速やかにエキノコックスを除去しろと、まあどこのセレブかＶＩＰかという鼻息だった」

「選りにも選って城都大附属病院でしたか」

「イの一番に情報開示したのがウチだったからね。どうせ入院するなら情報と設備の完備している施設にしたかったんだろう」

「それにしても滑井議員もですか。あの爺さん、寄生虫を腹に飼ったまま頓死するのはむしろ理想的だとか吐かしていたくせに」

「あの年寄りが一番切実だったな。『今わしを失うようなことがあれば、都政は羅針盤を失くした船のようなものだ。一千万都民のことを思うなら何とかしろ』とな。ああいう輩は長期入院させた方がよっぽど都民のためになるのだろうが、ウチの病棟が生臭くなる。何せ身体の髄まで腐っているからな。言っておくが光崎。これは貴様の責任だ。貴様が議員を散々脅かすから、あいつら固まってやって来たんだ。無理を通そうとしているからウチの医療事務が悲鳴を上げている」

「お前も医者の流儀で脅かせ。指示に従わなかったら標本室に飾るとでも言っておけばいい」

「それも考えたんだがな。さあ、ここからが本題だ」

「言ってみろ」

「窮鳥懐に入れば猟師も殺さずという諺もあるが、生憎こちらは猟師でもなければお人よしでもない。折角手掛かりを咥えて飛び込んできたんだ。ただで帰すのはもったいない」

「患者の弱みにつけ込むつもりか」

「時と場合によるだろう、そんなもの」

「もう入院手続きは済んだのか」

「まだだ。事務方が混乱していると言ったろう」

「待たせておけ」

光崎はのそりと立ち上がる。

「立ち会わせろ。ヤツらにネジを巻いてやる」

「そのつもりだ」

二人の老教授はぼそぼそと悪巧みを始めた。

滑井の慌てぶりを聞くまでもなく、五人が城都大附属病院の入院を希望したのは尻に火が付いている証拠だ。ここで光崎がもうひと押しすれば、五人のうち一人くらいは口を割るに違いない。南条はそれを見越したから、わざわざ法医学教室まで足を運んだのだ。

それならば、と古手川も席を立つ。

「俺も出ます」

じろりと睨んだきり行き先も訊こうとしないのは、いかにも光崎らしかった。

蓑輪宅を訪れた古手川は、家の中がやけに慌しいことに気づいた。裏手に回ってみると未亡人の福美が庭に鏡台を運び出している最中だった。

「あら、古手川さん」

「何をされてるんですか」

「午後に保健所の人たちが来て、家中に駆除薬を散布するんですって。それで汚されたくない家具だけ運び出しているんだけど」

「よければ手伝いますよ」

「結構です」

「男手、ないじゃないですか」

有無を言わさぬまま、古手川は福美から鏡台を奪い取り、庭に置く。

「あと、どれを移動させたらいいんですか」

「……古手川さん、商売を間違えたかもしれませんね」

「何に向いてますかね」

「押し売りなんか最適じゃないかしら」

それでも、やはり女一人で家具の移動は難渋していたのだろう。結局福美はほとんどの移動を古手川に委ねることとなった。

大方の家具を庭に移し終えると、家の中から福美が声を掛けてきた。

「お茶でもどうですか」

言葉に甘えて、古手川は中へと上がり込む。

居間はいくつか家具を移動させたので、ひどく広々としていた。もちろん住んでいるのが福美一人という事情が、虚ろさに輪をかけている。

「こうしてみると、ウチって結構広いのね。驚いた」

「運び出した家具の中には、ずいぶん年季の入ったものもありましたね」

「嫁入り道具よ。鏡台とかロッキング・チェアとか。古いけど愛着があって」

「これを機会に買い替えたらどうですか」

「こういうものは、なかなか捨てられないんですよ」

「奥さんは人よりモノに愛着を持つタイプみたいですね」

「……どことなく険があるように聞こえます」

「でしょうね。そういう言い方をしましたから」

「どういう意味ですか。まさか、まだわたしを疑っているんですか」

「とんでもない。ご主人の身体は司法解剖されて、死因はエキノコックスだと判明しました。この件に事件性はありません」

「だったら」

「事件性はない代わりに思惑がありました」

福美の顔が猜疑の色に染まるが、構うことではない。

「ご主人が同級生の開業医に性病検査を申し出た件は、お話ししましたよね。中野にある〈池内クリニック〉って病院なんですけど、確認したいことがあったので、あの後もう一度訪ねていったんですよ」

「何を確認したかったんですか」

「タイミングです。ご主人が熊谷南病院で亡くなったのは九月四日です。前日に救急搬送されるまでは〈池内クリニック〉に通院されていた訳ですが、クリニックで確認したところ、同級生の医師が最後に処方箋を発行したのは八月五日でした。しかもその処方箋は隣接する薬局でちゃんと処理されている。ご存じの通り、処方箋は調合剤と引き換えられるので患者の手元に残ることはありません。だから」

古手川は福美の目を覗き込む。

「亡くなる前日の三日に、あなたが処方箋を見たというのは嘘です。あなたはご主人が救急搬送されるずっと以前から、性病に罹っていたのを知っていたんです。そうするとですね、司法解剖される前に取り沙汰していたあれやこれやが復活してくる。その一つが生命保険です。これも改めて調べてみると、ご主人には五千万円の死亡保険金が掛けられていました。金額は妥当なんでしょうけど、それでも五千万円は大金です。それからこのお宅。ローンも終わったということでしたが住宅地の瀟洒な一戸建て。不動産業者に当たってみたら、総額一億で売買可能な物件と太鼓判を押してました。五千万円の保険金と評価一億円の不動産。ご主人が亡くなって、それらは一切合財奥さんに転がり込んできた」

「わたしは主人を殺していませんよ」

「ええ、あなたは人殺しなんてしていません。ただしご主人の性病を知りながら知らんふりをしていた。それは何故なんですか」

「さあ」

「とっとと性病が悪化して、入院でも何でもしてしまえと思っていた。蓑輪義純氏は同僚からも奥さんからも潔癖な人物だと思われていました。その蓑輪さんが実は風俗通いをしていたというのは、本人の体面が保てないのと同時に、長年偽られ続けたあなたにとって耐え難い裏切りだったんじゃないですか」

　福美はこちらを見つめているだけで表情をぴくりとも変えない。

「あなたが性病の件をずっと秘密にしていたのは、あなたがご主人から裏切られ続けていたのを知られたくなかったからだ。知られたら故人だけでなく、あなたの恥にもなる。それはあなたの自尊心が到底許さない」

しばらく沈黙が流れた後、福美は徐に口を開いた。

「それが何の罪になるんですか」

「なりませんね。だからこんな風にざっくばらんに話しています」

「心の問題だから、わたしが何を喋っても立証なんてできないですよ」

「そうですね」

「じゃあ、どうして答えの出ないような質問をするのかしら」

「胸に溜めておけるタチじゃないんです」

「前言を撤回するわ、古手川さん」

福美はうっすらと笑ってみせた。

「やっぱり、あなたは刑事が向いている」

※注：220ページの「アマリアは誰かが墓の上を歩いたような顔をした。」という表現は、「Someone is walking over my grave.」（和訳：誰かが私の墓の上を歩いている）不意にぞっとしたときに言う慣用句から来ています。

五　人の毒

1

　真琴は〈エクアトゥール〉の前に立っていた。

　五番街のフレンチ・レストランというだけで緊張するのは田舎者だと思ったものの、それでも実物を目の前にすると卑屈に構えてしまう。自分の安月給を今日ほど疎ましく思ったことはない。

　この一帯の店舗はどこも華美の中に重厚さを備えたものが少なくないが、〈エクアトゥール〉もその例外ではない。たかが食事をするだけの場所なのに、足を踏み入れるのにも勇気が要る。

　店の前に立て掛けられたメニュー表はフランス語表記で、アメリカ人のフランス・コンプレックスを適度に刺激し、値段を記載していないのが更に挑発的だ。それでも写真は添付してあるので、フォアグラと平貝のポワレ、オマール海老のコンソメジュレ、鴨のロースト・オレンジソースがけなど見ているだけで口の中に唾が溜まってくる。

「真琴。何を難しい顔をしているのですか」

　キャシーが怪訝そうに問い掛けてくる。

「こういう場所のディナーって高いんでしょうね」

「ドレスコードの厳しい店ですからね。ワインなんて値段を眺めるだけで酔えますよ」

「ここへ来るまで、権藤さんや蓑輪さんたちエキノコックス症のキャリアになった人には純粋に同情していました」

「そうでしょうね」

「でも議員の視察というのは税金なんですよね。それを考えて店の前に立つと、何だか同情心が薄れてきました」

　議員の視察旅行については、古手川と都議会図書館で調べものをしていた際にちょっとした知識を仕入れていた。権藤たちを含め、多くの議員の海外視察は観光ルートと似たようなコースを辿っている。コースだけを見れば物見遊山でしかないのだが、視察の際に議員が行政の視点からインフラや安全基準を質問した時点で視察に変わる。

　言い換えればわずかに体裁を整えさえすれば、税金をどんな風に浪費しても正当化できるということだ。

「都民の血税使って、こんなところで豪華な食事をしたのかと思うと、エキノコックスに寄生されたのも身から出た錆みたいな気持ちになります」

「とても非論理的な考え方ですね。議員たちが税金でプライベートに遊興した事実とエキノコックスに寄生されたことの間には、何の因果関係も認められません」

「非論理的と言われたらそれまでですけど、何か腑に落ちなくって」

「その程度の不条理に悩んでいるようでは、真琴はとてもスパニッシュハーレムに住めそうにありませんね。あそこはおカネどころか人の命が無駄遣いされる場所ですから」

さらりと言いのけた言葉に重みを感じた。

「それならマコト。わたしが溜飲の下がる話をしてやろう」

グレッグがおどけた様子で首を突っ込んできた。

「五番街にくる買い物客の中でも、このレストランを利用するのは上院議員やら企業の役員連中が多いらしい。どいつもこいつも社会的弱者や労働者の血を吸って生きているようなヤツらだ。そういう寄生虫みたいなヤツらが寄生虫に侵されるというのは最高のジョークだと思わないか」

どの辺りが溜飲の下がる話なのかよく分からないが、とりあえず真琴を慮っての台詞のようなので笑って返す。

「問題は、それが四年前の出来事ということです」

一方のキャシーはにこりともせずに言う。

「四年前のディナーのメニュー。使用された食材。当日、そのメニューを口にした客が誰と誰だったのか。それを突き止めるために頼るのが記録なのか記憶なのか、気が塞いでしまいます。ブラックジョークの一つでも飛ばさないとやっていられません」

時刻は午後三時。すでにランチの時間は終わり、ディナーにも間がある。客の途絶えた時間帯なので店内や厨房にも余裕があるはずだった。

三人はようやく店内に入る。予想通り、店内には空きテーブルが目立ち、店員たちの動きもどことなく緩慢だった。ただし緩慢ではあってもその動きには無駄がなく、よく教育されているという印象だった。

客のあしらい方も相当に教育されており、真琴たちのように食事をしにきたのではない客、分けてもマイノリティの人間への対し方も堂に入っており、キャシーが話し掛けても最初の二人は知らん顔をして通り過ぎてしまった。そういえば彼女たちがつけているネームプレートにあるのはSimone（シモーヌ）やFabienne（ファビエンヌ）といったフランス人女性らしき名前ばかりだった。三人目に捕まえたステファニーという娘がやっと愛想よく応対してくれた。

「CDCのミスター・グレッグとご一行様ですね。すぐシェフを呼んで参ります」

ところが事前にグレッグがアポイントを取っていたものの、三人は厨房裏のバックヤードで二十分以上も待たされた。こうした聴取で待たされることに慣れた真琴とキャシーはともかく、グレッグは五分を経過した頃から苛立ちを見せ始めた。

「この店は客を待たすのが当たり前だと思っているんじゃないのか」

CDCの捜査官であるグレッグは捜査時に待たされたことはないのだろう。それでもやっと店のオーナー兼シェフ、ピート・コールドウェルが現れると、グレッグはさっと片手を差し出した。

料理人が太っていると、その手になる料理も美味しく思えるものだ。その点だけでもピートは料理人として合格だった。せり出した腹もだぶつき気味の頬も、全てがプラス方向に働いている。

傍目にも形式的な握手を済ませた後、グレッグは早速質問に入る。二〇一三年八月二十八日、トウキョウから来た都議に振る舞ったメニューと使われた食材は何だったのか――そう問い掛けられると、ピートは両肩を竦めて驚いた。

「四年前に出したディナーのメニューを憶えているかって？　生憎だがわたしはコンピュータでもレシピサイトでもない。一介のシェフだ。そんなものを憶えているはずがないだろう」

「さっき、メニューを眺めましたが、それほど品数はないように思えました。あれだけのバリエーションなら、思い当たるのではありませんか」

「これだから素人は困るんだ」

ピートはコック帽を脱ぎながら、手近にあった椅子に腰を据える。ピートの体型に比べれば憐れなほどちっぽけな椅子で、今にも脚がへし折れるのではないかと真琴は本気で心配する。

「表に出してあるのはコースメニューだ。メニューブックには他にも三十種以上のアラカルトが用意してある。季節によって使える食材も変わってくるし、同じ食材でもワインと同じように年によって出来不出来がある。年柄年中、一緒のメニューなんて有り得ない」

「バリエーションが多岐に亘るということですか」

「極端な話、予約客の顔ぶれでメニューを決めることだってある。牛肉を口にしない民族もいるし、その他特定の動植物を食べてはいけないタブーも多く存在する。そういう気苦労がないのは中国人だけだ。何しろ彼らは四つ足なら机以外、空を飛ぶものなら飛行機以外は全部食べるからな」

ジョークなのか本気なのかピートの顔色から判断することができないので、真琴はどう反応していいか分からない。

「予定していた食材が市場の都合で調達できない時には、当日になってメニューを差し替えることもある。毎日毎日のメニューが生きているんだ。ウェンディーズやチックフィレイと一緒にしないでくれ」

「では、こういう訊き方ではどうですか。はるか極東の地から、田舎者の議員連中が五番街というブランドにつられてやってきた。そういう連中に振る舞うようなメニューなら、今でも思いつくのではないですか」

その極東の地に住む者のプライドを微妙に刺激する台詞だったが、それでピートからの証言を得られるものなら仕方がない。真琴は我慢してピートの回答を待つ。

だが、ピートは別の意味で差別主義者だった。

「わたしは肌の色や言語で客を差別したりしない。また、チャイニーズの香辛料で味蕾が麻痺していようが、ジャンクフードの食べ過ぎで味覚が三歳児で停止していようが一切差別しない。ミシュランの記者と同じものを食わせる」

「それなら八月二十八日という日付でメニューを絞り込むことができませんか。夏真っ盛りだから保存の利かない食材はなるべく避けるでしょう」

畳み掛けるようなグレッグの質問に、ピートが眉間に皺を寄せる。

「グレッグとか言ったな。さっきから色々訊いているが、いったい何を知ろうとしている。肩書はＣＤＣの捜査官らしいが、ウチの出したメニューに何か問題でも発生したのか」

「現在、調査中のケースなので詳細をお知らせすることはできません」

「それならさっさとＵターンしてくれ。ＣＤＣの関係者がウチを調べにきたなんて話が広まったら、あらぬ疑いをかけられる」

しばらくグレッグは考え込む素振りを見せた。ここで情報開示を渋って協力を拒まれるか、あるいは踏み込んだ事実を呈示して新たな情報を発掘するか。

「実はそのトウキョウの議員の中から寄生虫に蝕まれた患者が出ました」

「寄生虫だって」

ピートはさっと顔色を変えた。

「わたしの料理に寄生虫が潜んでいたというのか。くそ、何て言い掛かりをつけやがる」

「いや、言い掛かりではなく、可能性を示唆しているだけです」

「四年も前に来たんだろう。四年も潜伏している寄生虫がいるというのか」

「それが実在するのですよ、シェフ。しかもその寄生虫はヒトに対して殺傷能力を備えている。既に三人の人間が死亡している」

「その三人がその時の客だったのか」

「ＹＥＳ」

「だったら、この店の食材を疑うのは無駄だ」

「何故でしょうか」

「ウチが仕入れているのはユニオン・スクエアのマーケットだ。ウチ以外にもそこで買付けしているレストランも多い。いや、業務用に限らず一般客も同じくらいいる。万が一ウチのメニューから寄生虫が見つかったと言うのなら、ウチ以外のレストランやニューヨーク市内の一般家庭からはもっと大量の患者が出るはずじゃないか」

「その可能性は否定できません。しかしこの寄生虫は潜伏期間が長いのが特徴でしてね」

「それにしても寄生虫が発見されたのが現在に至っても、その三人だけというのは道理に合わない。もしウチが扱った食材に寄生虫の卵が紛れ込んでいたら、その三人以外にもっと被害が出ているはずだ。それをCDCが把握できないのか」

　ピートの主張にも一理ある。グレッグはまたも考え込む素振りをみせる。

「ではシェフ。参考意見として伺いますが、八月のメニューで生のまま提供する食材は何かありますか」

　グレッグの質問の意図は明白だった。エキノコックスは動物から排出される糞便から地表に撒かれ、野菜などに付着する場合がほとんどだ。従ってグレッグは、まず野菜の仕入れ先を疑っているのだ。

「その夏は、おそらく生ものを出さないようにしていた」

「何ですって」

「四年前、ニューヨークを襲った猛暑を忘れたのか」

「あ……」

「七月から気温三十五度以上の日が続いて、朝のうちに仕入れた生鮮食料品も五分外に晒しただけで腐っちまう。そんな危ないものを提供する訳にはいかないから、ニューヨークでも良心的な店は敢えてメニューからマリネや生サラダを外したんだ。もちろん野菜を全く使わない訳にはいかないから、ちゃんと火を通した。だから市内で食中毒が頻発してもウチや対策を立てたレストランでは一件も被害が出なかったはずだ」

グレッグの表情が困惑に染まる。当てが外れたのは真琴も同じだ。折角辿り着いた大きな手掛かりとばかり思い込んでいたのに、摑もうとした瞬間に手からすり抜けたような感覚だ。

「認めたくないだろうが、これは方向が違うぞ」

ピートはひどく真面目な顔をしていた。

「あんたたちの顔を見ていたら、これが大ごとだというのは理解できる。ＣＤＣが絡んでいるのなら、下手したら全米が巻き込まれるような事件なんだろう。だったら尚のこと、はっきりさせてやる。あんたたちは見当違いの場所を掘っているぞ」

これ以上話すことはないと一方的にピートから質問を打ち切られると、さすがのグレッグも肩を落として引き下がるしかなかった。

「確かにシェフの言う通りだ。このレストランを疑うのなら、同時にユニオン・スクエアのマーケットも疑わなきゃならない。だが、大前提として〈エクアトゥール〉が二〇一三年の八月に生野菜を使用していないというのが事実なら、リドラー局長、ゴンドウ、ミノワがエキノコックスに接触した場所はここではないことになる。我々は掘る場所を間違えている」

グレッグは眉間に刻んだ皺を更に深くする。視察団一行とリドラー局長を繋ぐ糸は〈エクアトゥール〉を出てからは途切れてしまう。ここが最後の、そして最大の手掛かりだったのだ。

「視察団と異なり、こちらで公職の地位にいたリドラー局長の行動は記録に残されている。アマリアの証言通り、翌二十九日にリドラー局長は検死局に出勤して通常業務に従事している。〈エクアトゥール〉が空振りだとしたら、いったい三人はどこでエキノコックスと接触したんだ」

グレッグの声がひときわ大きくなる。すると間がいいのか悪いのか、ちょうどその時バックヤードに一人のウエイトレスが入ってきた。先刻、ピートに取り次いでくれたステファニーだった。

「君の休憩時間だったか」

意外に気が利くのか、グレッグは申し訳なさそうに腰を浮かせる。

「場所を占領して済まなかった。我々はもうじき、ここを出るから」

「すみません。実は今の話、聞こえてしまって」

今度はステファニーが申し訳なさそうにしていた。

「ずいぶん前からドアの前に立っていたんだけど、シェフの声が聞こえたから」

「……全部聞いていたのかね」

「トウキョウからやってきた議員の中から寄生虫に寄生された人がいるってところから」

参ったな、とグレッグは頭を掻く。

「シェフにも口止めしておいたんだが、まだ調査の途中でね。寄生虫の件で我々がこの店を訪れたことは君も黙っていてほしい。親しい友人に洩らすのも駄目だ。妙な噂が広まれば〈エクアトゥール〉に迷惑がかかり、結果的に君がここに居づらくなるぞ」

穏やかに頼んでいるような口調だが、その実脅している。何ともグレッグらしいやり方だと思ったが、ステファニーが意外な反応を見せた。

「その、トウキョウからきたお客さんなら憶えています」

「What?」

「中の一人がリドラー局長と呼ばれていました。他の人たちは日本語を喋っていましたから、多分その人たちじゃありませんか」

「君は日本語が分かるのか」

「アジア系のお客さんが来店すると、わたしが皿を持っていく係なんです。他のウエイトレスが嫌がるものだから……中国語と韓国語、それから日本語の区別くらいはつくようになりました。意味はほとんど分かりませんけどね」

俯き加減になったステファニーにキャシーが尋ねる。

「アジア系のお客専属になったのは、あなたもマイノリティだから？」

「イタリア系。このお店、結構そういうのが日常的になっているんです」

「しかしオーナーシェフのピートは、フランス系には見えないのですけど」

「シェフが特に差別主義者という訳じゃないんです。五番街に出店する一流フレンチ・レストランだから、スタッフもフランス系の人間を多くしたら、結果的にこんな風になっちゃって……」

真琴はここでも言葉を失う。日本にも民族的な差別が皆無とは言えないだろうが、こうまであからさまなことは横行していないだろう。

「そのお客さんたちは〈エクアトゥール〉でのディナーが最後だと言ってましたよね」

「ああ、少なくとも記録ではそうなっている」

「違いますよ」

ステファニーはけろりとして言う。対するグレッグは目を丸くしていた。

「どういう意味だ」

「ひと皿ひと皿運んでいると、それまでお客さんたちの交わしていた会話の一部が聞こえます」

「ああ。それは有り得るだろうな」

「それで聞こえたんです。ディナーの終わった後、そのメンバー全員で次に行く場所が決まっていたみたいなんです」

「何だって」

グレッグは腰を浮かせ、ステファニーの肩を摑んだ。

「まだ後のスケジュールがあるから満腹にしない方がいいって」

「どこに行くと言っていたんだ」

するとステファニーは何故か俯いたままでその場所を口にした。

「990アパート……」

その言葉を聞いた途端、グレッグとキャシーは同じ反応を示した。まるで共通の禁忌に触れたような、当惑気味の表情だった。話の成り行きからそれが建物を示すことは分かるが、真琴が初めて聞く単語だった。

「キャシー先生。990アパートって何なんですか」

ところが、いつもは打てば響くようなキャシーがなかなか答えようとしない。奇妙に感じていると、キャシーの躊躇い（ためらい）を見かねた様子でグレッグが代わりに答えた。

「マコトは全く知らないのか」

「はい、全然」

「990アパートというのは、その場所がマンハッタン990　6アベニューだったからついた別名だ」

「やっぱりアパートなんですね」

「コリアンの売春宿だった」

今度は真琴が沈黙した。

「『だった』と過去形で言ったのは、既に990アパートは摘発されているからだ」

グレッグが殊更（ことさら）説明口調で話した概要はこんな具合だった。

二〇一四年一月三十日、ニューヨーク州検事局はマンハッタン三十四番街の売春宿を急襲して韓国人十六人を含む合計十八人の男女を逮捕した。彼らの容疑は売春と斡旋の他、麻薬の密売とマネーロンダリングも含まれていた。

本拠地であったマンハッタンの990アパートは高級ホテル並みの内装を整え、マネージャーが電話やインターネットを介して顧客を招き入れていた通り、990アパートの提供するのは売春だけに留まらず、セックスに付随した酒と麻薬がサービス・パックとなっていた。そうなれば当然、客一人当たりの単価も高くなる。逮捕された時点で990アパートがそれまで稼いだカネは少なくとも三百万ドル（約三億六百万円相当）に達すると推定されていた。

「元々、コリアタウンを中心に売春組織が活動しているのは知れ渡っていた。それが摘発に動くきっかけになったのは二〇一四年二月にスーパーボウルが控えていたからだ。全米から押し寄せる観客にニューヨークの恥部を見せることはできない。もっとあからさまに言えば、コリアンにこれ以上儲けるチャンスを与えるなという検事局の意思が働いていた」

真琴は密かに溜息を吐く。犯罪の検挙にまで差別感情が作用しているかと思うと、警察のありようが正しいのかどうかもあやふやになってくる。

「ヤツらは宣伝に、スタッフの中にジャパニーズの女性がいることを謳っていた。いやマコト、そんな顔をしなくてもいい。検挙された容疑者たちの中にジャパニーズは一人もいなかった。ジャパニーズのスタッフ云々というのも、実際はコリアン女性がジャパニーズを騙(かた)っていただけだったんだ」

何を勘違いしたのか、グレッグは慌てて説明を加えた。だが真琴が顔を顰めたのは、日本人女性の話が出たからではない。このニューヨークという世界最先端の都市に、性をビジネスとする産業が未だ存続していた事実そのものが不快だったのだ。

だが、真琴の不快さは次のグレッグの言葉で別の不快さに変貌した。

「スタッフの中にジャパニーズはいなかった。しかし当局が押収した顧客リストの中にはジャパニーズの名前が散見されたらしい」

グレッグは憐れむような目で真琴を見た。

「単に顧客リストに名前が載っていただけで、顧客側が麻薬を使用した証拠にはならなかった。中には酒と麻薬で前後不覚になったところを、クレジットカードの盗難に遭ったり、法外なサービス料を請求されたりした者もいて、言わば被害者の立場の者も少なくなかったから、当局も顧客一人一人に事情を聴取するまでには至らなかった」

「権藤さんたち視察団とリドラー局長も顧客だったということですよね」

「二〇一三年八月の段階で『990アパートに行く』というのは、取りも直さずそういう意味だ」

おそらく、とキャシーがその後を継ぐ。

「視察団とリドラー局長は990アパートで何かを飲食するつもりだったのかもしれませんね。コカインの吸引に慣れていない初心者には、食事や飲み物に混入するというのが常套手段です」

妙に詳しいので思わずキャシーの顔を見ると、本人はゆるゆると首を横に振る。

「スパニッシュハーレムでは国歌よりも知られていた常識なのですよ」

「参ったな」

グレッグは額に手を当てて呻く。

「容疑者逮捕の後、990アパートは売却されている。売春組織の痕跡も残っていないし、顧客名簿を含めて資料という資料は全部当局が管理している」

「でも、それなら検事局に照会をかければいいじゃないですか。逮捕された関係者の何人かは、まだ収容されたままなんですよね」

するとグレッグはひどく憂鬱（ゆううつ）そうな顔をこちらに向けた。

「マコト。ニッポンの役所は情報開示の点で先進国ではないと聞いた」

「……否定しません」

「それでは逆に合衆国が情報開示に積極的な国だと思うか？　もしマコトがそう考えているのなら認識違いも甚だしいぞ」

2

どうやらアメリカという国は、真琴が思い込んでいたほど自由でも開放的でもないようだった。

ステファニーからの証言を得たグレッグが、早速ニューヨーク州検事局に〈990アパート事件〉の捜査資料照会を要請したところ、すげなく拒否されたらしい。

「まだ被疑者全員の裁判が終結していないのが、その主な理由だとさ」

真琴とキャシー、そしてグレッグの三人はペギョンから臨時の対策室として与えられた別室に籠もっていた。

グレッグは不貞腐れたように言う。

「無論、マスコミで報道された内容と法廷で明らかになった事実は文書になっているから閲覧自由ときた。ふん、こっちはそんな手垢のついた情報を欲しがっているんじゃない」

「エキノコックスについて検事局は何と言っているんですか」

「『因果関係が証明されていない事案のために、資料を提供するのは困難だ』」

「そんな。こっちには光崎教授の解剖報告書だってあるのに」

「いいかマコト。プロフェッサー・ミツザキは法医学の世界的権威だ。検事局の中にも、もちろん彼のシンパは存在するだろう。しかし990アパート事件には二つの外的要因が働いていて、それが情報開示を困難にさせている」

「どういうことですか」

「まず一つには990アパートがマネーロンダリングも行なっていたという事実だ。売春組織は稼いだ三百万ドルをいったん市中銀行へ預けたり、下部組織のNPO団体に流したりしている。ところがこのNPO団体というのが某上院議員と繋がっているから根は深い」

「政治的圧力という訳ですか」

「二つ目はこれも一種の政治的圧力だが、逮捕された十八人のうち現在係争中なのは十人。有罪が確定すれば最低八年から最高二十五年の懲役刑だから被告人も必死だ。弁護団の何人かは被疑者たちの多くが母子家庭であること、生育環境が劣悪であったことを理由に無罪を主張しているが、この弁護団には厄介な後ろ盾がついている。韓国系の上院議員たちだ」

うんざりとした口調に、アメリカの人種事情が透けて見えるような気がした。

「彼らは徒党を組んで、逮捕された韓国人全員が保護されるべき対象と主張している。売春も麻薬売買も、この国に根付く差別構造が生んだ悲劇であり、逮捕された売春婦たちはむしろ被害者だという立場だ」

抑揚のない発音で、グレッグがこの理屈をまともに受け取っていないのが分かる。

「確かに売春や麻薬販売にそういった社会的側面があるのは否定しない。しかしその理屈に正当性を認めれば、そのうち全ての犯罪は貧困と差別が原因になってしまう。警察も検察も裁判所も存在意義がなくなり、全ての責任を国と政府に負わせるようなものだ」

グレッグ、とキャシーが冷めた声で遮った。

「ここは個人のポリシーを闘わせる場所ではありません」

「これは失礼。とにかく今説明した通り、990アパートの事件は未だ非公開の部分が多い。問題の二〇一三年八月二十八日にしても、その夜リドラー局長たちに何が振る舞われ、どんなサービスが為されたのか。麻薬摂取とペアになる話だから、おいそれと外に出せないという訳さ」

「直接、売春組織の人から訊き出せれば一番いいんですけどね」

「係争中の十人は地方裁判所の勾留施設に収監されている」

「それなら不起訴になった後の八人を」

「組織が壊滅しているから、どこに住んでいるのかも分からない。もちろん警察当局は居所を掴んでいるのだろうが、おそらく教えてはくれない。この八人は泳がせているだけで、依然当局の監視対象者だろうからな」

他に手段はないのか——焦燥に駆られ始めたその時、真琴のスマートフォンが着信を告げた。

アメリカに来てから初めての着信に戸惑いながら表示を確かめると、発信者は〈古手川〉とある。

通話ボタンをすぐに押した。

「古手川さん?」

『遅くに悪い……ああ、時差があるんだっけ。そっちは何時だよ』

別れたのはわずか数日前なのに、もう一カ月近くも話していなかったような懐かしさを覚える。

「こっちは朝の九時ですよ」

『じゃあ早くに申し訳ない、だな。そっちで何か判明したかい』

古手川がこんな訊き方をする時は、大抵進展がない時だ。

「城都大に入院した五人から、めぼしい話は訊けてないみたいですね」

『うん。光崎先生が例のごとく議員一人一人と折衝している』

「折衝、ですか」

『うんとソフトな言い方だとそうなる。ところが五人とも妙に結束が固くて、比較的気の弱そうな志毛でさえが頑として口を割らない』

「割らない理由、分かりました」

真琴は視察団とリドラー局長がディナーの後、990アパートに向かった経緯を説明する。すると電話の向こうで古手川は、案の定悪態を吐いた。

『都民の税金使って買春ツアーか。ただの物見遊山より、ずっとひでえ。滑井たちが黙秘を続けるのも道理だ……しかし待てよ……真琴先生、どう思う』

「どう思うって」

『買春に麻薬。国内で知られたら、そりゃあ非難囂々で、議員辞職はもちろん逮捕要件にだってなる。でも、光崎先生がやっている医者流の脅しにも屈しないというのは、何か変だとは思わないか』

「議員辞職と逮捕でもずいぶんな犠牲じゃないですか。家族を持った人なら尚更でしょう」

『それはそうなんだが、光崎先生が交渉材料に使っているのは本人たちの命だ。言い換えたらあいつら、自分の命と交換してでも買春と麻薬使用の事実を隠蔽しようとしている訳だけど、命を張るような秘密だと思うか』

古手川の言わんとすることは理解できる。

「じゃあ、古手川さんは、まだ他にも理由があると考えてるんですね」

『ああ。少なくとも買春や麻薬使用よりも、人に言えない秘密。たとえ寄生虫に腹を食い破られてでも言えない秘密があるんじゃないのか』

まさかと思ったが、古手川の指摘も頷けない話ではない。旅の恥は掻き捨てどころか、調べれば調べるほど視察団の厚顔無恥さが明らかになっていくので、真琴には何ら否定する材料がない。

その上でこちらの進捗状況を伝えると、いつもの声が返ってきた。

『縄張り意識って言うか、タテ割り行政の弊害って言うか、その辺りの事情は日本もアメリカも大差ないなあ』

「大差ないなら、こっちにきて調査しますか」

『真琴先生の話を聞いている限りじゃ、言葉が通じるだけまだこっちの方がマシかもな』

一度、あの直情径行型の刑事とグレッグを引き合わせてみたいと思ったが、口にしないでおいた。二人とも似たところがあるので、言葉さえ通じれば結構いいコンビになるのではないか。

『とにかく視察旅行の実態が買春ツアーだったのは進展に間違いない。これを材料に、もう一回あのクソ議員たちを絞ってみる。また何か分かったら連絡してくれ』

「十三時間の時差はどうしますか」

『この仕事に夜も昼もないのは、いい加減知ってるだろう』

子供のようにむくれた顔を想像した途端に電話が切れた。

スマートフォンを仕舞う際にキャシーと目が合った。

「定期連絡ですか、真琴」

「そんなんじゃありません」

「遠距離恋愛、でしたか」

「ますます意味が遠ざかってます」

　日本では古手川と光崎が苦戦している旨を伝えると、キャシーは顔を曇らせた。

「ボスが交渉に当たっても進展がないというのは、よほどの理由ですね。古手川刑事の指摘は的を射ているかもしれません」

「だけど物見遊山の視察旅行で、まさか買春や麻薬使用以上の犯罪なんて起こすんでしょうか」

「これはアメリカも日本も変わりないと思いますけどね、ハートの中にルールを持っていない人間は、羽目を外すと際限なく外れていきます。自分を知る者のいない旅先なら尚更そうでしょう」

　旅先で一般市民がいきなり無法者に変貌する例は枚挙に暇がない。これは国民性よりは人間性の問題なのだろう。それではあの視察団とリドラー局長の人間性はいったいどのようなものだったのかを考えると、真琴は人間不信に陥りそうになる。

　ところでグレッグ、とキャシーが向き直った。

「収容されている被告人たちとの面会は本当に不可能なのでしょうか」

「絶対に不可能とまでは言わんが、時間が掛かるのは確かだろう。ＣＤＣは捜査権をある程度認められているが、強制力まではない。司法当局とのパワーバランスでは圧倒的に不利だ」

「起訴を免れた八人は監視つきの可能性が高いんですよね」

「司法取引を含めての不起訴だ。利用価値が残っているなら、監視の目を緩めるとは考え難い」

「その八人、逮捕された時点での住所は分かりますか」

「それくらいは当時の記録に残っていると思うが、何をするつもりだね」

「わたしもスパニッシュハーレムの出身だから分かりますが、結局彼らに新しい居場所というのはあまりないのですよ」

キャシーの言葉にはどこか切なさが混じっていた。

「刑務所から出てきても、前科がついていたらどこも雇ってくれない。気の置けない友人も作れない。だから犯罪の温床であろうと、また悪い仲間から誘われるのが分かっていてもスパニッシュハーレムに戻ってくるしかない。そういう事情は990アパートでスタッフとして働いていた人間も同じだと思うのです」

「コリアタウンか」

「行ってみる価値はあると思います」

少しの間天井を眺めていたグレッグは、あまり迷う様子も見せずに立ち上がる。

「それなら早い方がいい」


コリアタウンのメインストリートはブロードウェイと五番街の間、三十二丁目に位置している。ほんの一ブロックの中に様々な飲食店やスーパーの入ったビルが林立しており、看板にもハングル文字が躍っている。ただし街並みはどちらかと言えば地味で、東京で言えば新宿三丁目伊勢丹(いせたん)前の風景に似ていると真琴は思った。

９９０アパートの事件で不起訴となった八人のうち、コリアタウンかその周辺に住所があったのは三人。グレッグたちはその三人の許を訪ね歩いたものの、最初の二人は不在だった。近隣住人に訊いたところ、家を空けることが多く、滅多に姿を見ないという話だった。

「どうせまた同じ仕事してんだよ」

近隣の者は皆、そう言った。

「今更他の仕事なんてできる訳ないじゃない。９９０アパートが摘発されたって、そういう商売はすぐに新手が出てくるしね。あの子はそこで再就職するのさ」

聞きながら真琴は反感を覚えたが、近隣住人の言ったことは満更間違いではないとキャシーが補足した。

「悲しいことにそれが現実なのですよ、真琴。彼女たちの多くは物心つく頃から売春組織にスカウトされ、二十代三十代を過ごします。そうなると他の仕事を覚える機会を失くしてしまい、新しい職業に馴染めず、結局元に戻ってしまうのです」

「職業訓練のシステムはないんですか」

「ありますよ。でも９９０アパートくらいの組織ならスタッフにも高給を保証していたと思います。それこそ一日中スーパーのレジ打ちをしているのが馬鹿馬鹿しくなるくらいのサラリーです」

キャシーの説明は逆らいがたく、異邦人であるはずの真琴の胸を重くする。教育と就職と収入。この三つが常に相関し合い、人の運命を決めてしまうのはどこの国でも同じだ。

だが中にはキャシーのように、境遇に抗い自分の望む場所を獲得する者もいる。その違いは何に起因するのだろうかと、ふと思う。

「三人目がちゃんと在宅してくれればいいのだが」

先の二人で空振りしたグレッグは、早くも弱気だった。だがキャシーはと見ると、失意や絶望などおくびにも出していない。これはおそらくキャシーの生き方に無関係ではないだろう。

この国を訪れ、キャシーの育った場所を見て、改めて彼女の強靭さを思い知った。本人から詳細を聞かなくても、スパニッシュハーレムの少女がコロンビア医大に入学するまでには、想像もできない苦労があったはずなのに、本人はあまり自分語りもせず、光崎の許で嬉々として仕事をしている。彼女の魂の一部に触れただけでも、今回の旅には意味がある。

飲食店で賑わうメインストリートから裏通りに回ると、アパートが軒を並べるようになる。グレッグは番地の表示を確かめながら対象者の住まいを探す。

三人目はユン・ボヒョン、三十八歳。990アパートでは売春婦としてではなく、それこそ客の案内や施設の清掃を一手に担っていた文字通りのスタッフだった。売春行為をせず、麻薬売買に直接加担しなかった事実を考慮されて不起訴になったという経緯がある。

「頼むから、いてくれよ」

グレッグが期待を込めてノッカーを叩くと、果たして家の中から返事があった。

「どなた」

顔を出したユンは年齢相応の老け方をしていた。残酷だが、客を取るよりも雑用に専念させた方が使いであると判断されたのかもしれない。

　グレッグが身分と来意を告げると、ユンは怪訝な顔を見せながらも渋々三人を招き入れた。

「９９０アパートのことは一切合財捜査官に話したわよ。だから起訴もされずに出てこられた。今更、四年も前の話をほじくり返して何だっていうのよ」

「それは今説明した通り、事件とは別の問題が発生したからです。ＣＤＣとしては放っておくことはできません」

　キャシーも加勢に回る。

「お客に食事やドリンクを手配するのもユンの仕事だったんですよね」

「そうだけどさ。わたしは厨房に用意されたものを運ぶだけで、メニューの内容に関与したことは一度もないんだよ」

「では、お客の口に入れるものにコカインが混入されているのも知らなかったの？」

「最初からコカとプレイはワンセットだから、知るも知らないもないでしょ。マクドナルドの店員が、バーガーにピクルスが入っているのを知らないはずないのと同じじょ」

「別にあんたの余罪を追及しようというんじゃない。我々は四年前の八月二十八日、トウキョウからきた七人のジャパニーズプラス一人のアメリカ人が、何を口にしたか知りたいだけです」

「そんなものを記憶しておける女が、売春組織の雑用やってると思うの？」

「ジャパニーズの団体だ。何か印象に残っていることがあるでしょう」

「そりゃあ同じアジア人だから、コリアンとジャパニーズとチャイニーズの違いくらいは分かるわよ。でもね、ジャパニーズの団体が年に何回やってくると思う？　両手じゃ足りないくらいなのよ。第一、寄生虫って何よ。990アパートには寄生虫が蔓延していたって言いたい訳？　言ってておくけどわたしが掃除した後はトランプホテルの客室より清潔だったのよ。ああっ、本当にもうっ」

話の途中でユンは苛立ちを面に出し始めた。

「実名が報道されて、わたしの名前を覚えた人もいた。だから不起訴で釈放されたけど、しばらく働き口が見つからなかった。求人に応募しても書類ではねられた。非合法の組織にいたから社会保障がある訳じゃなし、今の職にありつくまでは家のあるホームレスみたいな生活だった。売春したのでもコカを直接売ったのでもないわたしが、いつまで990アパートに振り回されなきゃならないのよっ」

ユンの剣幕にグレッグもキャシーも黙り込んでしまった。単なる下働きだったユンが、990アパートの基幹部分であるはずもなく、質問の数々が本人の容量を超えているのを百も承知しているからだ。

「あなたたちもわたしがコリアンというだけで目の敵にしているんでしょう。こいつなら990アパートの悪事を全部知り尽くしていると思っているんでしょ」

「いや、そんなことはないが」

「嘘言いなさい。ニューヨークで何か大きな催事がある度に、市警や検事局は見栄えの悪い店をメインストリートから隠そうとする。普段だったら売春宿も必要悪だとか言って見過ごす癖に、スーパーボウルが開催されるからだって一斉摘発だよ。おまけにポシンタンまで作るなっていうんだから、とんだ自由の国だよ」

最後の叫びは一部共感するところもあったので、真琴は黙っていた。

だが次の瞬間、頭の中で一瞬閃き（ひらめ）が起きた。

明確な像を結ばない、不快な感触の手掛かり。

「あの、今ポシンタンと言いましたよね」

ユンは、初めて気づいたという目で真琴を見た。

「ああ。ジャパニーズのお嬢さんは馴染みがないわよね。最近じゃコリアンでも若い連中は食べたがらないっていうし」

ポシンタンが犬肉を野菜とともに煮込んだスープであるのは真琴も知っている。食べたことはないが、韓国では伝統的な料理であるのも聞き知っている。

「ひょっとして、ポシンタンをお客に出したことはありませんか」

「あるわよ」

ユンはあっさり答えた。

「ポシンタンは精がつくから、プレイの前に振る舞うことがたまにあった」

「振る舞ったのはスープだけなんですか」

「犬肉はどう調理しても精力剤代わりだから、パクチーと炒（いた）めたり、生で和（あ）え物（もの）にしたり色々出したわよ。ジャパニーズにはないメニューだけど、こっちもいちいち材料なんて説明しないから、大抵は何も文句を言わずに食べていたけどね」

固い唾が喉を流れるのが分かった。

「ユンさん、今からわたしのする質問、ゆっくり考えてから答えてください。いいですね」

グレッグとキャシーも同じことに思い至ったのだろう。息を詰めるようにして二人の会話に聞き入っている。

「わたしたちが問題にしている二〇一三年八月二十八日頃、スタッフかお客さんの中で肝臓がんを発症した人はいませんでしたか」

「肝臓がん。いきなり何を言い出すのよ」

「いいから思い出してみてください。そういう患者さんはいましたか。いませんでしたか」

自分では見えないが、結構な剣幕だったのだろう。ユンは真琴から顔を近づけられると、毒気を抜かれたように小さくなった。

そして天井を見上げて黙考していたかと思うと、うっすら顔を輝かせた。

「一人、いた」

「お客ですか」

「お客を取っていた女の子の一人でキムって娘。これからサービスをしようかっていう寸前、急に苦しみ出してそのまま病院へ直行。州病院で処置の甲斐なく急死して、後から聞いたら原因は肝臓がんだったって」

「その人も犬料理を食べていたんですか」

「そりゃあ食べてただろうね。一人一人に別の料理出すことなんてなかったし」

「それはその年の何月だったんですか」

「二〇一三年の四月十五日」

「どうして、そんな日付を正確に憶えているんですか」

「だってその日、ボストンマラソンで爆弾テロがあったからよ。ニュースでその現場が映し出されていて、みんなが口を半開きにしている最中にキムが呻き始めた。だから鮮明に憶えている」

　真琴の頭の中で思考が渦を巻く。

　エキノコックスは動物を宿主として媒介する。990アパートでスタッフや客に振る舞われていた犬料理に、件のエキノコックスの卵が混入していた可能性はないだろうか。

　エキノコックスが突然変異した原因までは不明だが、感染経路としては充分に有り得る。現に煮たり焼いたりだけでなく、生の和え物も食膳に供していたというではないか。熱を加えなかったのならエキノコックスの卵が死滅せず人体に侵入していく。

　注目すべきはキムという売春婦が権藤たちと同様の死に様だった事実だ。真琴の勘が正しければ、エキノコックス突然変異体は既にその頃誕生していたことになる。

「そのキムさんの解剖報告書は残っていませんか」

「知らないわよ、そんなもの。マネージャーには渡されたかもしれないけど、スタッフのわたしたちが知るはずないじゃない。マネージャーもキムはアルコール依存症だったからって言ってたし」

ここでもリドラー局長と同じケースが発生している。エキノコックス症が認知されていないがため、死因がただの肝臓がんと片づけられているのだ。

「でも、そのことならわたしなんかよりずっと詳しい人がいるはずよ」

「えっ」

「だってキムの死体も、検死局が解剖しているはずだもの」

3

「それなら解剖報告書は検死局で確認できるな。しかし犬か。納得できるストーリーだ」

グレッグは一度だけ深く頷く。

「いくら突然変異体といっても、成長スピードと毒性を持っていること以外は通常のエキノコックスと生態が同じだったからな。最初の宿主が犬というのはオーソドックスだ。しかも火を通さない料理だと。まるで寄生してくれと言っているようなものじゃないか。それで、犬を食べて何かしらの異状を示したのは、キムというスタッフだけなんだな」

「わたしが知る限りではそうね」

「確認したいが、スタッフや客に出す料理はケータリングではないんだな」

「いい腕のコックを雇っていたし、厨房も立派なものだった。誤解してもらっちゃ困るけど、990アパートというのはただの売春宿じゃなくて、ＶＩＰ御用達の高級な施設だった。専門の厨房があるのは当然でしょ」

「ではキムと同じ犬料理を食べたのは、スタッフと客に限定される訳だな」

「限定と言われると……」

「そうじゃないのか」

「たまにコリアタウンの住人が遊びにくることがあった。元住人もね。店でやっている商売とは別に、厨房で腕のいいコックが作る韓国料理を振る舞うこともあった。韓国人同士、というかコリアタウンというコミュニティは繋がりが濃厚なのよ」

「キムの病死があってからも、そうした部外者の出入りは続いたのか」

「だからさ、たまにって言ったじゃないの。そんなの一カ月に一度か二度よ」

「それならよし」

グレッグの質問の意図は明らかだった。９９０アパートで犬料理を食した者を特定し、その身柄を確保するつもりなのだ。

幸いにして同店のスタッフの大部分は市当局によって居住地が特定されている。たまに出入りしていた第三者も近所の人間だから確保も簡単だ。客にしても９９０アパートを検挙した際に押収した顧客リストがあれば、その多くを押さえられる。

問題は犬料理を調理する以前だ。

真琴の思いつきそうなことはすぐにキャシーも考えつく。キャシーはいくぶん満足顔のグレッグに注意を促す。

「捜査官。キャリアの選別も重要ですけど、感染源を特定できなければ被害は拡大する一方ですよ」

「分かっている。ユン、犬料理に使う食材もユニオン・スクエアのマーケットから仕入れているのか」

「まさか。確かにあそこの品揃えは壮観だけど、軒先に犬が吊るされている光景なんて、見たことないでしょ」

「犬肉だけは調達先が違うのか」

「犬に限らず韓国料理でしか使わないような食材は、専門のケータリング業者から仕入れていた。犬料理、詳しい？」

「Ｎｏ」

「本来はチャウチャウだけが国際的に認知された食用犬なんだけど、本国とかコリアタウンではヌロンイを使うことが多い」

「ヌロンイ？」

「正式にはコリアン・イエロー・スピッツ。だけどほとんどの韓国人は〈黄色の雑種犬〉くらいの意味合いで呼んでいる。それでも、まあ種類は選んでいるわ。犬なら何でもＯＫという訳じゃない。まさかそこいらをうろついている野良犬をとっ捕まえるような真似なんてしないし。だからそのケータリングからちゃんとしたヌロンイを調達した」

「毛のついた状態で配達されてくるのか」

「いいえ。こちらに捌かせるような手間はさすがにね。店に届けられた時点で皮は剝かれ、各部位に分けられていた」

　グレッグは呆れたように首を横に振る。考えていることは手に取るように分かる。イエロー・スピッツと称しているにも拘わらず、皮を剝いでいたのでは見分けのつけようがないだろう。

「そのケータリング業者の名前を憶えているか」

「〈ペダル・ニューヨーク〉。コリアタウン一帯の店をお得意さんにしていたから、今でも営業していると思うけど」

「ちょっと待ってくれ」

　グレッグは自分のスマートフォンを操作した後、得心の笑みを浮かべる。

「Ｙｅａｈ！　まだ店は存続しているぞ」

　この後の行動も分かる。早速〈ペダル・ニューヨーク〉に乗り込んで、食用犬の仕入れ先を特定するつもりだ。

「とにかくコリアタウンに持ち込まれた犬が感染源であるのは、ほぼ確実だ。それなら防疫も可能だ」

　長居は無用とばかり、グレッグは部屋から出ていく。行き先は検死局と決まっている。もちろんその目的は、キムの解剖報告書を閲覧して彼女の死がエキノコックス症であったことを確定させるためだ。

　真琴とキャシーは引き摺られるようにして、グレッグに続く。

「Ｏｈ　ｍｙ　ｇｏｄ！」

局長室でグレッグから報告を聞くなり、ペギョンは天井を仰いだ。

「四月十五日、９９０アパート、キム・ヒョンジン。検死を担当したのはわたしよ」

「解剖して、異状に気づかなかったの」

同窓生が狼狽気味だというのに、キャシーは一向に容赦がない。

「ちょっと待って。記録を引っ張り出すから」

慌てた様子で自分のパソコンを開き、過去の解剖報告書を検索する。まるで教師に手痛いミスを指摘された生徒のようで、真琴の目にはどこか微笑ましく映った。

やがて該当のページに行き着いたのだろう。ペギョンは怒りと羞恥の混じった目でしばらく画面を睨みつけていた。

「肝臓実質は繊維成分が多い顆粒状で、肝臓全体がやや肥大。半分近くががん細胞に侵され、実質に浸潤している。そして患部の下部に小嚢胞。典型的な肝細胞がんの症状だったから注目しなかったけど、この小嚢胞が……」

キャシーはペギョンの背後に回り込み、画面を指差す。

「そう、これがエキノコックスの潜んでいる小嚢胞。ウチのボスが最初にエキノコックスを発見した症状とよく似ているわね」

「キャシー、キムの死因はエキノコックス症によるものと断定していいか」

グレッグの問い掛けに、キャシーは深く頷く。

「解剖報告書を見ても、ゴンドウやミノワのそれと多くの点で一致します。死亡の寸前まで自覚症状がないのも、急激に痛みを訴えて悶絶するのも同じ。ワタシはエキノコックス症と判断します」

「Ｄａｍｎ　ｉｔ！」

ペギョンは悔しそうに唇を歪める。

「リドラー局長の時には小嚢胞の下に隠れていたエキノコックスを見つけられたけど、これは完全に見落としていた。わたしとしたことが、これは取り返しのつかない失態ね」

「失態というほどのものではないと思います」

慌てて真琴がフォローに回る。自分たちの持ち込んだ問題でキャシーの友人に迷惑が掛かるのは申し訳ない気がした。

「最初のケースでも、光崎教授だからこそエキノコックスを発見できたんです。わたしたちが間近で見ていても全然分からなかったんです」

「慰めてくれようとしているのは有難いのだけれどね、マコト」

ペギョンはじろりとこちらを睨む。彼女が初めて見せる屈辱に塗れた目だった。

「検死局に勤める人間が本当の死因を看過していたのでは、何の弁解もできないのよ」

「でも解剖はペギョンさん一人が担当するんじゃないのでしょう」

「一つのチームはわたしを含めて三人。言い換えれば三人全員が死因を見誤ったということよ。

情けないにも程がある」

場の雰囲気が重くなったのを慮ったのか、グレッグが陽気な声を上げた。

「だが、これでエキノコックスの感染経路が見えた。〈ペダル・ニューヨーク〉が全ての元凶と考えてよさそうだ。後は食用となったコリアン・イエロー・スピッツの捕獲場所とコリアタウンを中心としたエリアに防疫態勢を敷く」

「グレッグ捜査官。防疫態勢といっても、エキノコックスへの対処法はせいぜいプラジカンテルを沁み込ませたベイトを散布するくらいですよ」

「マコト。ジャパンではパンデミックが発生しても、感染区域が比較的狭い地域に限定されるだろう」

過去に日本を襲ったO－157や鳥インフルについて言及しているらしい。発生時、感染区域は広範囲だった記憶があるが、アメリカ人のグレッグには狭小に思えたのだろう。

「狭い区域であれば薬剤散布だけでも事態は終息に向かう。だが感染が広範に至る場合、CDCは感染源の根絶までを視野に入れる」

グレッグは人差し指を立てる。何やら物量に訴えるような物言いが気になったが、CDCにはCDCなりの方針があるのだと思い真琴は黙っていた。

「これから我々は〈ペダル・ニューヨーク〉に急行する。よかったら局長代行も同行するか」

「いえ、わたしは結構です。キムの死亡事故以前にも同様のケースがなかったかどうか、再度調査してみるので」

想定内の回答だったらしく、グレッグはそれ以上誘うこともせずに局長室から出ていく。行動の早さは古手川以上だと、真琴は妙なところで感心する。

〈ペダル・ニューヨーク〉の店舗はコリアタウンの外れ、メインストリートから離れた場所に建っていた。

仕入れを専門にしているのか、店頭に食材は見当たらない。代わりにハングル文字で書かれた品書きのようなものがガラス窓に張り巡らされているが、真琴にはどれ一つとして解読できない。

店内に入った瞬間、異臭が鼻腔に流れ込んでくる。ヨモギと唐辛子、そして精肉の臭いが混然一体となった臭気だった。

おそらくウナギの寝床のようになっているのだろう。間口が狭い割に奥行がある。漂う臭いも濃厚だが、飛び交う言葉も高密度だ。ざっと見たところ七人ほどの従業員が箱を抱えて行き来しており、交わしている言葉はどれも大きくて甲高い。

グレッグが近くを通りかかった従業員を捕まえ、いきなり話し掛けた。

「店主はどこにいる」

身分証を提示して面会を求める。しかし英語が操れないのか、従業員はまごついてばかりでさっぱり要領を得ない。

「誰か英語を話せる者はいないのか」

周囲の会話に負けまいと、グレッグは殊更に大きな声を上げる。仕事の邪魔だとでも捉えたのか、グレッグの周りに従業員が集まり出して剣呑な雰囲気となる。

「これ、いったいどうなるんでしょうか」

不安になってキャシーに近寄るが、さすがに元ニューヨーカーは平然としている。

「放っておけばいいです。こういう場合は数よりも声の大きい方が勝ちますから。理不尽と思うでしょうけど、異民族間の交渉というのは大抵そんな具合です」

しばらくグレッグと従業員たちの攻防が続いたが、やがてキャシーの予言通り騒ぎは収まり、奥から腹の出た中年男性が現れた。従業員たちの態度から察するに、この男が店主なのだろう。

「オーナーのミョン・ハヌルです」

短髪に白いものが混じり、猜疑心も露わな目が印象的だった。

「CDCのグレッグ・スチュアートだ。今は廃業してしまったが990アパートに食材をデリバリーしていたのはこの店だな」

990アパートの名前が出ると、ミョンの目が一層険しくなった。

「あそこに限らず、ウチはコリアタウンで一番シェアを持っていますよ。それがどうかしましたか」

「コリアン・イエロー・スピッツも配ったな」

「韓国ではオーソドックスな食材だ。州法にも条例にも反していない」

「違法かどうかで調べている訳じゃない」

グレッグは９９０アパートで寄生虫の感染があった旨を簡単に説明する。エキノコックスという具体名や死亡者が出たことを伏せているのは、これ以上ミョンの警戒心を煽りたくないからだろう。

「寄生虫ですか。まあ肉類は火を通すのが原則ですが、お客の嗜好もあるんでねえ。内臓をそのまま食べるのを好む客だっている。それでわたしたちに文句を言うのは責任転嫁ですよ」

「食い方の責任をあんたに問うつもりなんかない。犬肉の現物を確認したいだけだ」

「精肉になったものを確認するだけなら……」

ミョンは一瞬、後ろを振り返る。

「そっちにあるのか」

グレッグは返事も聞き終らないうちに進み出る。ミョンの身体を押し退けて、ずんずん奥へと入っていく。

隠し立てされる前に現場を押さえようという肚なのだろうが、行動パターンがますます古手川とそっくりに見えてきた。

「あなた、何を勝手に人の店を」

慌てて駆け出したミョンのすぐ後を、真琴とキャシーが追う。食材保存のためか、奥に行けば行くほど室温が下がる。真琴は不謹慎ながら、不意に法医学教室の解剖室を思い出した。

「待ってください。いくらＣＤＣだからといって、店の中に無理やり立ち入る権利なんて」

ミョンが懸命に追い縋るが、グレッグは伸びてくる手を邪険に払い除けながら尚も突き進んでいく。

穀物と野菜のコーナーに辿り着いた時、獣臭が鼻を突いた。向こう側には吊るされた肉片が見える。遠目からでも分かる。皮を剝がされた形状は、明らかに牛や豚・ニワトリなどの見慣れたものではない。

頭部を見て、すぐに犬の全身だと知った。

つい、真琴の心は挫ける。他国の食文化に偏見は持つまいとしても、普段ペットとして扱われている動物が食用の肉塊として吊るされているのを目の当たりにすると、さすがに視線を逸らせたくなる。

だが精肉コーナーに近づくにつれ、その居心地悪さはいきなりとんでもない恐怖と禍々しさに変わった。

吊るされた肉片の真下には子供の背丈ほどの檻が設えられており、その中に数匹の犬が放り込まれていたのだ。

生と死を隔てるものは網一枚きり。檻の中の犬たちは、既に自分たちの運命を知っているかのように力なく伏せている。

檻の前に立ったグレッグは、中を覗き込む。

「ふん。ビフォア、アフターか」

グレッグも真琴と同様に感じたのだろう。嫌悪感も露わに中の犬たちを観察する。

「困りますよ、こんなところまで来てもらっちゃ」

ミョンは抗議の言葉を口にするが、檻の中を注視するグレッグに気圧(けお)されて最後まで続けられない。

「Ｈｅｙ、オーナー。俺の目はどうかしちまったのかな」

先刻とは一転、低く地を這(は)うような声だった。

「コリアで食用とされるのはコリアン・イエロー・スピッツ。ただし厳密ではなく、多くのコリアンは〈黄色い雑種犬〉くらいのニュアンスで捉えていると聞いた。だが、この檻の中で項垂れているヤツらを見ろ。黄色もいるが黒も白もいる。確かにニューヨークは人種の坩堝だが、お前さんは犬にも平等主義を発揮しているのか」

檻の中を指差され、ミョンは聞こえよがしに舌打ちをする。

「〈黄色い雑種犬〉というのも、最近はもっと意味が曖昧になってきているんです。ちょっと乱暴な言い方になってしまいますけど、皮さえ剝いてしまえば白も黒も黄色も一緒ですしね」

「ひと皮剝けば皆同じ、か。キング牧師あたりに聞かせたい台詞だな。だが、これはどういうことだ」

グレッグの声は尚も低い。

「どいつもひどく汚れている。こりゃあ檻の中の汚れじゃない。妹が犬を飼っているから分かる。こいつら、食用犬として仔犬の頃から育てたんじゃあるまい」

次にグレッグが見せた怒りは職業的な憤りを超えているように見えた。

「貴様、野良犬を食用犬として売っていたな」

グレッグの腕が伸びてミョンの胸倉を摑み上げる。身長差がかなりあるので、ミョンが吊り上げられたかたちになる。さっきまでわずかに虚勢を張っていたミョンも、怯え出した。

「乱暴しないでくれ」

「じゃあ答えろ。この犬たちをどこで捕獲してきた」

「……ダウンタウン」

喉を圧迫されて、呻くような声で言う。

「ダウンタウンに行けば捨てられた犬がいつも何匹かうろついている。ダウンタウンで見つからない時はハドソン川まで足を延ばせば、大抵Ｑｕｏｔａ（ノルマ）を達成できた」

「野良犬を食用にするだけじゃ飽き足らず、Ｑｕｏｔａまで決めていたのか、このクソ野郎」

怒りの中に呆れが滲んでいた。怒り呆れたのはキャシーも同様らしく、腕組みをしたまま汚物を見るような目で宙づりのミョンを眺めている。

そして真琴はといえば、ただひたすら檻の中の犬たちが憐れでならなかった。生まれ落ちた時から野良だった犬もいるだろうが、その多くは捨て犬だろう。かつては人間からエサをもらっていたのに、今や自らが人間たちのエサになろうとしているのだ。檻の中の彼らがしょげ返って見えるのは、決して真琴の気のせいだけではあるまい。

「話しぶりからすると、捕獲のコースは決まっていたようだな。その巡回コースを教えてもらうぞ」

ようやくミョンを下ろしたものの、グレッグの憤りは収まった様子もない。仮にグレッグがＣ

DCではなく動物愛護関係の組織に属していたら、もっと直截に怒りを表現していただろう。

「どうせ検疫なんかしちゃあいないだろう。その状態で精肉として販売したんだ。喜べ。ケータリングの仕事は当分休みになる。今度はお前が檻の中でバカンスを楽しむ番だ」

グレッグが一報を入れると、ほどなくして市の保健精神衛生局の職員数名が現れ、店内の食材を次々に封印していった。従業員たちも軒並み緩い拘束をされて逃亡もままならない。

グレッグは担当者に一部始終を伝えると、真琴とキャシーとともに店の外へ出る。外気に触れて気づいたが、服と髪の毛に店内の臭いが沁みついている。こんなところまで解剖室と同じだとは。

舗道に佇むと、グレッグは胸からシガレットを取り出した。

臭い消しだと言いながら火を点け、そして長く煙を吐き出す。どうやら真琴たちの前での喫煙は我慢していたようで、臭い消しというのももっともな理由だったので拒否反応も起こらなかった。

「長いことこの仕事をしているが、あんなクソ野郎は久しぶりだな」

「グレッグさんは犬がお好きなんですか」

「さっきも言ったが、妹が可愛がっていたというだけでね。わたしは犬好きでもなければアレルギーがある訳でもない。そう、全く幸運なことに」

いったい何が幸運なのか。真意を計りかねて傍らに向き直ると、キャシーが何やら思い詰めた表情をしていた。

「グレッグさんの言っている意味、分かりますか」

「真琴。ニューヨークでの司法解剖は、それは埼玉県内の数よりずっと多いですよ。ただし、だからといって市の予算が潤沢という訳でもありませんし、死因究明が予算の優先順位の上位になっている訳でもありません」

それはそうだろうと、真琴は相槌を打つ。

「更に言うなら、キャリアの可能性があるからといって野良犬一匹一匹を手術台に乗せ、寄生虫を探して取り出すような手間も予算もないのですよ。よほどの富裕層ならともかく」

「それじゃあ」

「エキノコックス・キャリアの疑いのある犬は殺処分されるでしょう。しかも体内のエキノコックスを完全に死滅させる、一番効率的な焼却という手段で」

「まさか、そんな」

「動物愛護の観点から飼い主を求めるとかいうレベルの話にはなりません。防疫上の問題です。ニューヨーク市民と野良犬の存在価値。比較するまでもありません」

グレッグはシガレットをくゆらせたまま、何も口を挟まない。キャシーの説明に過不足がない証左だった。

「ミョンが巡回したコースに生息する犬・猫・コヨーテといった動物を一網打尽にして殺処分。その後、薬剤散布して再発防止に努める。防疫上のマニュアルに沿えば、そうなると思います」

やはりグレッグは何も反応してくれない。

真琴は我知らず唇を噛む。まさか異国の地で仮初の動物愛護精神を発揮しても迷惑がられるだけだ。ニューヨーク市民の安全を考えれば本末転倒とも言える。

しかし頭で理解していても、心が納得しなかった。空しく、そして切ない。鳥インフルが発生した際に約三百二十万羽のニワトリが殺処分されたが、その時の養鶏業者の気持ちのほんの一部が分かるような気がした。

三人はしばらく無言のまま佇んでいた。


宿泊先のホテルに戻り、今日一日で判明したことを日本の古手川に伝える。

『野良犬を捕まえては客に出してたってのか。ひでえな』

電話の向こう側から顰め面が目に浮かぶようだった。

『だけどダウンタウンからハドソン川までって、随分な範囲じゃないのか』

「グレッグさんの話じゃニューヨーク市保健精神衛生局の管轄なんだけど、大規模な火器使用となった場合には州兵への協力も仰ぐらしいの」

『最後は軍頼みってのは、どこの国も同じじか』

「そっちの様子はどうなんです。城都大附属病院に入院している議員たちから、何か新しい供述は取れたんですか」

『駄目だ。光崎先生と南条先生が交互に宥めすかしているんだけど、五人とも頑として口を割ろうとしない。下手すりゃ権藤や蓑輪みたく悶絶死する危険があるってのに……だから納得できないんだよな』

「何がですか」

『真琴先生の話によるとリドラー局長と視察団がやらかしたのは買春と麻薬と犬食らいだ。どちらも日本国内に知れ渡ったら責任問題にもなるし、面白おかしく叩かれもするだろう。しかしだよ、自分の命と引き換えにしてでも守らなきゃならない秘密かな』

「議員としてのプライドがそれを許さないとか」

『そんな大層なプライドを持った議員さまがそもそも買春ツアーなんかに参加するかい』

「……しないですよね」

『真琴先生。まだだ』

古手川の声は珍しく慎重だった。

『エキノコックス症の感染源は特定できた。感染源の消滅も防疫も道筋がついた。真琴先生とキャシー先生がニューヨークくんだりまで出張った甲斐がある。目的も達成できた。だけど、この話にはまだ奥がある』

4

ニューヨーク市保健精神衛生局の動きは迅速だった。ミョンから巡回ルートを確認するや否や、市の保健所と協同で大規模な野良犬狩りに乗り出したのだ。

初日に投入した職員はおよそ百人を超え、捕獲した犬も二百五十四匹に及んだという。通常、殺処分施設に保護された犬は一酸化炭素ガスで窒息死させられた後、ポリ袋に纏められて埋葬されるらしいのだが、エキノコックス・キャリアの疑いがあるとなればやはり焼却するより他にない。この日、殺処分施設からは立ち上る黒煙が絶えなかった。

野良犬の大量殺処分に先んじて、市当局は抜かりなく声明を出していた。しかも殺処分の事由を「エキノコックス禍防疫上のやむを得ない措置」と説明していたため、市民および動物愛護団体から目立った非難も起きなかった。

市当局が賢明だったのは突然変異体の存在を包み隠さず明らかにしたことだ。従来のエキノコックスとは性質も毒性も大きく異なり、既に日米で死者が出ている事実を公表したため、キャリアを疑われる野良犬の殺処分は合理的と捉えた者が多かった。グレッグはこの国の情報開示に懐疑的な意見を洩らしたが、真琴にしてみれば充分に公明な態度に思えた。

ニューヨーク市内が野良犬の大量殺処分に驚く中、ＣＤＣはエキノコックス突然変異体の発生原因について、次のような仮説をコメントした。

すなわちハドソン川上流には化学工場が建ち並び、その中の一社は長年に亘って川底や川べりに汚染物質を不法投棄し続けてきた。汚染物質に塗れた草や小動物を犬やコヨーテが体内に摂取した際、同じく体内に取り込んでいたエキノコックスの卵胞がこの汚染物質に反応して変異を遂げたのではないか――現在、突然変異体のサンプルは分析中で、あくまでも推測の域を出ないものであったが、少なくとも真琴には納得できる仮説だった。いずれグレッグが中心となって、最終的な報告が作成されるのだろう。

市のエキノコックス撲滅作戦が功を奏するかどうか見届けたい気持ちもあったが、感染源を突き止めるという当初の目的は達成していたし、何より予算の都合もあって真琴とキャシーは帰国せざるを得なくなる。ただ最後に挨拶をしておきたいというキャシーの要望もあり、二人は検死局を訪ねた。

「二人とも殊勲賞ものだったわね」

局長室で二人を迎えたペギョンはそう言って労ってくれたものの、会心の笑みという訳ではなさそうだった。

「わたしがキム・ヒョンジンのケースでエキノコックスを見逃してさえいなければ、ここまで事態が深刻にならずに済んだ……それを考えると手放しで喜べないわ」

ペギョンはそう言って肩を落とした。

「このままの流れでいけば、直にこの局長室は正式にわたしの部屋になるでしょう。でも、こんなことがあった後では、本当にわたしが局長に相応しい人間なのかどうか、自信がなくなってくる」

「自己評価が高すぎる人間は、注意した方がいい」

キャシーのアドバイスは辛辣に思えたが、ペギョンは苦笑してこれを受け容れる。

「それは正しいかもね。法医学の世界はまだまだ奥が深い。ミツザキから見れば、わたしなんてまるでルーキーみたいなものかもしれない」

「彼の前では、あらゆる人間がルーキーよ」

「そうね。いっそわたしもあなたのように、ミツザキに師事しようかしら」

「Ｎｏ」

　言下に否定され、ペギョンは恨めしい目でキャシーを睨む。

「可能性くらいは検討してくれてもいいんじゃない？　これでもそこそこ解剖数はこなしているんだから」

「経験の多寡じゃない。あなたのように背信的な人間を、ワタシのボスは決して許さない」

「聞き捨てならないわね。わたしのどこが背信的だというの」

「キムのケースでエキノコックスを見逃したというのは嘘よ。ペギョン」

　キャシーの声はいつになく硬質だった。

「……キャシー。ただのジョークでなかったとしたら、あなたとの友情も再考しないといけなくなる」

「ワタシの方は、もうずっと前から再考している。ペギョン、あなたにまだ職業倫理があるのなら市警に自首して」

「何を言っているのかさっぱり」

「昨日ワタシたちは、ユン・ボヒョンにもう一度会ったの。９９０アパートで配膳を担当していた元スタッフよ。憶えていない？」

　ペギョンの顔にわずかな動揺が走る。

「あなたも出身はコリアタウンだったはずよね。ユンの方はちゃんとあなたのことを憶えていた。検死局に勤めるようになっても、時折顔を出していたって。最後に来た日も彼女は憶えていた。トウキョウからの視察団一行が客として990アパートにやってきたその日の朝、あなたは厨房に顔を出した。ペギョン、どうして最初にそれをワタシたちに言わなかったの」

ペギョンが答えようとしないので、キャシーはそのまま続ける。

「言わなかったのは、自分が不利になる証言だからでしょう。嘘というのは、あなたがキムの解剖時にエキノコックスを見逃したという言葉。他の執刀メンバーが見逃していても、あなたはエキノコックス突然変異体の存在に気づいていた。もちろんその毒性にも」

キャシーはいったん言葉を切る。ペギョンの返事を待っているようだが、相手はまだ口を開く様子がない。

「あなたは突然変異体の危険性を知った上で八月二十八日、990アパートの厨房を訪れた。その日、リドラー局長が視察団を引き連れて晩餐(ばんさん)に来ることを把握していた。朝の仕込みが終わって厨房のスタッフが休憩で外に出た時、あなたは留守番を買って出たそうね。当日はリドラー局長の代行で多忙だったはずなのに。それでスタッフが外出して戻ってくるまでの三十分間、あなたは何をしていたのか。ここからはワタシの想像よ。言ってもいい?」

相変わらずペギョンは黙り込んでいる。沈黙を肯定と捉えて、キャシーは言葉を継ぐ。

「あなたはキムの身体から採取したエキノコックスの卵を捌き終わった犬肉に混入させておいた。そしてユンたちが戻ってくると、何食わぬ顔をして厨房から出ていった。後は検死局に取って返し、リドラー局長が視察団を案内する間、代行仕事に没頭していた。終業後の局長が視察団とともに990アパートへ繰り出すのを唯一の楽しみにして」

「リドラー局長の病死はわたしの策略だったというのね」

ようやくペギョンは口を開いた。

「必ずしもエキノコックスが死をもたらす保証もないのに。殺害計画にしてはひどくまどろっこしいわね」

「キムという実例があったからこそ、あなたは計画した。エキノコックス症の潜伏期間は長いから、いつ感染したのかも特定しづらい。三年かかるか、四年かかるか。それでもリドラー局長が殺せるのならあなたは構わなかった。990アパートの厨房で犬肉に卵胞を紛れ込ませたのはエキノコックスの性質から偶発的なアクシデントを装うつもりだったけれど、それが失敗したとしても別の機会にまた卵胞をリドラー局長の食事に混入させればいい」

「動機は？」

「今ここがあなたの部屋になっているのが動機。不測の事態で局長が執務不能になれば、自ずとあなたが局長の仕事を代行することになる。支障なくその状況が続けば自動的にあなたが正式に局長へ昇進する」

「大した想像力ね、キャシー。あなたは死体を切り刻む以外の才能はないと思っていたけど。でも自分で言ったように全部想像に過ぎない。ううん、妄想と言うべきかしらね。証拠はどこにもない」

「ワタシもそうであったらと願っている。でも、彼は必ず証拠を見つけるでしょう。彼は医師である他にも、捜査官としての資質を兼ね備えているから」

「彼？」

「どうしてグレッグがこの場に居合わせていないか不思議に思わないの。彼は今、市警の捜査官たちと一緒にあなたの自宅を家宅捜索している」

途端にペギョンの表情が一変した。

「エキノコックス突然変異体が、いつリドラー局長を死に至らしめるか。990アパートの食事に混入させるだけなら蓋然性に頼るしかない。でも度々混入を繰り返していけば確率は高くなっていく。あなたの性格なら、必ず何度でもトライしていたでしょう。だからエキノコックスの卵胞のストックを用意していた。もちろん、卵胞やデータみたいな危険なものを職場で管理するはずもない」

「それで家宅捜索という訳ね。でもキャシー、リドラー局長はもう死んだのよ。それなのにわたしが用済みになった卵胞を、そのまま自宅に保管しておくとでも思うの。すぐ廃棄するわよ」

「検死局の副局長を務めるくらいだから、現物を身の回りに残しておくようなミスは犯さないでしょうね。でもデータはどう？　あなたのことだから突然変異体について調査もしたでしょうし、検証もしたでしょう。データは完全に消去できるものじゃない。復元は可能よ」

話の途中からペギョンの表情は次第に邪悪なものになっていた。

「仮に自宅のパソコンにエキノコックスのデータが残っていたからといって、わたしが卵胞を保管していた証拠にはならないわよ」

　語るに落ちるとはこのことだ。ペギョンは言外にデータを持っていた事実を吐露してしまっていた。

「データだけじゃない。検事局は990アパートを検挙した際、厨房の中も徹底的に捜索し、今でも不明指紋をデータベースに残している。その不明指紋の中にあなたの指紋があったら、どんな弁解をするつもり？」

　身に覚えがあるのか、ペギョンは自分の指先に視線を落としていた。ゆっくりと焦燥と狼狽が顔色を曇らせていく。

「蓋然性の犯罪だから市警も立件に苦労するでしょう。でもこの案件はCDCの案件でもある。どんな事情があるにしても、人為的に寄生虫をばら撒こうとした人間を彼らは見逃したりはしない。今後の再発を防ぐ意味でも、あなたをとことん追及する。そして疑惑を抱えた人間を検死局の局長に据えようとする行政担当官もいない」

「友情は終わりよ、キャシー」

「それを覚悟して、ここに来た」

「犯人を指摘して気分いい？」

「最悪よ」

　矢庭にペギョンは天井を仰ぎ、短く嘆息した。

「さっき、動機はわたしが局長の席を狙っていたからと言ったわね」

「あなたは人一倍上昇志向が強かった」

「それだけじゃないわ。毎日毎日面と向かってヘイトスピーチを聞かされてみなさい。あなたなら、その場で彼を解剖したくなるから」

こちらに向き直ったペギョンは不敵に笑っている。

「ヘイトスピーチは砒素と同じよ。微量であっても体内に蓄積し続け、やがて致死量に至る」

「でもリドラー局長一人を殺害するために、あなたは七人もの無関係なジャパニーズを巻き込んだ」

「無関係だったのはその通り。でもね、キャシー。あのジャパニーズたちも決して善人じゃなかった。それどころか、神様にも見放されるような罪びとだった」

「買春行為をしたから？」

「Ｎｏ！　あなたたち、ユンから視察団がどのコースをチョイスしたのか聞いてないの」

「コース？」

「９９０アパートのサービスには何種類かのコースがあってね。客の好みによって五つのコースに分かれていた。そのうち視察団がチョイスしたのはＣコース。断っておくけどレベルを示すＣじゃないわよ」

「まさか……」

「そのまさかよ。ＣコースのＣはＣｈｉｌｄのＣ。あの七人は揃って幼女趣味だった。あの日、ユンから視察団がＣコースをチョイスしたのを聞いて、わたしは彼らを巻き添えにしてもいいと思った。そうでなくてもコリアン女をカネで自由にしようとした下賤なジャパニーズよ。生きていたって害毒を撒き散らすだけじゃない」

　そしてペギョンの視線は真琴にも向けられた。

「マイノリティ同士でもね、ジャパンから遊びに来た男はコリアン女性を一段低く見ている。だからコリアンの子供の足を平気で開かせる。まだ生理もきていない子供だから膣内射精もお構いなし。中には子宮破裂や感染症で死ぬ女の子さえいた。でもジャパニーズたちは性懲りもなく幼いプッシーを求めて来店する。あの七人もそういうモンスターたちだった」

　真琴は、自分の顔にも唾を吐きかけられそうな気がした。


『なるほどな。それで納得いくよ』

　ケネディ国際空港に向かうタクシーの中、電話の向こう側で頷く古手川の顔が目に浮かんだ。

『ただ女を買うだけならまだしも、児童買春は実刑がついてくる。一カ月以上五年以下の懲役または三百万円以下の罰金。たとえ海外での行為でも国外犯として処罰される。それより何より揃いも揃ってロリコン趣味が昂じての児童買春となると、物見遊山の視察旅行を非難される程度じゃ済まされない、それこそ社会的に抹殺されかねないスキャンダルだからな。入院した五人が黙秘を続けるのも道理だ』

　電話越しにでも古手川の憤怒が伝わってくる。

「でも、証拠がありません」

『そっちの関係者の証言を集めれば起訴くらいはできる。第一、これから児童買春の容疑でたっぷり絞ってやるんだ。黙秘は通させない。警視庁に知り合いもいるから合同で追及するさ。それでエキノコックスの方はどうなった』

感染源が特定されてからは、ＣＤＣが残りの仕事を一気に引き受けてくれた。新たな患者が三例報告されたものの、エキノコックス禍は最小限の範囲に留まった感がある。宿主と疑われた野良犬たちこそ可哀想だったが、保健精神衛生局の容赦ない対処のお蔭でそれ以上の被害は出ていない。予断は許されないが、事態はやがて終息に向かうものと思われている。

「でもね、古手川さん。権藤さんと蓑輪さんを殺したのはエキノコックスじゃなかったのかもしれない」

図らずも比喩めいた言葉になったが、古手川には通じたようだった。

『ああ、俺もそう思う。あの二人を殺したのは蟲の毒じゃなく、人の毒だった』

「……何だか気分が悪くなってきた」

『俺もだ。帰国したら、どこか美味しいものでも食べにいかないか』

一瞬顔がにやけそうになったが、隣から興味深げに観察しているキャシーに気づいて慌てて取り繕う。

「その件は承知しました。じゃあ詳細は帰国してからということで」

電話を切ってから、案の定キャシーが身を乗り出してきた。

「デートのお誘いですか」

「ただの慰労会ですっ」

やがて二人の視界に空港の遠景が入ってきた。

【初出】

一　米の毒　『小説NON』2017年1月号〜2月号
二　蟲(むし)の毒　『小説NON』2017年3月号〜4月号
三　職務に潜む毒　『小説NON』2017年5月号〜6月号
四　異国の地の毒　『小説NON』2017年7月号〜8月号
五　人の毒　『小説NON』2017年9月号〜10月号

注　本書はフィクションであり、登場する人物、および団体名は、実在するものといっさい関係ありません。また、刊行にあたって、東京医科歯科大学　法医学分野　上村公一教授に監修していただきました。

あなたにお願い

この本をお読みになって、どんな感想をお持ちでしょうか。次ページの「100字書評」を編集部までいただけたらありがたく存じます。個人名を識別できない形で処理したうえで、今後の企画の参考にさせていただくほか、作者に提供することがあります。

あなたの「100字書評」は新聞・雑誌などを通じて紹介させていただくことがあります。採用の場合は、特製図書カードを差し上げます。

次ページの原稿用紙（コピーしたものでもかまいません）に書評をお書きのうえ、このページを切り取り、左記へお送りください。祥伝社ホームページからも、書き込めます。

〒一〇一―八七〇一　東京都千代田区神田神保町三―三
祥伝社　文芸出版部　文芸編集　編集長　金野裕子
電話〇三(三二六五)二〇八〇　www.shodensha.co.jp/bookreview

◎本書の購買動機（新聞、雑誌名を記入するか、○をつけてください）

＿＿＿新聞・誌の広告を見て	＿＿＿新聞・誌の書評を見て	好きな作家だから	カバーに惹かれて	タイトルに惹かれて	知人のすすめで

◎最近、印象に残った作品や作家をお書きください

◎その他この本についてご意見がありましたらお書きください

100字書評

ヒポクラテスの試練

住所

なまえ

年齢

職業

中山七里（なかやましちり）
1961年岐阜県生まれ。2009年『さよならドビュッシー』で第８回「このミステリーがすごい！」大賞を受賞しデビュー。幅広いジャンルを手がけ、斬新な視点と衝撃的な展開で多くの読者の支持を得ている。本シリーズの第一作『ヒポクラテスの誓い』は第５回日本医療小説大賞の候補作となり、WOWOWにて連続ドラマ化された。他の著書に『連続殺人鬼 カエル男』『作家刑事毒島』『護られなかった者たちへ』など多数。

ヒポクラテスの試練（しれん）

令和２年６月20日　　初版第１刷発行

著者――中山七里（なかやましちり）
発行者――辻 浩明
発行所――祥伝社（しょうでんしゃ）
〒101-8701 東京都千代田区神田神保町3-3
電話 03-3265-2081（販売） 03-3265-2080（編集）
03-3265-3622（業務）
印刷――堀内印刷
製本――ナショナル製本

ISBN978-4-396-63587-9　C0093
祥伝社のホームページ・www.shodensha.co.jp

ヒポクラテスの誓い

中山七里

「あなた、死体は好き――？」
凍死、事故死、病死……何の事件性もない遺体から
偏屈な老法医学者と若き女性研修医が導き出した
真相とは？

死者の声なき声を聞く迫真の法医学ミステリー、登場！
大好評シリーズ、第一弾！

祥伝社

四六判文芸書

あらゆる色が重なって
黒になるんだ――。

黒鳥の湖

宇佐美まこと

拉致した女性の体の一部を家族に送りつけ楽しむ、醜悪な殺人者。
突然、様子のおかしくなった高校生のひとり娘……。
推理作家協会賞受賞作家が、人間の悪を描き切った
驚愕のミステリー！

祥伝社

四六判文芸書

まさかの因縁ということもある——

礼儀正しい空き巣の死

樋口有介

帰宅したら見知らぬ男が風呂場で死んでいた。
現場検証の結果は単なる病死だが……。
本庁栄転目前の卯月枝衣子警部補、
「事件性なし」に潜む悪意を炙り出す!?